Cosmo Wings

天帆

江 波

人民文学出版社

图书在版编目（CIP）数据

天帆/江波著. --北京：人民文学出版社，2023
（光分科幻文库）
ISBN 978-7-02-018486-6

Ⅰ．①天… Ⅱ．①江… Ⅲ．①幻想小说-中国-当代 Ⅳ．①I247.5

中国国家版本馆 CIP 数据核字（2023）第 248904 号

责任编辑　向心愿　范维哲
责任印制　王重艺

出版发行　人民文学出版社
社　　址　北京市朝内大街 166 号
邮政编码　100705

印　　刷　天津善印科技有限公司
经　　销　全国新华书店等

字　　数　255 千字
开　　本　880 毫米×1230 毫米　1/32
印　　张　10.625
版　　次　2023 年 12 月北京第 1 版
印　　次　2023 年 12 月第 1 次印刷

书　　号　978-7-02-018486-6
定　　价　56.00 元

如有印装质量问题，请与本社图书销售中心调换。电话:010-65233595

目 录
contents

引子　布鲁诺之死 · 1

紧急任务 · 13

深夜会议 · 27

空难 · 41

验算 · 57

艰难抉择 · 71

信号真空 · 85

"宙斯号" · 101

假说 · 115

熔核危机 · 131

死亡游行 · 145

光球 · *161*
圣婴 · *175*
降落深渊 · *189*
追捕 · *203*
和平访问 · *217*
细胞 · *231*
数字溶洞 · *247*
汇报 · *263*
万神殿 · *279*
听证会 · *299*
尾声 希望 · *311*

后记 · *325*
鸣谢 · *335*

引 子

布 鲁 诺 之 死

"你有最后的机会忏悔!"

主教裹在一身惹眼的红袍里,仿佛一团火,他的手中也举着一团火,火光闪烁,明灭不定。

布鲁诺[1]没有回答,浑浊的眼神像是失了魂,从主教身上缓缓移到他身后的人群。

广场上挤满了人,男女老少,既有衣着光鲜的贵族,也有身上仅挂着几片破布的乞丐。人群鸦雀无声,等候着布鲁诺的回答。

赶来看行刑的都是虔诚的信徒,都是上帝的子民,一张张脸上都带着警惕,透出刻骨的恨意。

他们活在自己小小的世界里,心满意足,绝不允许有人打破他们的美梦。

然而,真正的世界并非如此啊!上帝让自己看到了它,自己就有责任向所有人宣告。人不能生活在蒙昧而肤浅的感官世界中,智识和理性才是上帝赐给人类最宝贵的财富。

布鲁诺抬眼望向远方。

远方灰蒙蒙的天空中,浓厚的云层下,隐约有一个黑色的小点。

他在那里!上帝啊,他在看着我!

布鲁诺顿时激动起来,眼中现出异样的光彩,喉头蠕动,似乎想要说话。

---

1. 乔尔丹诺·布鲁诺(1548—1600),文艺复兴时期的意大利思想家、自然科学家、哲学家。他勇敢地捍卫和发展了哥白尼的日心说,被世人誉为捍卫真理的殉道者。

"说吧，上帝会宽恕你！"主教举着火把，冷冷地说。

眼前的世界模糊起来，布鲁诺仿佛看到四十年前的那个下午，十二岁的自己站在萨尔诺河边，隔着缓缓流动的河水望着远方的天空。河对岸是一片低矮的橡树林，再远处，是绵延逶迤的山丘，山丘上长满橄榄树，呈现暗淡的绿色。天空中云层很厚，整个世界都是灰暗的。布鲁诺向前跨出几步，淤泥上留下几个脚印，转眼间灌满了浑浊的水。

妈妈说明天就要把自己送去修道院。修道院是个可怕的地方！据说那里的孩子每天都会挨打，碗里只有硬得咬不动的发霉面包边，连老鼠都不吃，还要一天到晚不停地挖石头。小贝里斯送去不到两个月就死了，上周尸体才被送回来，全身都烂透了，散发着吓人的臭味。

要是像小贝里斯那样，还不如在萨尔诺河里淹死。

据说，人死的时候会看见天堂。萨尔诺河或许会把自己带到大海里去，在大海里，也能看见天堂吧……

布鲁诺继续向前，向水的深处走。天空中传来一阵低沉的响声，仿佛猛兽的咆哮，在惊惧中他抬起来头，只见远方天空中一个细小的黑点正迅速变大。

布鲁诺眨了眨眼，想要看得清楚些，黑影已经到了头顶。

再一眨眼，世界已然变了模样。

这是一个无比空旷的世界，除了远方笔直的地平线，看不到任何有形的东西，洁白的地面一尘不染，比国王宫殿的大理石地面整洁一万倍。布鲁诺从未见过这么整齐光滑的空间，从脚下一直向着远方伸展，无限大，无限平，没有一丝缝隙。

这是在哪里，是天堂吗？布鲁诺仔细回想，然而非常确定自己并没有走进河里，只是在那么一转眼……一转眼间，自己已经死了吗？

布鲁诺跪下来祈祷。

等他睁开眼睛,世界仍旧是那奇怪的模样。辽阔的天空里空空荡荡,什么都没有,脚下则是那一望无际令人生畏的光滑平面。

在忐忑不安中,布鲁诺不知道等了多久。没有人,也没有声音,更看不见上帝。终于,他站起来,小心翼翼地跨出一小步。

光滑的巨大平面一瞬间变得透明,脚下空空的,望下去仿佛无底的深渊。布鲁诺一阵头晕目眩,吓得立即缩回了脚,然而坚实的平面已经消失了,无处可躲。他战战兢兢地站着,努力缩着身子,闭上眼睛,等待最后摔下去的可怕瞬间。

什么都没有发生。虽然看不到任何东西,但自己始终稳稳地站着。

看不见的东西正托举着自己!

上帝啊,赞美您!您伟大的力量无处不在,必将保护每一个虔诚的人!在默默的祈祷中,慌乱的心渐渐平定,他终于有了胆量向脚下望去。

脚下是一块大平原,平原的东边是成群的山丘,一条弯弯曲曲的河流从山间流过,向西淌入大海。大海是蓝黑色的,一望无际,直抵天边。天与海相交一线,看上去竟然有些弯曲,仿佛一条圆弧。河流发源的丘陵地带并不是最东边,再往东,巍峨的群山如一道绵延不断的巨墙,将天地支撑起来。

哇!布鲁诺轻轻发出一声惊叹。他再次扫视这片土地。

那不勒斯的黑城堡像是一件小小的玩具立在河边,高大的玄武岩城墙矮小得像是小指的指尖。从这高处看下去,那不勒斯城本身不过巴掌大一块地,却挤满了房子,像是一块难看的干枯苔藓。萨尔诺河细得像根面条,而雄伟的维苏威火山则像是拳头般大小的破碗,如果不是因为它就在海边，布鲁诺差点没辨认出来。

上帝把自己带到了高处，不敢想象的高处。脚下就是熟悉的整个世界。那荒野中开辟的麦田，那围着城市的巨型围墙，那一个个冒着炊烟的村子，就像蝼蚁的游戏。

哇！布鲁诺再次惊叹。

突然间，他发现世界正在急剧拉远、缩小。很快，就连远方的巍峨山脉也变得不再高耸，成了浅浅的几道起伏。地面上一切的事物都消失了，甚至连萨尔诺河也无法再辨认出来。城市和农田，统统都消失在大地的浓绿色块中。世界奇怪地聚拢过来，成了一个巨大的圆。

布鲁诺再次感到害怕。凭着直觉，他知道自己又到了更高处，然而这世界的模样实在太陌生，令人不安。他盯着眼前这奇怪的景象，突然间像是明白了什么。

这被黄色绿色的陆地包围的一小片蓝色，就是地中海啊！

地中海是个广阔的世界，水手们总是会带来远方的故事，还有金钱和财宝。远房亲戚苏格娜家拥有一艘漂亮的海船，有三根桅杆，去年被狂暴的大海吞没，只有一些残块随着海浪冲回了岸边。布鲁诺一直无法想象，坚固得像堡垒一般的大帆船居然会被打得支离破碎，那是一种怎样狂暴的力量啊！地中海就是那力量的渊薮，令人心生畏惧。

然而此刻，那拥有狂暴力量的大海，看上去只是浅浅的一摊水，就像被盛在小小的木盆之中。上帝用来惩戒众生的力量如此微不足道，而广袤的世界竟然如此狭小。

一股凛然的寒意顺着脊背爬上来，布鲁诺浑身一颤，心头满是惊惧。然而不等他平静下来，更令人惊异的事发生了。

月亮变得越来越大，而那缩成了一个大圆的大地，却飞快地缩小。最后，月亮仿佛成了一片灰色的大地、满是疙瘩的圆形大坑，而地球成了挂在空中的蓝色月亮，只不过更大，更明亮。

上帝，这是您赐予我的启示吗？

布鲁诺内心半是惊惧，半是困惑。这奇特的世界，远远超越了想象。大地竟然悬挂空中而没有掉落，而月亮竟然是一片如此荒凉的大地。

太阳，那光芒万丈的太阳又在哪里？

这个念头刚刚转过，布鲁诺便发现太阳已经到了眼前，黑乎乎的天空中，它像是一个发光的洞。这泄漏出无穷光明的洞穴以无法形容的速度变大，成为一个红彤彤的巨大球体，占据了半边天空，球体的表面狂暴地涌动，如同一片赤红的海洋。

上帝啊！布鲁诺再次呼唤造物主。

那普照大地、让万物生长的太阳，竟然是一片地狱烈火？上帝啊，您是要用死亡之火来惩罚我，还是要让我经受考验才放我上天堂？

上帝仿佛在响应布鲁诺的呼唤。沸腾的红色海洋从眼前退去，太阳再次变成了黑色天空中巨大的光穴，然后继续缩小，越来越小，最后只有纽扣般大，散发着柔和的光。

另一个庞然巨物几乎占据了整个视野，巨大的星球带着赭红色的条纹，浓艳的色彩仿佛泼洒的油墨。众多的小球围着中央的巨人旋转，看上去如同一块块巨大的岩石，其中一块面目独特，青色的表面上仿佛有无数的抓痕。当它飞到眼前，细微的抓痕都成了一堵堵陡峭的冰墙。穿过冰墙，布鲁诺一头扎进厚厚的冰层里。这一刻冰层中的急速前行似乎永无尽头，下一刻便已置身冰层之下。冰层下是幽深的大海，漆黑一片，寒意彻骨，黑暗中却有幽灵一般的鬼火闪烁。

布鲁诺身体僵直，脑子里只有一个念头：这是上帝的惩罚，惩罚我不够虔信,不够坚定。他要将我丢入冰窟中接受永恒的折磨。这里就是我的牢狱吗?

缓过劲来后,他开始发誓——上帝啊,如果这是您的考验,这万年冰窟也不会让我的信仰有丝毫动摇!他鼓足勇气,四下打量这个世界,想要看清自己将存身万年的地方。

冥冥之中摆弄他的力量并没有停下,而是将他带向海水的更深处。

神奇的世界在眼前展开,一条雄伟的山脉在海底绵亘不绝,山脉的中脊散发着柔和的光,正是方才幽灵般闪烁着鬼火的源头。奇形怪状的动物在爬行,在游动。一个体型和成年人一般大的生物从身旁悄无声息地游过,巴掌大的眼睛像是一块方形的石头,厚厚的甲壳如同最新造型的板甲,密密麻麻的桨肢如同蜈蚣的细腿,嘴在前方,张开如同巨网。这生物丑得像是一个噩梦。

没等布鲁诺回味过来,身体便已经从大洋深处脱出,回到了星空下,坚冰包裹的星球就在眼前,庞大深邃的海洋在坚冰之下沉默无言。涂着油彩一般的巨大星球出现在冰球之后,相比之下,冰球如弹丸,而彩球如山岳。无穷无尽的冰下海洋,在这巨球面前不值一提。这究竟是什么?

上帝的意图不可猜测,上帝的意志不可违拗。

经历了刚才的一切,布鲁诺只感到精疲力竭,麻木地看着眼前的一切,一动不动。

不经意间,他的目光落在一颗蓝色的星星上。漫天星斗中,唯有它明亮而独特。

那是地球!几乎像是直觉一般,布鲁诺一下子明白过来。

那蓝色的小小亮点,承载了人世间所有的一切。从古老的传说到莫测的未来，从神秘的遥远地界到那不勒斯喧哗的渔港，贵族和农人，神灵和凡夫，书籍上不朽的英雄，歌谣里传颂的帝王，勤恳的耕耘，流血的战斗，穿越旷野的运河，坚不可摧的高大城墙……人类值得骄傲的一切都凝结在那小小的蓝色亮点上。看不到那不勒斯，看不到蜿蜒的萨尔诺河，看不到黑城堡高耸的尖顶，看不到任何一个人，因为那都太小了，只是那蓝色小点中微不足道的一部分。

宇宙浩渺，时空无限。

布鲁诺浑身一个激灵。这是上帝给自己的启示啊！

他激动不已，浑身都在发抖。

世界再次变了模样。偌大的油彩星球飞快地缩小，成了一颗星星湮没在星空中。太阳如纽扣般大小，最为醒目，然而它也飞快地缩小，转眼便成了肉眼无法分辨的小点，消失在群星之间。

银河浮现。

布鲁诺从未见过如此壮阔的银河，亮白的色彩泼洒在黑色的幕布上，华丽夺目。无数细小的亮点一同构成这奔腾不息的图样，每个亮点都是一个发光发热无比庞大的太阳。像沙子一般多的太阳！

布鲁诺的心脏剧烈跳动，胸口像是要炸开一样。他从未感到如此充实，如此坚定。

上帝啊，您带我窥视这壮阔的世界，是展示您那无边的伟力，令我抛弃那可鄙的轻生想法，从那可怜的自怨自艾中解脱吗？他默默发问。

上帝没有回答。

但上帝会听见。

世界仍旧在眼前变化。

银河逐渐缩小，展露出全貌，它仿佛一个旋涡，绕着明亮的中心

9

旋转。银河越来越小，越来越模糊，最后成了一个隐约的光斑。黑色的天空里仍旧布满亮点，有的清晰，有的模糊，模糊的也像现在的银河一样，是隐约的斑点，清晰的就如颜色最纯粹的宝石。漫天的宝石五彩缤纷，华丽夺目，是人间不曾有过的绚烂。

上帝啊！

除了赞叹，布鲁诺不知道自己还能做什么。

当所有隐约的光斑都成了细小的光点，它们再次汇成一条奔腾的河流。河流不断缩小，成了小溪，成了细线，整个世界变得金光灿烂。

一片金色的羽毛在布鲁诺眼前闪亮，银河汇成的溪流只是它的小小绒枝。

宇宙变得更为庞大，羽毛彼此间连接，世界仿佛一个发亮的网格，无穷无尽。

布鲁诺只觉得躯体仿佛要被这辽阔的、无穷的世界撑破。

"腓力珀[1]！"

他听见了一声呼唤。声音很熟悉，是妈妈的声音。

妈妈也在这里吗？也在这无穷无尽的宇宙之中？布鲁诺扭头张望，却猛然发现自己正站在河滩上，河水浸没皮靴，渗进了内里，冰凉的感觉咬住了双脚。慌乱中他抬起脚，后退了几步。

"腓力珀！"母亲急切地叫喊着，踏着泥水冲了过来，一把将他抱进怀里，呜呜哭了起来。

布鲁诺抬头望去，河水哗哗流淌，对岸的橡树林中飞起了一群椋鸟，天空中仍旧云层密布，远方的山脉如高墙般绵延不绝。自己回到

---

1. 腓力珀·布鲁诺是布鲁诺的本名，乔尔丹诺是他开始隐修后的教名。

地球上，回到了出发的地方。

刚才的一切，只是幻觉吗？那庞大的、无穷无尽的世界，那令人战栗的世界？

"腓力珀，你要答应我，无论发生了什么，都不要做傻事！"母亲稍稍平静之后，郑重地要求他。

布鲁诺的目光有些痴迷。

"腓力珀！"母亲焦急地喊他，抓着他的肩膀使劲摇晃，生怕这孩子失了魂。

"我很好。"布鲁诺终于回过神来。

"太好了！"母亲再次把他揽入怀中，"答应我，一切都会好起来的。你会成为最好的学者，最有威望的神父。"

布鲁诺没有说话，然而他隐约知道答案。上帝给了自己启示，却没有提供答案。去修道院成为学徒，不是绝路，而是上帝给自己准备的台阶，踏上探寻之路的台阶。自己应当去寻找答案，寻找真理，并把它带到人间。

此后余生，他都是这么做的。那个叫腓力珀的孩子，在十二岁的时候消失了，取代他的是乔尔丹诺，是上帝忠诚的信徒。他孜孜不倦地追求真理，阅读柏拉图、亚里士多德、托勒密、阿奎那……赫赫有名的智者皆留下了宝贵的遗产，然而却没有一种理论能够解释自己在启示中见到的景象。他成了最渊博的神父，博学多才，连教皇都向他问询，然而他知道，自己距离真理还很遥远。

从那不勒斯到罗马，从威尼斯到日内瓦，他向无数的人布道，和无数的人争论，试图找到通向真理之路。一无所获，遍体鳞伤，但他从不厌倦，从不放弃。

终于有一天，当他读完哥白尼留下的《天体运行论》，不禁热泪盈眶,他跪在地上,双手捧书,面孔贴着封面,长久地祷告。

这正是自己一直苦苦追寻的东西!上帝启示哥白尼写下《天体运行论》是为了指引自己的真理之路。

十二岁时所经历的一切,此刻都苏醒过来,栩栩如生。只要在哥白尼学说的基础上再向前跨一步,真理便赫然发光。

"上帝向我们如此展现其伟大和广袤的王国:上帝的荣耀不存在于一,而存在于数不胜数;不寄托于某个星球、某个世界,而是在千千万万之中,我,将其称为无限。……"

在巴黎,在伦敦,他向世界发出宣告。

可是这庄严的充满智慧之光的宣言并没有带来荣耀,反而将他带进了牢狱,带到了火刑架上。柴垛高高地堆起,火把熊熊燃烧,令人心生恐惧。

然而这不过是上帝的考验,是通向真理之路的最后一道关口。

"你有最后的机会忏悔!"主教说道。

远方灰蒙蒙的天空中,那黑色的小点仿佛只是一个幻觉。

然而他就在那里,看着我,看着一个人类是否能为坚持真理而献出生命!

布鲁诺开口了,干裂的嘴唇吐出掷地有声的话语:"火不能征服我,未来世界会了解我,知道我的价值。"

火把投下,噼啪作响的火苗吞没了他。

熊熊烈火燃烧了一个晚上,鲜花广场的中央剩下一堆灰烬,焦黑的尸骨横卧其中。

天空中,小小的飞船划过星空。没有人注意到它,在这个时代,人类根本看不见它。在未来很长的一段时间里,人类不会再见到它。

紧 急 任 务

"'阳光一号',这里是地面中心站,119号维护指令已传输,请接收。"

"中心站,'阳光一号'收到。119号指令已分派。"

无线电波在太空中飞驰,接力了三次后,江晓宇的行走服左臂仪表亮起了红灯。

江晓宇抬起胳膊看了看,摁下消除键,抬头向着不远处喊了一声:"再来最后一遍,要是这一遍还不成功,罚你在基地练习六百次定向跳跃!"

站在基台上的年轻人一个激灵,慌忙辩解道:"江指导,我这是第三次,标准是在六次以内就合格了。"

"你跟着我实习,就得按照我的要求来。"

"那……让我再准备一下。"

"给你三十秒钟。"

"这也太严格了!"

"你是在太空里工作,不要总以为自己是来度假的,哪有那么多时间给你犹豫?还有二十四秒。"

江晓宇拉紧了手中的第二安全绳。这个叫钱复礼的年轻人经验尚浅,让他强行进行一次五百米跳跃是有些勉为其难。但考验的目的并不一定非要让他成功,胆魄和心性才是重点。

三、二、一!钱复礼纵身一跃,身子掠起三米多高,轻飘飘地飞翔在膜平面上。

膜平面一望无际,从脚下一直延伸到无穷远处,纵横的骨架将整个平面切割成整齐的方块，阳光照射在方块上，隐约间透出五颜六色的光泽，仿佛极度稀释的油膜。

膜平面映出年轻人的影子，他保持着滑翔姿势，努力对准三百米开外的基台。然而他已经偏离了两个身位，继续飞下去只会偏得更远。膜平面上重力微乎其微，只能依靠正确的起跳方向加上安全绳的弹性来控制落点。不加以干涉，安全绳紧绷瞬间的弹力，会让他直直地砸向膜平面。

江晓宇将第二安全绳缓缓拉回来，就像是收风筝一般，把钱复礼拉回到自己身边。

"江指导，我可以的，我再试一次。"钱复礼涨红了脸，哪怕隔着行走服的头盔，也能看得清清楚楚。

江晓宇微微点头。

这是个上进的年轻人，很有韧性。这个时代，大多数的年轻人都骄傲得不行，根本沉不下心学技术，难得有个好苗子，不能过于打击他的自信心。

"这次还可以，你起跳的时候重心保持得稳一点，双腿蹬的时候，要注意平衡，千万不能有先后。与地球上不同，在太空环境里，任何细微的用力不平衡，都会被放大。"

"嗯。"

"但你终究没有能成功跳跃，回去练习六百次，把记录发给我！"

"啊！"

"今天没时间了，明天再来。有一个119状况，跟我一起去看看！"

"119状况？"钱复礼顿时兴奋起来，"这就被我遇上了？"他甚至有些惊喜。

"我们维护工程部最希望啥事都没有,你倒好,还乐上了?119状况处置不当,就是重大事故!严肃点!"江晓宇的语气变得严厉起来。

"是,没有消息就是好消息。"钱复礼立即立正行礼。

手臂上的消息灯又闪了闪。

没有消息就是好消息,的确如此。然而,消息总是不断传来,惹人心烦。

江晓宇尽量不想太多,带着钱复礼从基台上爬下来,一前一后坐在行走车上。行走车像是一辆巨大的摩托。它的确是摩托,只不过在膜平面上,它被限制只能沿着固定的路线移动,乘坐者除了输入指定目的地,再没有其他能手动操作的地方。

江晓宇在控制位上坐定,透过后视镜观察着钱复礼的动作。钱复礼很自然地系上了安全带,一抬头见江晓宇正看着自己,立即伸手拉出腰间的通信总线,插在通信接口上。

虽然还没能形成条件反射,但他至少记住了这个规矩。

江晓宇打开操作屏幕,正打算输入坐标,钱复礼的问题又来了。

"江指导,现在都是无线通信,为什么还要有个通信连接?这不是多余吗?"

"太空里,没有什么设计是多余的!这是为了让行走车上的乘员在通过无线电屏蔽区的时候还能彼此对话,也是为了让行走员在头盔无线电失效的情况下,可以有备份的通信手段。你要养成这个习惯,就像系安全带一样。"

"明白了!"

"行走车在膜平面上只能走固定路线,依靠电力驱动,但也有能够喷射驱动的双模车,我们这辆就是。这也是为了紧急使用而设计的，一般情况下都用不着，但你也要会用，这是一样的道理！"

"是！"

542，179。说话间江晓宇已经输入坐标，摁下启动键。行走车开始移动，逐渐加速，膜平面随着行走车加速，变成了一片绚烂的光影，让人眼花缭乱。

江晓宇瞥了一眼后视镜，钱复礼坐在后座，紧紧地抓着护栏，脸色发青，身子仿佛都有些僵硬了。

"闭上眼睛。"江晓宇说。

"什么？"

"闭上眼睛！如果你不习惯膜平面的反光，就闭上眼睛。刚来的人都这样，慢慢就习惯了。你要学会忽视它，不要被绚烂的表面给迷惑了。"

"嗯。"

钱复礼闭着眼睛，脸色仍旧很难看，但已经没有那么紧张。任何人到了太空世界都有个适应过程，这小子算是学得快的。江晓宇把视线转移到信息屏幕上。屏幕上，有十多个信号正向着目标位置靠拢。

119状况随时可能转变为无法收拾的停机事故，小到局部停机，大到整个太空电站宕机，损失至少千万起步，上不封顶。所以，每一个119状况都是维护工程部最高优先级，会有至少十队人马同时赶赴现场。

王劲应该会比自己先到。大概，他又会说点怪话吧！江晓宇暗暗叹了口气。

赶到的时候，屏幕上显示现场已经有六个初级工程师，三个资深工程师和两个首席工程师。首席工程师除了自己，另一个是王劲。王劲果然来得快！

江晓宇没有下车。钱复礼有些不解："江指导，我们不过去吗？"

"先等等，有这么多人在，不会有问题。一会儿要是没什么必要停留，我们就撤离。"

"撤离？这是119状况啊！"

"再紧急的事，需要的人手也是有限的，要解决问题，更是只需要有限的几个人。太空里可不能讲究人多力量大，首先要计算和定位。现场的人手够了。"

"那调度台干吗把我们调过来？"

"备份。"江晓宇言简意赅地吐出两个字，便不再言语。

"是要防止出现什么意外吗？"钱复礼继续追问。

"这事慢慢你就明白了，或者你可以把《膜平面维护条例》过一遍，里边有详细解释。"江晓宇不想再多说。

钱复礼知趣地闭嘴。

江晓宇默默地看着现场的人们忙碌。出状况的是个大型基台[1]，约三十米见方，两米多高，侧面刷着"JT#801"几个白色的大字。两个工程师正把行走车电池架从主体上脱开，更多的工程师正手持不同的仪器，绕着基台进行检测。

一个身影离开忙碌的人群，向着行走车移动。

王劲果然来了！

"江队，你这是来站最后一班岗吗？"王劲来到行走车旁，隔着防

---

[1]. 本书中的膜平面由五百米见方的太阳能发电母单元模块组成。模块之间是两米多宽的骨架结构，电流的传输和控制都通过埋藏在骨架结构中的线路进行，行走车系统也依附在骨架结构上。在骨架的交会处设有基台，基台有大有小，小型基台只是一个一米见方的钢铁盒子，里面安放着交换电路，大型基台则近三十米见方，是大型的电流交换中心，不仅起到变压的作用，也是行走车的换电节点，可以方便地更换行走车电池。

护杆问。灯光映照下,他的微笑带着一股讥讽的意味。

"我收到了119状况指示。"

"备份指示。"

江晓宇看着王劲,默然不语。是的,自己收到的是一个备份指示,调度中心已经降低自己的优先级,王劲比自己更优先。这意味着,在整个维修工程部的评价体系中,自己已经比王劲低了一级。这不是因为被降级,而是因为被升职。还有三天,自己就要回地球去,在航天部下属文昌科技发展有限公司担任产业规划技术部主任。这是一次升迁,理应收获恭喜,然而维修工程部的人们有别的看法。

他们认为这是一次背叛。

"天帆一号"二期工程马上就要启动,几乎所有维修工程部的人都会参加二期工程建设。这些航天人长期在太空生活,已经将太空电站视为自己的家。几乎所有人都续签了合同,谁都知道这意味着将在太空度过又一个十年,但谁也不愿意放弃建设"天帆一号"的机会。

江晓宇却放弃了,选择离开艰苦的太空,离开膜平面,回地球去;选择回到舒适的家里,在文昌总部温暖的阳光下,享受沙滩和海风,享受家人的拥抱和亲吻。

维修工程部任何一个人都可以做出这样的选择,但江晓宇不应该如此,因为他无数次鼓励那些初上太空的年轻人,教会他们热爱和奉献,教会他们将自己的生命和这广袤无边的膜平面联系在一起。他是所有行走员的榜样,是最资深的维修工程人,是几乎所有人的老师。人们都期望他升职加薪,担任更重要的职责,但不是在地球上,而是在太空里,在他们身边,在他们所能触及的地方。维修工程部主任显然是个更合适的职位,或者是总工程师,只要留在太空里,他就是所有人的英雄。

可是在这个节骨眼上，英雄却首先退却了。人们并没有多说什么，然而尴尬的脸色、回避的眼光，都在昭示着不满的情绪。王劲则直接把不满写在了脸上。

王劲见江晓宇沉默不语，便用力拍了拍隔离杆，开口说道："回地球，好好享福！"说完，便转身抓着移动杆向忙碌的人群飘移。

江晓宇沉默地注视着王劲的背影，有几分失落。王劲脾气耿直，早先跟着自己，什么都听自己的，恨不得认自己做亲哥哥；然而听到自己要放弃天空电站的工作后，立马就翻了脸，简直就像是看仇人一样。

他理解王劲，这个兄弟的母亲死得早，全靠父亲拉扯大，一是一，二是二，认死理。大概也是当年自己的话说得太满，他当真了。不过，当年的自己又何尝不是当真的呢？只是陆帆的要求也合情合理，自己的确亏欠她太多了。

"江指导，您很快就要调回地球去？"钱复礼小心翼翼地问道。

"不该问的别问。"江晓宇冷冷地回了一句。

话一出口，他便觉得对这年轻人太粗暴了一些，转过身，看着钱复礼，问道："小钱，你觉得我是个怎么样的人？"

"您是最优秀的太空行走员，所有人都这么说。"

"我是说我个人的特质，比如说脾气不好、过于严厉等等。"

"您的确比较严格，但那不是优秀航天人必备的素质吗？大概您比较直率，所以显得脾气不好，但我觉得也没啥，有本事的人总会有点脾气，我从上小学就知道这个规律。"

江晓宇不禁微微一笑。钱复礼年纪不大，说起来话却总有一套，情商比自己高太多了。如果自己也像他一样会说话，恐怕早已当上维修工程部的主任，更不会夹在天上的兄弟们和地上的亲人之间，进退两难。

又有更多的工程维护队赶到了现场。王劲站在基台上,有条不紊地指挥着所有人检修故障,工程师们训练有素,很快就把问题模块从网络中隔离开,检测程序开始运行,各项数据指标不断地跳出。

江晓宇默默地看着这热火朝天的场面,突然感觉自己就像是个局外人。岳父的话仿佛在耳边响起:"别以为自己很重要,缺了谁,这世界都能转。你不在膜平面工作,那些工程队就不能干活了?就不能解决问题了?晓宇,你要认真地想一想,这个世界上你对谁最重要!工作吗?航天部有的是人才,有的是能上天工作的人。陆帆才是最需要你的人啊!你们这样一个天上,一个地上,怎么能长久啊?这不是你这个年纪该干的事了,你下来,让年轻人上,这才对嘛!"

江晓宇艰难地吞咽着口水。

这似乎也像是一个极好的告别。所有人都在认真工作,所有的系统都运行正常,大概这时候,悄然离开才是正确的选择。

"我们收工吧。"他回头对钱复礼说,"我们换个位置,你到前边开车,熟悉一下行走车的驾驶界面。"

行走车开动的时刻,江晓宇又向着801基台望了一眼。王劲在基台的高处站着,白色的行走服在夜空中格外醒目。

穿着宇航服在星空下行走,这是自己从十岁开始就拥有的梦想,二十三岁的时候,就真的实现了,而现在,到了四十三岁,却要和它告别。

怅然中,江晓宇抬眼望向星空。璀璨的星辰光芒四射,每一颗星星都像是靓丽的宝石。

然而……似乎有些不太对劲!

江晓宇仔细看了看,很快明白是什么不对劲——猎户座阿尔法星竟然消失了!

他不由使劲眨了眨眼睛,再次望向星空。是的,那原本应该出现猎户座阿尔法星的位置,漆黑一片,什么都没有。

这怎么可能?太空中没有任何遮挡,所有的星星都一览无余。他正困惑着,猎户座阿尔法星却又一下子从夜幕中跳了出来。然而,就在阿尔法星的右侧,另两颗星星突然间消失得干干净净。

那里有什么东西遮挡了星星!它在移动。

是哪个国家发射的新飞船吗?江晓宇暗想。最近北美联邦宣布要加强太空中的军事部署,说不定就偷偷发射了什么新式飞船。这黑乎乎的东西轨道很高,远远超出静止轨道,如果有人想在太空里藏点儿什么,这轨道高度正好。

江晓宇望着星空。那看不见的飞船在星空中穿行,被遮挡的星星是它留下的唯一痕迹。

看得越久,江晓宇心头的疑窦越深。这不像是正常的卫星轨迹,而且遮挡的范围越来越大,就像是正朝着膜平面直奔而来。

"停车!"江晓宇下令。

钱复礼吓了一跳,慌忙摁下暂停指示,行走车缓缓减速,最后在一座基台旁完全停下。

"江指导,怎么了?"

江晓宇顾不上回答,飞快地解开安全带,脱离行走车,顺着轨道攀爬几步,轻轻纵身一跳,落在基台上,抬头望去。

那家伙已经遮住了不少星星,是个大家伙!

钱复礼跟了上来。顺着江晓宇的目光,他也注意到了星空中的异样。

"那是什么?"钱复礼好奇地问。

江晓宇没有回答，只是默默地注视着那看不见的不速之客。

遮挡的范围还在扩大。那东西至少有上千米宽，或许比美国的"宙斯号"还要大，从来没听说哪个国家有这么庞大的飞船。

"给我测距笔。"江晓宇向着钱复礼伸手。

一道微弱的激光向着那黑影的方向直射而去，笔身的液晶屏幕上显示着无穷大的符号，没有任何信号返回。

激光测距笔显示无穷大，意味着目标远在十万千米之外。

但这不可能是真的，遮挡的范围已经如此之大，和直直伸出手掌能遮挡的范围差不多。它应该很近，非常近，也许只有几百米！

然而测距笔竟然什么都探测不到，肉眼也看不到任何踪影。

江晓宇心头不禁有些发慌。

"江指导，我们怎么办？"钱复礼也有些发慌。

江晓宇深吸一口气，定了定心神。这种时候，慌乱是没用的，或者能采取措施做点儿什么，或者冷静地等待结果，这才是一个航天人的素质。

"向中心报告情况。描述情况，不明飞行物，肉眼不可见，靠近膜平面，似乎正和膜平面平行飞行，体积庞大……"江晓宇一边目不转睛地盯着那漆黑的区域，一边不断地吩咐钱复礼。

远方，一块原本暗淡的模块突然闪了一下，801基台解除了119状况，恢复了正常。彩色的闪光让江晓宇心头一动，他立即转身向着钱复礼大喊："把安全绳拿上来！快！"

安全绳的一端系在江晓宇的腰上，另一端和基台相连。一千米最大长度！选择这个选项的时候，江晓宇犹豫了一下。这么远距离的跳跃，危险系数很高，一旦掌握不好分寸，直接砸在膜平面上，会酿成重大事故。

"江指导，中心调度处询问是否误报，没有任何信号显示有异常飞行物靠近膜平面。"

江晓宇果断地卡好了绳扣。

需要有人目睹它，才能证明它的存在！

他蹲下身子，做出标准的跳跃准备动作，看准位置，猛然起跳，身子直直地向上飞去。

很快他就升到了高处。

不出所料，那潜藏在黑暗中的不速之客果然距离膜平面极近，距离不超过五百米，在膜平面的亮丽背景下，它暴露了真正的形貌。

那是一个黑色的剪影，看上去像是一只趴着的青蛙。

江晓宇飞快地拍摄眼前的景象，在安全绳拉到最大之前，拍摄了十五秒的视频和六张照片。绳子到了尽头，一股寸劲将他狠狠一拉，原本向上的轨迹顿时一变，拉着他沿着一个巨大的弧度向膜平面撞过去。

江晓宇飞快调整姿势。按照起跳时的估算，自己应该会跨过两个模块，落在骨架的横轴上，然而绳子被拉到尽头，回弹的力量影响很大，会导致两三米的误差。他打开喷气阀门，调整了两次轨迹，终于在落地的时候冲上了骨架。

向前俯冲两步后，他紧紧抓住了一旁的拉索，身子随着惯性向前，晃了两下，最后稳稳停住。对于一个一千米高度的跳跃，这是一个近乎完美的落地。

"江指导，你没事吧？"钱复礼的声音传来。

江晓宇顾不上回答，连忙抬头寻觅那神秘物体的踪迹。

漫天星空下，那纯黑的家伙如同幽灵，正向着膜平面的地平线疾驰。遥远的地平线上，指挥控制中心高耸，仿佛一座金属的金字塔，金字塔背后，蓝色的地球正缓缓升起，地光洒在膜平面上，整个世界熠熠发光。

江晓宇只觉得手脚冰凉。这诡异的飞行物正贴着膜平面飞行，绝不可能是自然天体。会是间谍飞船吗？然而它纯黑的外观没有一丝反光，肉眼不可见，雷达也看不见，没听说过哪个国家的隐形技术达到了这样的水准。

出大事了！

惶恐之中，江晓宇向着行走车攀去，边移动边喊："回中心，快回中心！"

深 夜 会 议

简直不可思议！李甲利望着投影中的照片，久久无法平静。

这是一张膜平面的照片，这些年，膜平面已经是家喻户晓的景观，没什么值得大惊小怪。然而这张照片上，就在那标志性的膜彩色中央，有一大块黑斑。它看上去像是一只趴着的青蛙，有着宽而浑圆的头部、蜷曲的四肢。图像边缘锐利，和膜平面之间没有一丝一毫的过渡。

如果不是因为照片上有月球情报中心的印章，这简直就像是一个恶作剧，看上去像是什么人从图像中剪掉了一块。

然而情报中心主任田浩光和航天部驻月办公室都确认了情报的真实性。

那么，真有这么一个神秘的东西飞临地球？真的有外星人？

电话嘟嘟地响起来，是秘书处的王泰儒打来的。李甲利接通电话。

"李总，张部长通知11点开会，是紧急现场会议，需要派车去接您吗？"

李甲利瞥了一眼墙上的电子钟，10点45分。深夜开会，这在航天部常常发生，但往往都是为了重大项目决策，都是按照既定的日程表走。这不明飞行物的情报送来不过半个小时，部长就要召集紧急会议，事关重大，大概所有人都在担心潜在的后果。

"直接到楼下接我吧！"

"好的。车辆会在10点50分到位。"

"知道了，向部长通告一下。"

29

挂断电话，李甲利简单地收拾一下，准备下楼。

在关闭投影之前，李甲利最后看了一眼照片。膜平面占据了几乎整个画面，那团神秘的东西在画面中央，在最上方，地球正从膜平面升起，一道蓝色的弧光横在黑色的天宇中。

在几乎所有的电磁波频段上隐形，这神话般的技术大概只有外星人才有。

外星人降临地球，这种自己反对了一辈子的想法，居然真的发生了。

带着几分震惊、几分疑惑和一丝警惕，李甲利关闭了投影。

专车冲出地库，奔驰在海南的夜空下。

街上的车极少，专车的速度极快。透过车窗，可以看见稀稀疏疏的星星，和皎洁如玉盘的月亮。就在距离月球不远的位置，"天帆一号"太空电站看起来正像张开的风帆，也有人说它像一片洁白的羽毛。它比月亮更大、更醒目，洒下更多的光，让夜空显得格外明亮。

李甲利注视着那明亮的风帆，沉默良久。

三十年了，"天帆一号"从无到有，发展到今天这样的规模，史无前例。如果不发生今晚"黑飞船"这样的黑天鹅事件，它毫无疑问是个极为成功的案例，投入虽然巨大，但回报源源不断，不仅解决了能源问题，还极大地促进了环南海经济一体化，从北京到堪培拉，有超过二十亿人口获得直接经济利益，影响所及，更是改变了全球的经济态势。

作为"天帆一号"项目的对照，美国的"宙斯号"太空母舰虽然也获得了成功，成了规模最大的可移动太空基地，但除了让美国人提高了太空对峙的调门，并没有什么实际收益，扎扎实实是个赔钱项目，成了预算的无底洞，连美国国会都接连不断地调查质询，想要找个体面的退出方案。

然而现在"黑飞船"来了,会不会让形势一下子颠倒过来?毕竟"天帆一号"可不是和外星人打交道的可靠依托,"宙斯号"这样的武装飞船才更有底气。当年自己极力支持发展太空电站,反对投入太空母舰,这些年的发展一直证明自己是对的。但是这"黑飞船"的出现,无疑会把当年的争论再翻出来,搞不好就成了自己的严重失策。

张部长深夜召开的会议,恐怕是惊涛骇浪,不会好过。

指挥中心很快就到了,专车稳稳地停在地下入口,车门自动打开。李甲利做了一个深呼吸,跨出车门。

会议在三楼的远程现场会议厅。

李甲利走出电梯,一眼就看见王泰儒正站在门口,神色焦虑。

"王秘书!"李甲利开口招呼。

王泰儒慌忙迎上来,急切地说:"李总,您总算来了。胡书记和林主任都已经接入会议了,就等您!一切设置都已经安排好了,三号舱。"

李甲利点点头,快步走进会议室。

会议室的门在身后关上,眼前六套远程现场会议设备像是六个竖着的巨型橄榄,胡林清和林如玉分别端坐在一号和二号舱内,脸部不断有微弱的光扫过。他们已经接入会议,身处另一个世界,看不见自己,也免除了打招呼的烦琐。

李甲利麻利地钻进了三号舱,坐直身子,摁下一旁的接入开关。

扫描仪从顶部落下来,正对自己的鼻梁,微弱的光在眼前晃动,世界一点点沉入黑暗,突然间,眼前豁然一亮,自己仿佛正置身于航天部的旗舰会议室里,坐在一张巨大的圆桌旁。

圆桌共有十二个座位,都坐了人,每个人都是虚拟的影像,看着微微有些透明，但表情细致，和真人一般无二。

李甲利快速地扫了一眼在座的人。

张部长坐在圆桌对面。他的左边是张为民副部长、贺志鹏副部长，右边是李重霄第一副书记、赵丹丹副书记。再往左边，是酒泉卫星控制中心党委书记兼主任童正骅、航天部情报中心主任华天然，往右边，是"天帆一号"项目的总负责人楚张媛，还有一个是陌生面孔，看模样四十岁左右，身穿军服。加上胡林清、林如玉和自己，一共十二个人。

"人到齐了，我们现在开会。"张部长开门见山地说，"这个突然出现的黑家伙，我想先听听大家的意见。我现在想知道，这是一艘外星飞船吗？"

随着张部长的话语，圆桌中央投下一个完整的光影，看上去是一个太空中飞行的摄影机视角。视角不断抬高，俯瞰着膜平面，很快一个黑影出现在膜平面的彩色背景之中，突兀地展示在画面上。

"这是目前为止最清晰的一段视频，我们的所有侦察设备都对它进行了探测，但是根本无法得到清晰的图像。它是纯黑的，体积庞大，大约有一千六百米长，头部直径三百米，除此之外，我们没有更多的情报，包括它的具体形状、表面物质。天然，有什么更新的情报吗？"

"目前没有。我们的高轨道侦察卫星'天眼三号'会在三点一刻和它的轨道有交会，可以利用地球的明亮背景进行观察。"华天然回答。

"好。情报就这么多。总书记定好了明早八点要我向政治局常委汇报，我们要考虑各种情形，形成一致意见，然后向常委会报告。现在，请大家各抒己见。"

"我不是专家,我支持由专家形成报告进行分析。"张为民副部长先表态。

众人的目光都投向了李甲利。

李甲利马上明白了情势。在座的所有人中,只有自己是技术专家,其他人即便曾经精通技术,也早已脱离一线科研,只有自己这个首席科学家仍旧属于科研口。今晚这个会,是专门为了向自己授权而开的,容不得任何推辞,也无须任何客套。

李甲利清了清嗓子,说道:"张部长,各位领导,我研究了一下这张照片,情报能提供的信息很有限。目前我们大概只能鉴定它一定是个非自然天体,是拥有动力的飞行物,但不是人类制造的……"

"李院士,您的这个结论为时过早。"一旁的军人打断道。

"这是太空军的大校参谋裴黎阳同志。"张部长介绍了一句。

李甲利向着裴黎阳看去:"大校同志,太空军是有其他情报吗?"

"关于这个不明飞行物,国防部目前没有更多的情报,但是我们一直在密切关注美国太空军的动向,他们的旗舰'宙斯号'太空母舰一直停留在拉格朗日空间站,这段时间恰好不断靠近'天帆一号'。北美军方一直强调太空航行自由,'宙斯号'逼近'天帆一号',是一种具有威胁性的举动,黑飞船从更高轨道进入静止轨道,不能排除这是美国太空军在试验他们的新式武器。"

"如果你认为这可能是美军的秘密武器,而我们一无所知,那么,我们就已经处在重大的军事威胁中。"

"是的,这正是我们非常担心的缘由。"

"我不能说这完全没有可能,但这种可能性实在太小了。这个黑色的不明飞行物超出了我们所知道的物理限制,美军即便有秘密项目,也很难相信他们能突破物理限制。你们有什么特殊情报支持这样的看法吗？"

"我同意您的看法，只不过，我们建议继续观察，先不要做结论。"

"我会考虑军方的立场。"

李甲利扭头看着张部长："我会尽快组织人员进行详细调查，出具报告供领导参考。但我需要调动一切所需情报资源的授权，不仅仅是航天部的卫星情报，其他部门的情报也要毫无保留地提供给我，包括军方。"

张部长点了点头，说道："我已经得到王总理的批示，他指示由航天部来主导对这个不明飞行物的研究，我们部里你当仁不让要牵这个头，我们其他人都是你的后勤支持。所有国务院所属部委的情报系统你都可以调用，而且每个部委都会有专员来辅助你。至于军方……"张部长看了裴黎阳一眼，裴黎阳点了点头。

"裴大校是国防部安排的人，负责向你传递军方情报。所有对接人都会向你的助理小陶报到。"

"感谢领导的支持，我会尽快出具报告！"

"晚上一点钟之前能有报告吗？"

"会有初步报告，综合目前的各方情报。"

"要包括对策方案的讨论，哪怕是初步讨论。"

"明白。"

"明早八点是政治局常委会，还请李总辛苦一趟，完成报告后直接飞到北京，万一常委们想要征询更多事务，可以现场回答。这事还请林主任安排一下。"

"没问题，我会确保专机在一点前就位，李总随时可以出发。"林如玉干脆利落地回答。

"这件事内部代号'黑飞船',目前的保密级别是绝密,除了直接接触者,任何人不得和其他人提及,直到下一场会议。时间宝贵,大家有什么想法和意见,现在尽快提。"

"李院士,方展奎将军要求我二十四小时随时报告,我需要一个您的直接联系方式。"裴黎阳提出要求。

"你可以通过航天部办公室拿到我的直线电话,我会授权同意。"

"好的。"

眼前的场景暗淡下来,世界陷入一片灰暗之中。

片刻后,接入舱重新出现在眼前。

李甲利靠在接入椅上,飞快整理思绪。

从眼下的情况看来,这黑飞船的轨道高度大约相当于地球静止轨道,它沿着地球静止轨道飞行,速度却达到六千米每秒,显示出极高的飞行姿态控制能力,军方仍旧在担心这是美军的新武器,然而地球人制造的飞行器不可能以两倍轨道速度沿着静止轨道飞行,这需要极大的推力提供加速度,是极大的浪费。更何况,它的隐身效果也过于惊人,竟然无法在任何频段上侦测到。

在没有找到其他手段之前,观测和监控它需要利用明亮背景,地球上的观测站和低轨道卫星都无法观测,国务院下属的所有部委,只有航天部和国防部拥有轨道更高的航天器,包括月球基地。这件事不是归航天部管,就是归国防部。高层的意思,大概还是想淡化它的军事色彩,所以让航天部出面调查,但又把调查限制在绝密的范畴内,不想引发外界的关注。

然而,高轨道空间除了国家能够控制的军事卫星,还有许多私人探测卫星。发现黑飞船的事肯定会被外界得知,泄密是迟早的事。

李甲利忧心忡忡,今晚注定是一个无眠之夜。

回到办公室已经快十二点，小陶和他的两个助手已经在工作。

月球情报中心、第二拉格朗日点观测站、高轨道探测一号、探测二号、月球对地观测站……各个渠道的情报都汇聚而来，经过小陶和两个助手的整理，再进入实时资料库，自动生成草稿。

李甲利泡上一杯浓茶，一边喝茶，一边修改报告。给最高领导人的报告既不能有太烦琐的细节，又要把事情的来龙去脉说清楚，还要结合重点情况给出相应的对策建议。这是一件劳心耗力的事，一份像样的报告，至少需要一天的准备时间，但此刻没有别的选择，只能尽量赶时间。如果那真的是天外来客，不知道有多少双眼睛正紧盯着它。在北京，可能有更多的人今晚根本就不会睡觉。

黑飞船的可能目的地分析
一、"天帆一号"太空电站
二、天宫
三、"宙斯号"飞船
……

李甲利正向这个名单里不断地增添条目，桌上的红色电话突然响起来。李甲利一惊，飞快扭头看去。

只有极少数的人才能拨通这部红色电话，过去半年，这电话一直没有响过。但今晚哪怕这电话被打爆了，也不会令人感到奇怪。

李甲利定了定神，接通了电话。

"李院士吗？我是裴黎阳。我们的情报员报告，美国方面已经发现了这个不明飞行物，并且认为这是我国的一次试探。因为他们分析这个飞行器轨迹，很像是从'天帆一号'上发射的。"

这是个火上浇油的消息。外星人会怎么干无法预测，但美国人会怎么干，人们都心里有数。中美航天明争暗斗几十年了，彼此都太熟悉了。

"他们打算要演习吗？"李甲利问道。

"目前还没有消息，但五角大楼和白宫已经拿到了黑飞船的情报。现在是他们的中午时间，再有几个小时，可能就会有新闻出现，他们一定会谴责我们并且要求我们做出回应。"

"在没有领导人首肯之前，我们不能泄露任何情报。"

"是的，所以明天外交部发言人只会声明无可奉告。但这不能维持太久。"

"我知道。"李甲利微微沉吟，"现在你们军方还认为这可能是美国人的秘密武器吗？"

"这是确定无疑的非人类造物，美国的情报机构会得出同样的结论，但美国政府未必会采纳。"

"那不是我关心的事，我需要把所有情报汇总起来，向上面汇报关于这个不明飞行物本身的情况。后边的事态会怎么发展，只能走一步看一步。"

"我明白，您先忙。明天您参加的会议方将军会列席，您的情报汇总，我是否可以提前得到一份，供方将军参阅？"

"你可以找我的助理陶玉斌。只要符合保密规则，他不会拒绝。"

"好的，李院士。再会！"

挂断电话，李甲利微微出神。

一直以来，军方对高强度建设太空电站颇有微词，因为太空电站占用了大量火箭运力，导致美国在发射吨位只有中国三分之一的情况下，太空军工方面反而占据了优势。"宙斯号"这样的武装平台，名为太空母舰，其实就是一个太空堡垒。如果美军攻击"天帆一号"，军方并没有多少有效的防御手段，最多只能借助武装卫星发射高速无定轨导弹攻击，争取击毁或重创"宙斯号"，而想要保住"天帆一号"几乎没有可能。"天帆一号"太容易受攻击，太难保护，太容易成为被挟持的筹码。不过，这种担忧在太空大发展的背景下被淡化了。"天帆一号"给地球能源格局带来巨大变化，美国也是受益者。它不仅仅是中国的财富，也是全世界的财富，攻击它的只能是疯子。

然而这个世界上，大概多多少少总会有些疯子吧，特别是某些国家的强硬鹰派，为了夺取胜利，他们甚至不惜毁灭地球。

李甲利心头生出一丝凄凉。外星人来了，世界还会一样吗？可能还是如此吧！

他继续审阅修改报告。

陶玉斌是个出色的助理，将所有的情报都整理得井井有条，就像规范的学术论文。各方汇聚的情报从不同方面对黑飞船进行描述，各种不同的试探都没有得到黑飞船的任何回应。这是一个令人沮丧的结果。如果这是外星人，那么地球人还没能找到一个和它对话的办法。

最重要的情报，还是那段以膜平面为背景的视频。李甲利打开剪辑过的视频，想再看看那奇特的黑飞船。

很快，视频上的标注引起了他的注意。

摄制者：江晓宇，膜平面巡检首席工程师。
摄制时间：2184年5月16日。
摄制位置：膜平面第863号基台。

江晓宇！李甲利不禁愣了愣。这段至关重要的视频居然是江晓宇拍的。

　　江晓宇不是应该已经从太空电站退役，回文昌就职了吗？李甲利仔细想了想，确定自己并没有记错。上周四和邓国宾确认过，他拍着胸脯说孩子的调令已经发了，"天帆一号"管委会也已经批复，周末就降落文昌，这事自己也就没再放心上。如果这视频是江晓宇拍的，那么他就还在膜平面上，还没有回来。这孩子真不让人省心！

　　李甲利皱了皱眉头。江晓宇是自己的女婿，虽然业务精熟，却从来不懂人情世故，这么多年一直在一线，让女儿陆帆一年有八九个月独守空房。虽然自己给他铺了好多次路，却总是被他搞砸。这次他好不容易同意调回来，却还是拖拖拉拉。

　　虽然拖拖拉拉，但这孩子第一个发现黑飞船，也算是大功一件！或许对他将来发展有好处。李甲利皱着的眉头舒张开，暂时把江晓宇引起的不快放到一边，开始看视频。

　　经过剪辑的视频上画出了一条虚拟的红线，它穿过整个膜平面，指向"天帆一号"指挥中心，然而并没有在指挥中心停下，而是继续顺着静止轨道移动，指向一个标注着严重警告的目标。

　　绕过半个地球，"阿波罗旗帜"太空电站像是"天帆一号"的镜像，横卧在静止轨道上。"阿波罗旗帜"规模虽然只有"天帆一号"的十分之一，却是美国近期竭尽全力推进的太空项目，寄托着美国人重新出发的希望。

　　从"天帆一号"发射的不明飞行物威胁"阿波罗旗帜"！大概等不到天亮，美国人的大喇叭就要震响全世界了。

　　还能做点什么呢？

　　李甲利紧紧皱起了眉头。

03

空 难

"帆帆,我这边有点事……"江晓宇斟酌着字句,然而话到嘴边,就像被堵住了,怎么也出不了口。食言又食言,真是说不过去。

"是要推迟航班吗?出了什么情况吗?"陆帆柔和的声音传来,"你开摄像头,让我看看你。"

"现在基地有紧急状况,为了保证对地传输带宽,所有视频传输一律禁止。"

"啊,这么严重,你千万要小心啊!"

"我会小心的,你放心!"江晓宇立即顺着陆帆的话往下说。

话一出口,江晓宇便感到这对话无比熟悉。多少次了,从太空里给陆帆打电话,但凡自己只要提到太空里的危险,陆帆都会这样叮嘱一句。陆帆第一时间想到的,总是叮嘱自己要小心;而自己,也总是这么回一句。

一股愧疚感涌上心头,按照计划,这个时候自己应该已经降落在三亚,再过两个小时就可以和陆帆见面,然后陪她去产检,看看她肚子里的孩子。这一天陆帆已经盼了很久,却又要被往后推迟了。

"我处理完就很快回去,"江晓宇接着说,"现在基地很乱,我需要处理一些事。事情真的很急,我得帮着阿伦维持秩序,他离不开我。"

"千万小心。航班确定了发消息给我,我安排车子去接你。"陆帆回答。

"黑爪不在,我可想她了!"陆帆接着说,"我一个人,总觉得屋子里少了什么,画画也不安心。"

黑爪是陆帆养的猫，平日里一有空就抱着，超级宠，但为了养胎，不得不送到朋友家寄养。

"那……让我妈去陪你？她烧的菜也合你胃口。"江晓宇犹豫着说。

"你不是很快就回来了嘛，让你妈来了，她不就知道了嘛！"

陆帆指的是怀孕的事，双方的家长都不知道，陆帆一直坚持要等到十六周孕情稳定了再说。她不想让老人担心。

"你现在情况怎么样？还吐得厉害吗？"

"已经不怎么吐了，这两天都挺正常的，吃饭也正常。昨天中午点了份海南鸡饭，胃口大开，都吃得干干净净。"

"那太好了，营养得跟上。"

"你这么说是关心我还是关心孩子啊？"

"当然是关心你，你的健康最重要！"

"哼，骗我！"

虽然远在万里之外，江晓宇仿佛能看见陆帆那娇嗔的模样。

"等你回来，就知道孩子该姓江还是姓陆了。"陆帆小声地说，语调中仿佛带着无限的憧憬。

陆帆的意思，做了产检就可以知道孩子的性别了。按照约定，如果是男孩，就姓江；如果是女孩，就姓陆。

江晓宇握着电话，正想问陆帆希望是男孩还是女孩，耳边突然传来一声警报：

"紧急集合，紧急集合，所有人员，立即前往任务中心！所有人员，立即前往任务中心！如果不能直接前往，请立即锁定9号频道。重复，所有人员，立即前往任务中心！如不能前往，请立即锁定9号频道……"

"紧急集合，我必须走了。我一定尽快赶回去。"江晓宇匆忙说。

"千万小心！"陆帆叮嘱了一句，"我的画快画完了，但我想等你回来再完成它。"

"放心。"

从对地通信舱里出来，江晓宇快速向着任务中心移动。

指挥控制中心是一个庞大的太空站，或许甚至可以称之为太空城。六百多个舱室彼此相连，组成一个金字塔般的巨型结构，一条条通道极为相似，太空里又没有上下的区分，身在其中，仿佛置身于一个三维迷宫，新来的人不依靠标牌指示根本无法找到目的地。

江晓宇则不一样，近三千天的太空工作时间几乎是一个世界纪录，指挥控制中心就像他的第二个家，他闭着眼睛摸一圈都知道自己在哪个位置，最快路径就像是本能般浮现在脑海里。

他果然第一个抵达任务中心。

总指挥阿伦·费尔南多正等着人员到齐，见江晓宇进来，向着他点了点头，示意他站到身边。

江晓宇游动到阿伦身边，扳正身子，和他平行而立。

阿伦脸色阴沉，眉头紧锁，一副心事重重的样子。这个菲律宾人身宽体胖，性格开朗，颇受全体工作人员爱戴，他从联合国能源署副署长的岗位上调任到"天帆一号"做总指挥，并非因为专业足够优秀，而是因为他是一个各方都容易接受的人选，尤其是因为在中国七年留学的经历，让他能够熟练使用中文，这一点在这个以中国籍员工为主体的机构里是个不小的优势。

"是那个东西？"江晓宇悄声问道。虽然发现黑飞船的消息被严格保密，但在膜平面上已经成了公开的秘密。人们用"那个东西"来指代它，仿佛它是什么不可言说之物。

阿伦没有回答,只是点了点头。

三年来,从来没见过阿伦这么严肃的样子。江晓宇不由也担忧起来。外星人!想不到有生之年居然可以遇到外星人!如果它们对人类有敌意,可能就是人类面对的最大灾难!但应该不至于这么糟……

任务中心很快挤满了人,两百多人拥进六百平方米的空间里,让空旷的任务中心也显得狭窄起来。一些人干脆悬在天花板上,躲开拥挤的人群。

阿伦身前的面板上,显示着两千八百七十多人在线,接近膜平面上工作的全部人员数量。

见到的人差不多了,他清清喉咙开始讲话:

"有个不幸的消息,我们面对极为不确定的情况。"阿伦开门见山。

"不明飞行物的事大家都已经知道了。这个目前还是保密消息,不得向地球上的家属或者无关人员透露半点。但很可能,你们的亲人朋友很快将从各种新闻渠道获知不明飞行物的存在。这个不明飞行物离开我们的膜平面,沿着静止轨道飞行,沿途吞没了三颗静止轨道卫星。"

大厅里响起一阵嗡嗡声。

"这三颗卫星分别属于法国里昂通信有限公司、中国航天部和俄罗斯联邦空间事务局。它们被吞没,只是因为它们恰好在这个不明飞行物的飞行路线上。更糟糕的是,这个不明飞行物还制造了一起空难。爱丽丝,请打开卫星视频。"

从大厅的三个角落里各射出一道光柱,在大厅中央交汇,形成一个直径三米的光圈,光圈里浮现出图像。

地球是一个明亮的背景,一艘飞船正在太空中缓缓飞行,船身上赫然印着美国星条旗,"USSF370"的白色标号甚为醒目。

江晓宇认得这艘飞船,赫尔墨斯型空天两用飞船,有军用和民用两种型号,是美国太空军存量最大的空天运输船。

黑飞船进入视野中,全黑的外貌让它只能在星空背景上以遮挡的方式被观察到,为了醒目,影像中用红色的线条勾勒出飞船的轮廓。它不疾不徐地向前,缓慢逼近赫尔墨斯运输飞船。赫尔墨斯运输飞船似乎根本没有觉察到不速之客的到来,仍旧按照既定路线飞行。黑飞船慢慢追上了运输飞船,一点点地将它掩盖掉,最后完全消失。这应该是一次猛烈的碰撞,然而黑飞船的轨道一点也没有发生变化,就像根本没有和任何物体接触过一样。

大厅里鸦雀无声。

这场景实在太过于诡异。赫尔墨斯运输飞船虽然在影像中看上去只是不起眼的一个小东西,但实际的尺寸有五百米长,近百米宽,是个十足的庞然大物。那黑飞船看上去虽然大一些,但能将运输飞船整个地吞下去,实在太出人意料。

阿伦使用了"吞没"这个词。这场景看上去真的很像细胞的吞噬,只不过对于一个细胞来说,吞下任何东西,都会让自己的体积增大一点。但这黑飞船显然不是如此,它像是一个移动的黑色窟窿,一切东西都可以掉进去,完全不留痕迹。

"运输飞船上有三名船员,是美国小行星矿业公司的职员,准备到盖亚空间站中转,前往小行星矿业的深空基地。"阿伦接着说道。

"这个事件已经被当作重大新闻传播,所以虽然对黑飞船的信息仍旧要严格保密,但大众很快就会知道太空里发生了奇怪的事件。你们的家人可能也会和你们联系,想要求证。因此我再次声明,在得到进一步的通告之前,关于黑飞船的一切,都是保密信息,不得透露。

如果泄密，会追究责任。"

"那我们该怎么说？"人群中有人发声。

江晓宇循声望去，提问的人是王劲。

"不要主动提及，如果有人问，就说不能透露任何情况。信息不能从我们指挥控制中心泄露出去，这就是全部要求。"

"那不是掩耳盗铃吗？地球上都传开了呀……"

王劲的话引起了不少附和，舱里一片嗡嗡乱响。

阿伦抬起手，使劲下压："大家不要误解，我们作为直接当事人和目击者，说出的话会有特别的分量，为了避免任何以讹传讹，所以才有这样一条规则。你们所有人到这里工作的时候，都签了保密协议，对任何影响重大的信息，都负有保密责任。你们都是精英分子，都明白自己承担着什么，我不想就此再多说了。"

阿伦一改往日的和善，语气格外严厉。

现场安静下来。

"这件事先这样，下面还有更重要的事。"阿伦接着说，"因为USSF370飞船的失踪，世界航天运输组织已经发布了航行警报，所有在高轨道进行的项目都要暂停，原计划的发射推迟，所有在高轨道工作的人员需要尽可能快地疏散回地球。我们的'天帆一号'将进入最小维护模式，疏散计划要在三天内完成。任务中心将统筹所有的必要维护工作，少数人留在膜平面进行维护，大部分人都会收到疏散通知。疏散人员的薪资仍旧照常支付，你们可以把这看作提前度假。"

提前度假仿佛是个好消息，然而人群一片寂静。

紧急疏散！这样的事在"天帆一号"近二十年的历史上还从未发生过。这庞大的太空电站每天向地面输送六百亿度电，满足环南海八亿人口的生产生活需求，甚至还向北输送到中国华东、华北，向西到

48

印度的西孟加拉邦，南至澳大利亚、新西兰。电站的安全受到联合国公约保护，也配备各种预警安全措施层层防护，将来自太空的威胁消弭于无形。电站工作守则中，虽然也有紧急疏散的条款，但人们从不把它当真。如果"天帆一号"都需要紧急疏散了，那么整个环南海区域会遇到大麻烦，不仅如此，还会波及全球，变成一场经济灾难。

一片寂静中，江晓宇举手提问："失踪的飞船，有发出任何信号吗？"

阿伦看了江晓宇一眼，说道："目前我没有得到确切消息。失踪飞船属于美国太空军，租借给小行星矿业公司使用。如果有什么紧急信号，大概只有美国太空军才知道。不过，美国国防部向安理会提交了一份保密议案，可能包括了你想知道的情况。目前，安理会正在闭门开会。"

阿伦扫视一周，见没有人再想发言，于是吩咐所有人收尾手头的工作，等候疏散通知，然后宣布散会。

人群陆陆续续散去，任务中心渐渐恢复了空旷的样子。大屏幕上，正在进行的各项任务也开始由绿色转为黄色，意思是从"正常进行"转为"悬置"。

江晓宇没有立即动身。自己这两天只有训练任务，不存在什么收尾工作，正好借这个时间理一理头绪。

钱复礼原本没能挤进大厅，只在舱门边听了整个会议，见江晓宇还留在大厅里，便移动过来。

"江指导，我们该怎么办？"

"等通知。"江晓宇冷冷地抛出一句。

钱复礼讨了个没趣，也不走开，就在一旁等着。

阿伦找了过来，"晓宇，有件事要和你商量一下。"

"什么事？"

"麦克斯那边，还要请你去安抚一下，麦克斯你比较熟悉，好说话。"

"麦克斯他们怎么了？"

"他们收到美国航空署的通知，告知会有美国太空军的飞船接他们撤离。"

"太空军？到'天帆一号'来接人撤离？"

"是的。"阿伦回答。

江晓宇默默点头。太空电站是非军事化的，如果美国太空军的飞船降落在"天帆一号"，背后一定经历了复杂的博弈，联合国太空开发署和中国政府一直反对任何军事用途的航天器接触"天帆一号"。大概只有像黑飞船这样的突发重大事件，才能让太空开发署和中国政府同意使用军用飞船来"天帆一号"上接人吧。

"那么我们也会军管？"

"目前没有消息，但遇到这种情况，可能军队介入是最有效的办法。"

"麦克斯他们怎么想？"

"他们不想离开，特别其中有六个学员是通过联合国太空电站计划分配来实习的，才刚到一天。"

"美国宇航局要他们撤离，他们难道还能拒绝？"

"麦克斯的项目和美国宇航局没关系，他是搞量子理论的，只有亨特是航天署指派的，其他人的合同都是和联合国能源署签订的，但他们的国籍都是美国，哦，有一个应该是意大利人，美国的行动，可以视为撤侨。"

"我去找麦克斯，但是他们要真不想走，难道就让他们留在膜平面上?"

"我们会统一安排撤离,他们不可能留在膜平面上。他们平静下来会想明白的。主要是麦克斯的问题,其他人都应该会服从安排。你去劝劝他。"

江晓宇正想动身,阿伦又拉住了他,"黑飞船是你第一个发现并报告的,中国政府已经发函要立即调你回去,和麦克斯他们聊完,你就要做好返回地球的准备,第一批撤离。"

江晓宇一愣:"调我回去?这怎么说?"

"你是第一个发现者啊,难道你不明白这是个巨大的传播机会吗?你马上就是世界名人了。"

阿伦笑着拍了拍江晓宇的肩膀,江晓宇却感到一阵烦躁。紧急撤离工作一展开,整个膜平面上不知道有多少善后工作要做,所有人都会忙碌到最后一刻,自己却要先回去,做一个不能随便说话的吉祥物,只因为有宣传价值。留在膜平面上守护地球人的这份共同财产到最后时刻不好吗?一刹那间,江晓宇仿佛明白了麦克斯的心思。

然而陆帆也正等着自己回去,迟早要撤,早点撤也好。这么一想,江晓宇又把升到心头的火气压了下去,向阿伦挥了挥手,径直向着欧米伽舱去了。

欧米伽舱是指挥控制中心最大的舱室之一,2180年由马斯克太空探索基金发射,主要为美国的空间研究提供服务,兼有科学试验和居住功能。舱室的设计目的本是进行空间试验,但实际上因为和"天帆一号"指挥控制中心连为一体,被指派的宇航员往往都是为了获得太空电站运行维护的经验。作为最资深的"天帆一号"工程人员,江晓宇经常和美国同行打交道,大部分时间都是作为指导者,有些时候则是朋友,比如在面对麦克斯的时候。

麦克斯穿着一件橘红色太空服。太空服颜色是膜平面上区分工作人员和访客的最直观依据，工作人员都穿白色太空服，而访客则穿的是蓝色或者橘红色宇航服。

宇航服都有臂章，蓝色的"天帆一号"徽章是在联合国徽章的两侧，伸展出一对翅膀，包裹着整个地球，这是球章。球章下方多数情况还会有个国籍臂章，是各国的国旗，或者没有政治争议的地区旗帜，被称为国章。虽然亚盟、北盟、伊盟、非盟……各个区域合作组织之间都加强了政治协作，许多事务都在联盟的层面上决定，但各国仍保持着相对的独立性，人们通常也会为自己的国籍而自豪，所以大部分人都会佩上国章。不戴国章的人，一般会被认为是个世界主义者，这类人希望人们彻底地忘掉国和国之间的界别，他们呼吁全世界只有一种人类，只有一个地球，所以也会被称为地球主义者；而不戴球章的人，则会被视为另类，一个Maverick[1]，毕竟这世界上不赞成地球大联合的人是绝对少数，分歧往往仅在于怎么联合、在谁的主导下联合而已。

胳膊上既没有球章也没有国章的，大概整个膜平面上，麦克斯是唯一一个。

"晓宇，你来了真是太好了！"麦克斯张开双臂给了江晓宇一个热烈的拥抱。

"我知道你是来劝我的。"麦克斯直接讲了起来，"我已经向美国宇航局回电了，要求继续留在膜平面上。外星飞船的确造成了潜在的危险，但我宁愿留在这里观察它，这是我们第一次见到来自地球之外的航天器，对不对？我们怎么能放过这个机会？"

"它有攻击性，它吞没了运输飞船。"

---

1. 特立独行者。

"没错,这像是一次攻击,但这是来自地球之外的飞船啊!它不了解地球,我们也不了解它,有一些误解是难免的。我们可能会把它的一些举动误解为攻击,它没有攻击'天帆一号',对不对?这证明它是善意的。如果它存心要和我们为难,怎么会放过'天帆一号'这样的大目标呢?"

江晓宇摇了摇头:"我不知道,现在无法下什么定论。你想要研究它,在地球上同样可以研究,'天帆一号'上获得的所有情报都会进入数据库。"

"晓宇,你什么时候变得这么保守了?当年你可不是这么想的。你一直认为外星人不可能对人类造成伤害,你比我还坚定,现在不承认吗?"

"我承认……"

"承认就好,跟我一起留下,研究这艘飞船。如果回地球,你就没机会了!"

"回地球一样可以有机会,你在这里也只能通过望远镜看它,和在地球上又有什么两样?"

"这里有专用的望远镜!"

麦克斯指的是"天帆一号"附带的量子边界望远镜,专门用于引力波探测。六年前,正是这台望远镜的观测结果证明了钱-米勒引力涨落理论的正确性,让钱伯君教授和托马斯·米勒博士当年就获得了诺贝尔物理学奖,追平了该奖项的最快获奖纪录。人们对这台望远镜的后续运行寄予厚望,期待它能通过捕获引力的极微小波动验证空间涨落,不仅证明暗能量的存在,而且揭示暗能量和宇宙膨胀之间的定量关系,给钱-米勒理论打上最后一块补丁。麦克斯正是量子边界项目组的特聘专家,除了吃饭睡觉,大概他所有时间都献给了这个项目。

江晓宇笑了笑,说道:"如果你愿意在中国太空军的管制下进行研究,我也就不劝你了。"

麦克斯一愣:"中国太空军要来?'天帆一号'是非武装区,不允许军人到这里来。"

"美国要派遣军用运输飞船来接你们,中国当然也会派出军队。非武装区是联合国决议,联合国决议可从来没有考虑过外星人。"

麦克斯露出犹豫的神情。

麦克斯应该会同意撤离。江晓宇也不催促,静静地等着麦克斯下决心。

麦克斯是个绝对自由主义者,他信奉康德的名言:"有两种东西,我对它们的思考越是深沉和持久,它们在我心灵中唤起的惊奇和敬畏就会日新月异,不断增长,这就是我头顶的星空与内心的道德律。"恰好麦克斯的道德律是除非自愿,任何组织和个人都不得干涉个人的自由。对警察、军队这样的强力组织,他总想躲得远远的。和一群军人朝夕共处,服从他们的管制,对他来说就是地狱。

"他们喜欢来,就来吧!我得留下。"麦克斯最后说道。

为了理想,麦克斯宁愿下地狱。

江晓宇叹了口气:"麦克斯,你还是同意撤退吧,谁也不知道会发生什么,钱-米勒微扰动情形,不在这里也能观测。"

麦克斯果断地摇头:"不行,我得留在这里。现在不是验证微扰动的问题,现在是外星人的问题!外星人到来的情形非常特殊,这可能是一个极好的观测机会。"

"这里是太空!没有工作人员的支持,你什么也干不了!没有装备助手,你能启动装置对准目标吗?你能从数据中心拿到转译数据吗?你能看见外星人吗?你连外星人飞船的影子都看不到!你留在这里，除了增加维持成本，还能做什么？"江晓宇提高了声调，做最后一次努力。

"我不想错过历史。"麦克斯平静地看着江晓宇，"你没有注意过那艘外星飞船的轨道数据吧？我正好拿到了数据。"

麦克斯打开屏幕，拉出一张轨迹图。黑飞船正沿着同步静止轨道飞行，这是基地里所有人都知道的事。然而麦克斯的屏幕上多了一些线条，一个红圈贯穿整个同步静止轨道，黑色的底色上拉出了一个白框，框里标注着一个复杂的方程，方程下方注释：**二次奇异解**。

江晓宇愣了愣。眼前的这个方程和解答自己似曾相识，就像骤然间见到一个久违的老朋友。这是钱－米勒引力涨落理论的一个奇异解，任何质量中心，只要在旋转，它的同步卫星轨道上就可以产生空间驻波，形成极其细微的引力波动。这是当年自己和麦克斯一起在托马斯空间研究所读博的研究课题。

"怎么样，还记得吧？我们当年的研究课题就是这个奇异解。如果奇异解真的成立，那么驻波的速度应该是……"

"静止轨道卫星线速度的两倍。"

"对。"麦克斯在键盘上敲了一下。一个白点绕着红圈运动起来，速度和方向与黑飞船轨迹完全相同。

江晓宇咽了口唾沫，这样的数据背后隐藏着对钱－米勒理论的支持，如果真是这样，同步静止轨道上就应当有空间驻波正在传播。这么重大的发现就在眼前，麦克斯怎么会选择撤退？

"晓宇，你也应该留下来，一辈子只有一次的机会，你怎么能错过？不，这是人类的全部历史中只有一次的机会！"

江晓宇看着麦克斯。麦克斯的眸子是蓝色的，清澈得像是一泓山间的潭水。

04

验算

"飞机将在二十分钟后降落塞丘索非拉国际机场。"机组广播提示。

李甲利环抱着胳膊,正昏昏欲睡,被这广播一惊,瞬间清醒过来。他赶紧伸手揉了揉太阳穴,疲惫懈怠的感觉稍稍退去一点。

真是老了啊!十二个小时内从文昌飞到北京,又从北京飞回文昌,然后再飞往塞丘索非拉,上一回赶这么繁忙的行程,还是在启动"天帆一号"计划的那一年。那时自己还年轻,精力充沛,哪怕二十四小时不睡,也不觉得疲倦。现在呢,既睡不着又犯困,既为即将发生的事忧心忡忡,又感到无能为力、心力交瘁。

李甲利扭头看了看窗外,塞丘索非拉正从夜里醒来,灯火仍旧绚烂,地面上的建筑虽然模糊,却也能够看清轮廓。

城市中心,一个巨大的白色斑点格外令人瞩目,四通八达的道路,高高低低的楼宇,都围绕着它,拱卫着它。那是太空电站的地面接收站,是塞丘索非拉这个城市存在的缘由。

在三分之一的地球表面,天气晴好的时候,人们都可以看见高悬在塞丘索非拉上空的"天帆一号",某些时候,人们还能看见一道隐约的光柱。巨大的能量柱从天而降,承接它的就是塞丘索非拉。"天帆一号"把阳光转化为电能,再转化成微波向地球传递。而塞丘索非拉则将微波再度转化为电能,送入超高压输电网,以中国南海为中心,向外辐射。

飞机降低了高度,直径达三十千米的微波接收阵列看上去更为宏伟,白色的方形模块彼此相连,在苍翠的群山中展开,像是一只巨大的眼睛望向天空。这是地球上最大的人工单体建筑，人类建造的更大的物体，则是在太空中，直径是它的十倍，隔着三万六千千米和它遥遥相望。

每天六百亿千瓦时的巨大电能，惠及二十五亿人口，这项人类有史以来最伟大的工程，已然成了全人类和平发展、共同繁荣的典范！

如果没有意外，自己将以"天帆一号"工程设计者的名义载入史册，和那些伟大的名字并列。

然而，这不请自来的外星人，让一切突然间充满了变数。

外星人来了！如果它们充满了恶意，那么一个超巨型太空电站对人类来说，非但不能提供任何好处，反而成了软肋。只要摧毁它——甚至无须摧毁，只要瘫痪它——人类就自然陷入极大的动荡，这不可预知的巨大风险让所有人都提心吊胆。如果它们是善意的，那么人类的命运将第一次被另一个物种改写，从此走上一条从未预料过的道路，这也让人不得不警惕。

然而更令人担心的是，不管外星人是善是恶，人类自己就先乱了。这来自天外的巨大刺激，简直要把地球人之间那点新仇旧恨都刺激出来。该有多少人根本不在乎外星人，只想趁机浑水摸鱼，报仇的报仇，牟利的牟利！大人物们虽然对外星人很感兴趣，但更感兴趣的还是大洋对岸的反应。他们担心是否这一次美国人又会跑到前边去，是否过去三十年，全力建设太空电站是一个无可挽回的失误。

李甲利怔怔地望着舷窗外那越来越醒目的一片灰白出神。

"飞机将在五分钟内降落塞丘索非拉国际机场，请将座椅调整至降落模式。"机组人员提示。

李甲利将座椅调整到降落模式，闭上眼睛。

谋事在人，成事在天，现在只能走一步看一步了。

塞丘索非拉控制中心气派非凡。三百米穹顶下，巨大的屏幕到处铺展，行走其中，仿佛置身于一个数字世界，一切都是高保真的像素而并非实体。这个高度自动化的控制中心，由中央计算机"图灵一号"运行管理，只安排了极少的工作人员，在控制中心中行动的人更是少之又少。一路走来，李甲利只看见两个身穿防尘服的工作人员，隔着面罩，也看不清对方的脸，抬手招呼一下便匆匆擦肩而过。

穹顶正中心下方有一间半球形屋子，银亮的合金外壁让它看上去仿佛一滴水银，和周围五颜六色的屏幕投影格格不入。李甲利走到屋前，端详着这工艺品一般的建筑。发亮的金属映出他的模样，一身浅蓝色防尘服，一顶巨大的白色头盔。

还没等他看清头盔中自己的面孔，毫无缝隙的金属表面突然向后退去，露出一个门洞来。

"图灵一号"正等着自己。

李甲利跨进屋子里，门洞在身后悄无声息地关闭。

一刹那间，周围一片白茫，什么都看不到。

"'图灵一号'为您服务。"一个声音在这一片虚无中回荡。

"制订关机方案，一旦得到联合国指令，立刻中断'天帆一号'向地面的能量输送。"李甲利说道。

"我的设计指标是将'天帆一号'太空电站维持在最佳状态，尽可能向地球输送更多能量。"

"没错，但现在需要你做一个备份方案。"

"您拥有超级权限，我服从您的指示。但我必须提示后果。"

"后果是我要考虑的事，你按照我的指示，进行方案设计。需要多少时间？"

"大约两个小时。"

"好的，两个小时后我再来。"

退出水银屋，穿过控制中心，李甲利出门到了回廊里。

陶玉斌正在回廊里等着，一见到李甲利出来，立即迎了上去。

"李总，有重要情况。"他说着递过一张显示纸。

李甲利没有打开，而是将纸一卷，握在手里，示意陶玉斌跟自己来。

两人一前一后，匆匆通过回廊，钻进了专车。

在车里，李甲利打开纸卷。柔软的纸屏上显示出内容，是来自裴黎阳的最新报告。美军的"宙斯号"太空母舰出动了，正在变轨，准备从拉格朗日空间站进入静止卫星轨道，拦截黑飞船。北京的报告会上，国防部专家的判断应验了。

为了保护"阿波罗旗帜"，"宙斯号"冲向了神秘的未知之物。这是勇气，也可以说是莽撞，然而到了这种时候，两者还能有什么分别吗？

黑飞船沿着静止卫星轨道飞行，势不可当，已经吞没了三颗卫星，以及一艘军用运输飞船。卫星是小目标，可以容忍，运输飞船也并不算太大的损失，但"阿波罗旗帜"如果被摧毁，将是无法承受之重。为了和"天帆一号"竞争，北盟发展了自己的太空电站，虽然规模还只有"天帆一号"的十分之一，但也是地球轨道上绝无仅有的两座太空电站之一，"阿波罗旗帜"就是北盟实力的象征。

美国人不可能眼看着黑飞船摧毁"阿波罗旗帜"，必将做出孤注一掷的决定。"宙斯号"拥有强大的武力，它装备的两门百万千瓦电磁炮，被认为是"清洁的核武器"，不会造成核污染，也无法防御。这移动的太空堡垒是美国人的镇国神器，但从来没有真正投入过实战。军事专家认为，采用大规模无人机集群战术，可以抵消这种巨型战斗平台的强大威慑。"宙斯号"搭载的重型武器，虽然可以对重大目标形成致命威胁，却对付不了快速灵活的小型目标，超高速大规模的无人机集群正好是它的克星。不过，黑飞船是一个单一目标，"宙斯号"可以正面和它对抗，虽然并不知道对抗会有什么结果，但至少还有希望。

"如果'宙斯号'真的可以击毁黑飞船，这世界就少了许多麻烦！"

"也可能是多了许多麻烦！谁知道击毁一艘外星飞船，会不会引来一大群呢？"

"还有多久黑飞船会和'宙斯号'遭遇？"李甲利问道。

"目前没有这个情报。'宙斯号'出发不到十五分钟，最后的入轨计划还没有确认。从黑飞船的动静来看，它一直沿着静止轨道运动，相对静止轨道卫星的速度是一万一千公里每小时，'宙斯号'应当做不到这么快的加速。"

"嗯！"李甲利微微皱了皱眉头。

地球静止轨道上，卫星的速度达到一万一千公里每小时，引力和离心力恰好平衡。如果一艘飞船完全要沿着地球静止轨道飞行，速度却超过一万一千公里每小时，地球的引力就拉不住它，它就需要使用额外的动力让自己不被"甩"出去。超出的速度越大，需要用来克服离心力的推动力也就越大。速度超出轨道速度一倍，还要把飞船准确地维持在轨道上，它甚至不喷射任何物质就能做到这一点，这艘外星飞船的动力系统先进得令人无法理解。在这种情况下，"宙斯号"赶去拦截，要想成功，大概需要最好的运气。

"或许'宙斯号'比我们的情报所估计得更先进一些。"李甲利淡淡地说了一句。

"他们要是成功了，不知道在联合国会有多嚣张！"

"他们要是成功了，那的确是为全人类做出了贡献。"

"攻击外星人也算是贡献？外星人很可能是来和平交往的，击毁这艘飞船，说不定会引发星际战争呢！"

"不能瞎猜。如果外星人是来和平交往的，它们就该表达善意，但是我们没看到任何善意。我们只能根据真实的情况来判断。如果这是一场星际战争的开端，那么它们实际已经开了第一枪，美国人的这次行动，应该算是地球的一次反击。"

"美国人只能代表美国，最多代表北盟，他们凭什么代表全人类？还反击，贸然攻击引发星际战争怎么办？"陶玉斌显然非常担忧。

"小陶！"李甲利沉下了脸，"这种时候，什么谣言都有，你是个科学工作者，不要随便乱传……注意，千万不要把个人情绪带到工作中来。人类命运共同体不是个口号，是事实。外星人都到眼前了，难道人类还不是一个共同体吗？"

陶玉斌不说话了，但还是皱着眉头。

李甲利也不想就这个问题继续争论下去，毕竟眼下紧急的事情太多了。

"记录备忘，'图灵一号'授权完成，停机计划正在制订中，随时报告。备注：'天帆一号'提供的能源影响到二十五亿人的日常生活，一旦停止供应，灾难性后果无法估量，请领导慎重考虑。"

看着小陶完成了记录，李甲利又吩咐一句："现在所有的信息都很敏感，我们需要保持一个清醒的头脑进行分析，千万不要感情用事。"

"是。"

"裴黎阳那边有任何关于'宙斯号'的情报，及时通知我。也帮我预定好飞回海南的专机，一拿到关机方案，我们就回去。"

"您放心!"

"陈英华已经在控制中心后边的长回廊里等您了。"小陶补充了一句。

"怎么不早说!"李甲利把电子纸往座椅上一放,立即下车。

绕到控制中心的后花园,远远地就看见一个熟悉的身影正站在回廊里,一身青色的巴迪克长衫显得格外醒目。

"英华兄!"李甲利惊喜地喊了一声。

"甲利兄!"陈英华转身行了个拱手礼,李甲利也连忙拱手还礼。

陈英华是塞丘索非拉控制中心的计算控制专家,是个印尼华裔,中文说得很流利,毕业于美国麻省理工学院计算机专业,精通西方古典文学,常穿印尼传统服饰,举手投足间却总有一种中国古代文人的气质。李甲利非常喜欢和陈英华聊天,天马行空,无拘无束,一旦起了头,简直就停不下来。然而今天的情况有点特殊。

"我只有一个小时,'图灵一号'输出情报后,我就要返回海南。"李甲利开门见山地说。

"这个事我明白,我也听到一些谣言,但不知道情势究竟有多急?"

两人边走边聊,在后花园里打转。

"我不能透露任何具体的情报给你,如果你获得授权,该知道的你都会知道。"

"话是这么说。但是我可以说我知道的情况,并不是你泄露给我的。塞丘索非拉是地面控制中心,所有从'天帆一号'传输到地面的信息,都会有备份从塞丘索非拉经过。其中当然有保密信息,但'图灵一号'会把所有的信息都解密,然后呈现在简报里。"

李甲利停下脚步,看着陈英华,问道:"'图灵一号'会解码所有信息？"

"我以为你知道。塞丘索非拉是数据透明的，除了私人信息，所有的信息都会被'图灵一号'展示出来。"

"我不知道。我只知道塞丘索非拉这边会有数据备份，但可从来没有人提到过所有信息都会被解密。"

陈英华耸了耸肩。

李甲利追问道："你知道多少？"

"'天帆一号'会在十二个小时内由中国太空军接管，紧急电网切换方案已经在酝酿中。"

这情报已经属于绝对核心机密了。

李甲利不禁皱了皱眉，保密保密，到最后这么大一个漏洞就在那里，什么信息都往外传播，所有人都像是没有看见一样。然而这时候去追究责任已经太晚了。不过，外星人降临地球，地球上所有人都有权利知道这个信息，在这个信息化时代，这样的信息根本无法保密。这样一想，李甲利反倒宽心起来。

"英华兄，这个信息渠道有多少人知道？"

"我不知道，因为这是联合国公开项目，所有信息都是公示的。只不过，原本应该加密的信息被解密，这不是任何人的问题，是'图灵一号'自动运行的结果。我注意到这一点的时候，'天帆一号'已经运行了十多年，大概这些保密信息，其实原本也没有多少保密的必要吧，毕竟也看不到什么后果。"陈英华顿了顿，压低声音，"我来找甲利兄，是有另一些情况……"

李甲利顿时警觉起来，如果提示自己存在这个巨大的情报漏洞都不是陈英华的主要目的，那他究竟还知道什么？

"我一直在使用互联网数据训练古特人公司提供的开源智能核。

我用冯·诺依曼机来抓取网络数据，这个数据抓取工具和'图灵一号'所采用的数据处理方式基本一致。不同之处在于，冯·诺依曼机带有破解功能，能突破一些保密度不高的网络节点。我本来是无意的，但既然发现了，也没法当作没看见，何况外星人来了，这个消息就像是天启，这些人异常兴奋，让我感觉很不安。我不知道该找什么人，正好你来了，不妨你来看看这些情报。我总觉得有些不对劲，这些人会做出什么事情来，真不好说。"

陈英华说话的时候忧心忡忡，也有些语无伦次。

"究竟是什么情报？"李甲利打断了他。

"跟我来。"陈英华带着李甲利离开花园，钻进了控制中心。

陈英华的办公室在控制中心内部的办公区，不需要严格的检查程序，也没有防尘要求。办公桌很宽大，也很挤，零碎物件摆满了桌面，只留下中央巴掌见方一块地，放着包裹式的投影显示屏幕。

陈英华拉出一份文件，投影展开之后，是一张世界地图。地图上，塞丘索非拉是巨大的红点，红色的线条从塞丘索非拉向着世界各地伸出，连接着大大小小的红点，红点之间也彼此相连，形成一张错综复杂的网络。

这是"天帆一号"的供电网格图，李甲利再熟悉不过，他困惑地看着陈英华，想知道为什么要把这么一张再普通不过的输电线路图给自己看。

陈英华显得微微有些尴尬："一个计算机工程师在电厂的工作总是很清闲的，但是我也不能明目张胆地干自己的事，所以这张图是我的掩护。真正的信息是那些蓝点，你得仔细看才能看清。"

蓝点？李甲利仔细分辨，很快看到了一个个细小的蓝点，和地图的本底颜色接近，一眼看上去就像是本底上的纹路。蓝点之间以暗淡的线条相连，和红色线条的网络一样，纵横交错，形成了一张巨网。红点网络以塞丘索非拉为中心，主要覆盖亚太，延伸到中东，欧洲、非洲、美洲几乎都是空白；蓝色的网络则不同，它覆盖全球，除了南极洲之外，几乎整个世界都覆盖着一层蓝色网络。

"这是什么？"

"是一个全球互助组织，叫作心门GOH，它通过互联网传播，有专门的App，你在应用市场很容易找到，很热门。"陈英华说着打开了手机里的应用市场，找出一个图标递到李甲利面前。

李甲利看了一眼，那看上去不过是个普普通通的App图标，一道门框，门框里放着一颗镂空的心。心门，这图标的含义再直白不过。仔细看上去，有一滴滴的血从心上落下，透着邪劲，让人感到不适。

"但那不过是个掩护，它们真正的联络工具是暗网，根本就在监控之外。它并不承认自己是宗教，而声称是一个互助组织，但它实际就是个宗教，教徒要无偿把财产捐献出来，汇总到总部。总部会把财物转为各种跨主权货币，你知道这个组织拥有多少比特币吗？"陈英华接着说。

"多少？"

"至少六百万个。"

李甲利对金融市场并不熟悉，只知道比特币是一种最古老的数字资产，比黄金还珍贵。六百万个比特币，大约是富可敌国吧。

"这是公开的情报吗？"

"当然不是。是我的冯·诺依曼数据挖掘机挖出来的数据，我也没那个胆量去举报他们。这个世界上，没有谁是可以完全匿名的，他们不知道我，只是因为我不起眼，而不是因为他们找不到我。"陈英华说着向门口看了一眼，仿佛担心有人会推门而入，把自己带走。

这个叫心门的组织竟然让陈英华如此小心翼翼,哪怕已经身在戒备森严的控制中心。

"他们要干什么?他们知道外星飞船的事?"

"是的。他们知道,信息在塞丘索非拉泄露出去,在其他地方也会泄露出去。他们是知道的,信息在这个组织内部早就传开了,比我知道得还早。他们极度兴奋,说这就是期盼已久的神圣日。我不知道他们要干什么,但肯定不是什么好事。塞丘索非拉在他们的名单里,文昌也在名单里,还有圭亚那、卡纳维拉尔角……他们的名单很长,他们人也很多。"

李甲利点了点头。

"意外已经发生了。外星人的事不是只有你们少数人知道的,可以说,全人类都知道了。我并不认为这是坏事,不过我想要提醒你,全人类,也包括一些坏人和疯子。"

李甲利又点了点头。

"你可以请求安全部门或者军方的帮助,但是千万别提我的名字。关于心门的消息到处都有,你只是突然注意到了这个信息。"

李甲利再次点了点头。

带着"图灵一号"的停机计划走出控制中心,李甲利心事重重。

陶玉斌迎上来,李甲利将装有停机计划的口袋交给他,一言不发钻进车里。陶玉斌感到有些奇怪,低声问:"是计划有什么不利吗?"

李甲利摆了摆手,说道:"带计划回海南。到了再说。"说完便闭上了眼睛。

天上的事情已经够烦了,地上居然还会出幺蛾子,这世界真的是不让人好过!

他突然睁开眼睛,吩咐一句:"帮我发个信息给裴黎阳。"

05

艰 难 抉 择

从控制中心到机场短短三十公里的路，居然三个小时还开不到。

浩浩荡荡的人群堵住了机场高速，长长的车队一眼望不到头，车队的尽头处，甚至冒出了滚滚浓烟。

"李总，我已经向驻塞丘索非拉总领事馆求助，他们说会派出直升机来接我们。"陶玉斌打完电话后回头汇报。

李甲利嗯了一声，视线仍旧停留在车窗外，满脸忧色。陈英华说的是真的，这个形形色色的世界里，人们根本没有准备好迎接外星人的到来。大概坏人和疯子最欢迎外星人的降临，这样的好机会，他们怎么会放过。一夜之间，不知道有多少神迹在人们当中流传，不知道有多少人会受到蛊惑，世界会陷入动荡，而谁也不知道这事该如何结束。

他微微叹了口气。谋事在人，成事在天，全力以赴问心无愧就好！

手机嗡嗡震动起来，李甲利掏出手机。

是江晓宇打来的，语音通话，没有视频。这孩子和陆帆结婚这么多年了，和自己总还隔着一层，几多生分，远没有别家的女婿表现得那么亲近。江晓宇还在天上呢！李甲利不自觉地抬眼向着天空望去，接通了手机。

平时在海南，"天帆一号"都居于南边的天空，形状像是一片横卧的风帆。在这里，"天帆一号"居于天顶正中，是一个规整的椭圆，看上去更为庞大醒目，比月亮更大更亮，白天也能看得清清楚楚。

"爸，电站正在执行停机计划，您知道这事吧？"

江晓宇这是明知故问，李甲利心头有一丝不快。

"我知道，怎么了？"

"我想留下站最后一班岗。"

"嗯。挺好的啊！"

"但航天部已经发文，要我立即回去，说是要对我首先发现黑飞船的事进行表彰。"

"这是好事啊，你正好原本就要回来，你不是应该上周就回来了吗？"

"我还要带一个徒弟，给他训练完101耽搁了点儿时间。"

"那现在也该回来了。陆帆可是盼了好久了！"

电话里传来一阵沉默。

"这事你还没和帆帆提？"李甲利问道。

"这事我没法和帆帆开口。"

"那就和我开口了？"李甲利有些生气，"江晓宇啊，上回我怎么和你说的，事情都已经安排好了，你直接飞回文昌，一切都安顿下来，你都在天上飞了二十多年了，该休息了。毕竟，你是有家的人，退下来，年轻人也可以上啊。国家又不是不培养新的航天员。你得考虑一下四十五岁以后该干什么，人不可能飞一辈子的，身体也受不了。"

"爸，我明白！只是——"

"只是什么？我告诉你，这一回，不管是为了国家，还是为了帆帆，你都得下来。作为你的岳父，我要求你下来承担起照顾帆帆的责任；作为你的领导，我要求你服从大局，服从航天部的指示，不要自行其是。"

"爸，您说的我明白。我也很想现在就回地球，马上在文昌安顿下来。但是爸，黑飞船就在轨道上啊！我在膜平面上干了二十多年，谁能比我经验丰富？太空军马上就要入驻，哪怕是太空军，恐怕也找不出任何一个人能比我更有太空行走经验，比我更能处置紧急情况，也没有一个人能更好地和麦克斯合作。"

"麦克斯？他怎么了？"

"他拒绝返航，要求留在太空站继续进行引力波观测。"

"他是个自由太空人，你是隶属于中国航天部的航天员。"

"但是面对外星人，难道不是一样的吗？我们要考虑的是如何最大效率地和外星人沟通，我留在这里，哪怕机会渺茫，也不应该放过。我是太空中这上千号人里最应该留下的那一个。爸，您是首席科学家，把它看作一个科学问题，难道不是应该把最优秀的人留在最需要的岗位上吗？这里就是最需要我的岗位。"

李甲利沉默下来。从不同的角度看问题，会有不同的想法。江晓宇把问题推到了人类和外星人的高度，从这个角度来看，他留在那儿无疑是最合适的安排。然而他不仅仅是个优秀的航天员，他还是陆帆的丈夫，也是航天部需要的典型，后两种身份要求他立即从"天帆一号"返回地球，回到日常之中，而不是在膜平面上待命，捕捉那可能永远不会发生的机会。更何况，外星人究竟抱着怎样的目的，根本没有定论，留在太空里是一件非常危险的事。

"晓宇，稳妥起见，你还是尽快回来。"

"爸，这是个千载难逢的机会，可能全人类的历史上也只有一次。回到地球上，谁都可以替代我，但是留在太空里，我才能发挥更大的作用。我认为外星人肯定会再度回到膜平面，这是地球轨道上最大的人造物体，外星人不可能不注意到它，现在它绕着地球飞行，只是在收集情报，它肯定会回到膜平面来。也许这就是我们第一次和外星人接触的机会！"

"它吞没了美国人的运输飞船,已经有人死了。我不希望你去白白送死。"

"这不是白白送死,人类总要和外星人接触,这不是我们航天人最大的光荣吗?美国人已经派'宙斯号'去追击黑飞船了,他们可能会和外星人达成第一次接触,但是更可能,'宙斯号'根本奈何不了外星人,对方的技术水平应该远远超过我们,我们更不能放过任何可能发生接触的机会。引力波望远镜、大规模任务中心、超级分布式计算……要和外星人通话交流,没有比在膜平面上更合适的了。"

李甲利再次沉默下来。让江晓宇留在膜平面上,这是个艰难的选择。然而江晓宇把电话打到自己这里来,一定是反复斟酌,下定了决心。太空事业是江晓宇的挚爱,当年自己不也正是被江晓宇的这种执着打动,才下定决心同意陆帆和他的婚事吗?

"你告诉陆帆了吗?"李甲利问道。

"还没有,我想先得到您的支持。"

"你说的情况值得考虑,我会向部里说明情况,但如果部里还是要求你返回地球,你不能违抗。"

"我一定服从组织安排。"江晓宇立即回答,旋即犹豫起来,"还有一点困难……"

"怎么了?要说的赶紧说,我还要赶飞机。"李甲利已经看见了远处的两个小黑点,是两架直升机,可能就是来接自己的。

"帆帆怀孕了。"

"什么?!"李甲利大吃一惊,女儿怎么从来没有和自己说过这事!

"已经三个月了,但一切都正常,您放心。"

三个月,那恰好是江晓宇最后一次休假结束的时间。说起来,江晓宇留在文昌休假五个月,也是为陆帆备孕做准备,这事家里人都知道。但陆帆真的怀上了,居然三个月了还没有和自己说,这就太伤人了。

即将成为外祖父的惊喜和被蒙在鼓里的不满掺在一起,让李甲利出神了几秒。

"你们怎么一直都没跟我说?"李甲利不满地说。

"帆帆说等情况确定一点再说,她说孕周到了十六周再告诉长辈。"

"既然这样你还留在膜平面上?你应该马上回来!"李甲利把话题带回到正题上。

"我知道,我就是站好最后一班岗。这事绝不会拖很长时间,黑飞船在轨道上飞行,只要三十个小时就能绕回到膜平面上。如果和外星人有第一次接触,那是多大的科学发现啊!那时候我再回去也不迟,帆帆会为此感到骄傲的。"

"帆帆会很难过。"李甲利沉着脸说。

"我知道帆帆会难过,她也不会向我发泄出来,郁积在心里不好,所以先给您打招呼。如果部里能批准我留在膜平面上,我会向帆帆解释的,您也帮我安慰安慰她。"

李甲利不禁摇了摇头,江晓宇这时候来求自己,如果没有帆帆怀孕的消息,或许还能去说一说,让他留在膜平面上待命。但现在女儿有了身孕,等于是要自己不顾女儿的需要,让女婿去完成一项危险性极高而收益可能为零的工作。这样的事自己怎么可能去做呢?

江晓宇啊江晓宇,当年可以说是有年轻人的闯劲,可到了这个年纪,还不能考虑周全,只能说永远长不大啊!

"你等通知吧,如果没有别的通知,就遵照安排按时返程。"

江晓宇似乎也觉察到了什么,轻声回答了一声"是",语调中难掩失落。

来接人的直升机在拥堵的车队上空悬停。

"我先挂了,要赶飞机。"李甲利说完挂断电话。

他微微沉思,随即吩咐陶玉斌:"小陶,记录一下,和联合国太空开发署确认麦克斯的情况,麦克斯·摩尔,他是个自由太空人,我要确认一下他在'天帆一号'上的项目情况。另外,也给部里发一份备忘录,要求在'天帆一号'上留驻经验丰富的太空行走员,面对极端情况,他们更有处置经验。首选年轻的首席工程师。"

陶玉斌飞快地在电子纸上记录。

安排好一切,直升机也已经降落在高速公路旁的一片空地上。李甲利钻出车子,穿过车流,顶着直升机旋翼扇起的劲风上了直升机。

地面上的车队很快变得如一缕丝线般细,李甲利发现了异样。

"怎么回事?我们不是去机场吗?"

"机场已经被抗议人群占领,他们占据了跑道,所有飞机都无法起降。我们现在带您前往联合国维和部队的军用机场,那儿有专机等您。"直升机飞行员回答。

李甲利感到有些不可思议。抗议者瘫痪高速交通,这不是什么罕见的事,可占领机场瘫痪了飞机起降,对那些正在飞行的飞机来说很危险,并不是所有飞机都携带着足够的燃油可以转场,也不是任何机场都可以快速安排大量航班降落。搞不好这会导致航班机毁人亡。

"他们真的占领机场,阻拦了起降?"

"是的,我刚从那边过来。机场已经发出了紧急状态信号,市长怕警力不够,已经向联合国维和部队求援。恐怕会流血,那些人疯起来,会跟军队开战。"

坏人和疯子不惮于流血，流血反而让他们更兴奋，更有利可图。

除了武力镇压，大概最快、最有效、最彻底的解决办法，是快速搞清楚外星人到来的目的，和它们联系上，不管它们是善还是恶，至少有个确定的信息，全球政府也可以有步调一致的行动，人们也会得到真实的信息，而不是被谎言蒙蔽煽动。

李甲利望着舷窗外绿色的大地和蓝色的海，沉默不语。

"李总，您看！"陶玉斌突然喊了起来。

李甲利侧过身子，顺着陶玉斌所指的方向看过去。在对侧的舷窗外，出现了一只巨大的气球，气球上悬挂着一条横幅，使用了中文、英文和印尼语三种文字——**自由阳光！**

这是某个组织的口号，李甲利再熟悉不过，他们最大的能耐就是高喊口号和静坐示威，虽然总能吸引眼球，却也无法阻拦时代的车轮滚滚向前。

气球正缓缓飘向塞丘索非拉的中心，就在气球的前方，白色的控制中心巨塔高高耸立，直指苍穹。

李甲利心头一动："这里不是禁飞区吗？气球怎么能飞进来？"

飞行员扭头看了一眼，惊奇地回了一句："是啊，怎么会呢？"

塞丘索非拉的地面接收天线排列成直径三十千米的圆形阵列，从"天帆一号"发出的微波射线穿越太空和大气层后抵达接收阵列，被转换为电能输送到全世界。在这个圆形阵列的范围内，能量密度高得惊人，大量的变电装置更是让这块区域的电磁环境变得异常复杂，一些对电磁环境较为敏感的鸟类会自动避开。这也让任何飞行都变得极其危险，无论是静电效应还是微波作用，对飞行器来说都可能产生致命后果。以地面接收阵列为中心，五十千米内禁飞任何航空器，特许的飞行器除外。

李甲利还没来得及说第二句,眼前一闪,正缓缓移动的气球猛然爆炸,成了一团绚丽的火光。火光中,抛射出许多烟花般的亮线,哪怕是白天,也能看得清清楚楚。

这些拖曳的亮线像是金属箔片的闪光。李甲利凑到舷窗前,盯着那些亮线落下的位置看。白色的接收阵列看上去像是一片纯白的大地,一些黑色的小点落在上边,像是雪地沾染了少许尘埃。顷刻间,这些不起眼的尘埃剧烈地燃烧起来,烧出一小块一小块的黑色斑块,看上去就像是四散溅落的火热钢渣熔穿了脆弱的表面。

金属箔片落在接收天线上,被微波加热,会烧伤甚至损毁天线,造成传输中断。一只气球散布的金属箔片效果有限,但这险恶的用心却暴露无遗。这是对重大民生设施的攻击,是赤裸裸的恐怖主义行为!

负责保护接收阵列的维和部队失职了,居然没有能够防范这么重大的事故!

李甲利铁青着脸,看着远方的火球飘落。虽然这并不属于自己的职责范围,然而这预示着情况比预想的更糟糕。外星人会造成什么破坏还是个未知数,人类的内乱和破坏却已经摆在眼前。

自由阳光!这些人的脑子是有什么毛病吗?人又不是植物,变成了电力的阳光才能为人类所用,才叫自由阳光!李甲利恨恨地想。

陶玉斌的手机响了,接通之后应答了几声,抬头看着李甲利:"李总,钱伯君院士找您。"

钱伯君?李甲利有几分惊讶。钱伯君是中国科学院院士,搞基础物理研究,两次获得诺贝尔物理学奖,声名赫赫。虽然李甲利和他是清华校友,在各种场合也总会见面,但也只是点头之交,从来没有什么深入交流。隔行如隔山,他研究的宇宙结构学自己根本不懂,自己主导的太空电站项目也和物理学研究完全不沾边。

眼下是处置黑飞船事件的紧要关头，从外部来的信息会被紧急处置小组先过滤，然后汇总给小陶，最后才会到自己这里。钱院士为了能打通这个电话，一定也没少费周折。

李甲利接过电话，先问了一声好："我是李甲利，钱老您好！"钱伯君比自己大了一辈，年近七十，尊称一声钱老是应该的。

"李院士啊，他们说现在'天帆一号'的事都由你来统筹，我冒昧打这个电话，也是觉得情况比较着急，所以就直接找你这个负责人了。"

"有什么事，钱老您说。"

"我看到那个外星飞船的轨迹情报，很有意思，在静止轨道上以两倍轨道速度运行，而没有明显的推动痕迹。"

"对，外星人的飞船很奇特，我们还不能理解它的推进方式。"

"可以理解，但是无法制造。理解是科学，制造是技术。如果你关注宇宙结构方程，可以知道它有个特殊解，就是在星球同步静止轨道上，可以允许物体借助空间驻波运动，速度正好是同步静止轨道速度的两倍，或者四倍，或者八倍，二的n次倍。这艘外星飞船正好符合这个特点。"

"啊，是这样吗？钱老，您的这个信息实在太重要了！"李甲利感到振奋，能够理解外星人的行动，就是向前跨出了一大步。原本认为外星人的科技高超到不可理解，真没想到答案早已经被人类知晓，只是掌握在少数人手里。信息只有被能理解它的人阅读，才有价值。否则哪怕答案就摆在眼前，也无法知晓。

"但符合特性还不够，我们必须有切实的实验数据。我们要观察到空间驻波的存在，才能彻底证明理论的正确。一般情况下，我们没有机会，因为没有物体扰动空间，就不会形成驻波，也就无从观察。根据这艘外星飞船的飞行状况，很有可能它正以某种方式扰动空间，于是形成了驻波，只要能够观察到这个现象，就能彻底证明宇宙结构方程的正确。这是一个千载难逢的机会，我们必须抓住。"

钱伯君说得激动，咳嗽了两声。

"钱老，您说的是引力波望远镜？"李甲利终于猜到了钱伯君的来意。

"是的，这个望远镜现在很重要，它正好也在静止轨道上，只要它能对准方向，就有机会观察到空间驻波。空间驻波的本质和引力波一样，都是空间的扭曲，只是空间驻波的扭曲幅度极其微弱，需要极为精密的实验设计。但是，千载难逢啊！不管外星人来了想干什么，至少我们可以验证基础理论，这种可能，从前根本想都没想过。"钱伯君的声音微微发颤。

"我明白了，钱老。只是现在的情况很紧急，外星飞船袭击了运输飞船，整艘飞船都失踪了，飞船上的人可能凶多吉少。所有航天活动都要进入军管模式。"

"我这是提建议，军管不军管我不知道，张部长说这个时候想要在'天帆一号'上进行任何研究活动，都需要你批准。"

"哪个张部长？"航天部的正副部长都姓张，有时候必须问清楚。

"张醴泉啊，我刚才给他打过电话。"

张醴泉是正部长，他请钱院士给自己打电话，其实就是完全授权给自己来做决定。李甲利看了小陶一眼，小陶会意地点了点头。部长通话确认的事，都会有备忘录抄送给相关人员，小陶点头表示的确收到了部长的备忘录。

"钱老，这样吧，我现在正要去赶飞机，大概下午两点的样子在文昌落地，我一落地马上就落实这个事，找人去操作引力波望远镜。"

"膜平面上有人，麦克斯·摩尔和江晓宇，他们是最合适的人选。"

"哦？"

"他们都曾经学习过量子引力涨落的理论，又都有资深的太空实验经验，大概没有什么人比他们更适合去进行观察。"

钱老竟然连执行任务的人选都物色好了。

一个念头涌上来，李甲利脱口而出："是不是江晓宇给您打过电话？"

"是他们俩一起给我打的，"钱老坦率回答，"如果不是因为他们，可能还没有人注意到这个现象。他们站在一个重大科学发现的门槛上，荣誉也应当归于他们。"

"但这真的很危险，谁也不知道会发生什么。"

"我明白，但这是值得做的事。可惜我这一把老骨头不能在那儿，否则我自己一定要去。"

"我明白了，钱老，我会认真考虑的。"

"我还有最后一点情况要说明，"钱老继续说，"这个望远镜可以从地面进行遥控，但地面到太空有延时，会造成观测不准，甚至无法观测。轨道空间驻波，这个东西很难被抓到，需要现场人员有扎实的理论基础和操作技巧。所以并不是我想让年轻人去冒险，而是为了科学发现不得不冒险。"

"这些我都明白，钱老，我尽快安排这件事。但究竟是不是要留人去操作引力波望远镜，留谁在那儿，这都需要向领导汇报确认。我到了机场就给张部长再打个电话。"

"好的，李院士，拜托你了！"

结束通话后李甲利皱着眉头，沉默了半晌。江晓宇在给自己打电话之前，和麦克斯一道给钱老打了电话，一个重大的科学发现就在眼前，这对科研人员有着无可抗拒的吸引力。这的确是值得做的事，哪怕为此冒生命危险。如果江晓宇不是自己的女婿，大概现在自己已经同意了。

陶玉斌轻声提示："李总，快到了。"

李甲利向着舷窗外望去。机场就在百十米开外，一架小型飞机停在跑道起点，随时准备起飞。

在这关键时刻，每一个决断都容不得丝毫犹豫，而每一个决断，都意味着巨额的经费、庞大的人力付出，甚至是牺牲。

在这个时候，不能把私人感情掺进来。站在人类整体的角度，站在理性的角度，该怎么办就怎么办！

"给张部长和航天部其他党组成员发一个事项安排……"李甲利开始口述。

06
信 号 真 空

好消息：量子边界望远镜继续进行观测！

坏消息："天帆一号"居然真的要停机！

留在膜平面上，站好最后一班岗，这个愿望已经实现了，然而怎么和陆帆交代成了一个问题。或许可以再当一次鸵鸟，不提这件事，等事情发生的时候，再想办法。然而这可能是自己最后一个任务，黑飞船再次降临膜平面，留下的人命运未知。有些话如果不说，可能就再也没有机会说。既然做出了选择，总得面对它！

江晓宇深吸一口气，摁下了拨出键。

悦耳的铃声传来，熟悉的田园交响曲第三乐章，陆帆最喜欢的音乐。她想要的总是那一份从容自在与欢快，而自己却恰恰投身于一个紧张严格而沉闷的环境里，激励大家的，只是心头那不灭的一点理想火焰。或许这就是最艰难的时刻，站完最后一班岗，回地球去，就可以过上陆帆向往的田园生活了。面朝大海，春暖花开，三月的海南正好。

音乐持续了一分钟，没人接听。

江晓宇放下话筒，感到怅然若失，又仿佛松了口气。

阿伦正在对地通信舱的主控室里坐着。说是坐着，其实只是一个习惯，在无重力的环境中，并不需要坐着来节省体力。见到江晓宇出来，他挺直身子，靠拢过去。

"停机方案的志愿者名单已经发送给你，报名的太多，但联合国太空开发署的决定是只留十二个人，你来挑人。除了你自己，再选十一个人。"

江晓宇点了点头。

"要快一点，返回地球的最后一趟飞船还有半个小时出发，这个名单是眼下还留在控制中心的工程人员，不进入你的名单，他们就要乘坐这趟飞船回去。"

回到自己的工作舱，江晓宇打开了名单。

王劲的名字赫然列在第一个。他的头衔和自己一样，是首席工程师，位置自然靠前。

江晓宇飞快地把名单过了一遍，两百多个名字，大部分都是自己熟悉的人，都是优秀的太空行走员。要从两百多个里边选十一个，实在让人犯难。

留守"天帆一号"，这是一项光荣而危险的任务，应该留给那些最有经验、最有责任心的人。然而，如果真的出现危险，那么也要有成熟的精英能够承担起重建的重担。不能把所有的赌注都押上，得让一些人回地球去，留下后手。

江晓宇划掉了王劲的名字。一千多人的行走员队伍，大概除了自己，王劲是最适合担任总工程师的人选。

钱复礼的名字也在名单里。他还太年轻，缺少经验，不适合留下。江晓宇也划掉了他。

很快，十一人的名单最后敲定了，江晓宇正打算发送给阿伦审批，一个身影出现在舱门边。

"江队，阿伦主任说你负责挑选留驻人员，你可不能把我送走。"

来的人是王劲，说话也开门见山。

"你回地球去，万一有事，你就是大家的主心骨。"

"这是什么话？万一有事，我更不能走。"

说话间，王劲已经钻进了舱里，一眼瞥见了屏幕上的名单："你已经定好名单了?"也不等江晓宇回答,他凑到了屏幕前,一眼看完,顿时脸就黑了。

"你把我挪出名单了?!"

"我没有把你挪出名单,我只是按照阿伦的要求选择了名单。"

"我要求留下。"王劲强硬地说,"留在这里才是我的选择。"

"留下的人和离开的人,有各自承担的责任,并不是所有人都留下才是最好的选择。"

"那你回去,我留下。"王劲的火气一下子就上来了,"你原本就要回去,现在不是正好?我是一心一意要留在膜平面上的。"

"我还有别的任务,留下更合适。"江晓宇耐着性子劝说,"现在是紧急情况,一切都要仔细考虑,我没有把你放在名单里,因为万一……万一真有什么事,是不是还需要有人把'天帆一号'重新建起来?在这膜平面上干了二十多年的人就只有你和我。你能带着大伙儿把事业重新干起来。"

王劲的火气稍稍降下去了一点,开口问道:"你还有什么任务?"

"我要和麦克斯一道完成量子边界的观测,验证钱-米勒量子涨落理论。"

王劲憋着劲,还想说点什么,然而一时间也说不出什么来,最后只得悻悻说了句:"那好吧!"然后气呼呼地飘出舱去。钱-米勒量子涨落理论不是普通人关心的事,对宇宙学不感兴趣的人根本不会接触。王劲是机械工程学院毕业的,这方面是他彻底的短板。

江晓宇发送了名单。

该去和麦克斯会合了。"宙斯号"正在追击黑飞船,一旦"宙斯号"发起攻击,黑飞船随时可能改变运动轨迹,空间驻波可能也就此消失。毕竟,根据钱-米勒理论,形成空间驻波的条件之一是需要暗

89

能量源源不断地泄漏到三维空间中。黑飞船不喷射任何物质就能改变运动状态,暗能量是唯一的解释,也正和钱-米勒理论相合。谁也不知道外星人究竟是用了什么技术做到这一点,但趁着黑飞船仍旧维持在既有的飞行路线上抓紧时间观测,大概是当下唯一能做的事。

江晓宇从中央舱路过。中央舱正在播放"宙斯号"的影像直播,巨大的投影占据了中央舱的核心,形成三十米宽的画面,"宙斯号"的巨型船体几乎占据了整个屏幕,只在最上方露出一线黑色的天空。飞船本体的反光太强烈,以至于画面中看不到任何星星,只能看到银白发亮的船体。飞船主体左右各架设一门巨型电磁炮,笔直向前,就像是伸展而出的手臂。在飞船前端,隐约有星条旗闪烁,星条旗上方,舰桥高高突出在舰体之外,仿佛一个硕大的金属蘑菇。

画面的角度一成不变,来自"宙斯号"尾部的摄像头。美国人总喜欢大肆宣扬"宙斯号"的动向,而且毫不吝惜地使用卫星通信资源传播飞船的影像,希望向全世界传达美国的强大形象。这一回,他们背负着强烈的使命感去和外星人进行第一次接触,当然更不会放弃这样的大好机会。只不过,"宙斯号"抵达拦截位置还要十多分钟,在此期间,直播画面就一直这么单调乏味。中央舱里人不多,然而个个都紧张地看着影像,哪怕看上去"宙斯号"一动不动,也不愿挪开视线。

江晓宇没有多停留,飞快地在舱室间穿梭,很快赶到第四出口。

他套上行走服,进了换压舱。换压舱里静悄悄的,一切都需要手动控制。这是十多年没有发生过的事了,只有在建设"天帆一号"的初期,才需要太空行走人员手动控制换压舱的运作,之后自动控制运行了十多年,早成了基地环境的一部分。现在,这一部分突然休止,一切都像是回到了从前。

内舱门密闭指示灯亮，江晓宇松开了外舱门的密封螺栓。气体泄漏的嘶嘶声格外引人注意，哪怕隔着头盔也清晰可闻。这世界太安静了，安静得让江晓宇怀疑是不是整个基地已经不复存在，自己正在一艘漂泊飞船上，孤身一人。

嘶嘶声停了，江晓宇推开舱门。熟悉的世界出现在眼前，膜平面无边无际，色彩斑斓，头盔自动调整亮度，让它看上去色泽柔和，好似一片飘浮的油膜。

江晓宇的心也安定下来，沉稳地向着停靠在不远处的行走车飘去。

行走车在无边无际的膜平面上缓缓前进。不知不觉中，江晓宇感觉这个世界仿佛只剩下自己一个人，世界无边无际，孤独汪洋肆意，而自己则很小很小，小得可怜，像是要被无所不在的力量压得无法呼吸，压成一粒尘埃。

江晓宇不禁一阵心慌。这是典型的心理毛病，无限空间恐惧症。很多初上太空的年轻人都会有这样的感受，这个绝对广阔、绝对安静的世界对人类并不友好。自己是个老太空人，早就克服了这种恐惧，想不到今天居然会发作！

要破解空间恐惧症也很容易，找个人说话转移注意力就行。江晓宇打开通信频道，联络控制中心。

嘀嘀两声后，自动语音系统开始回复："您好，请问需要什么帮助？"

"帮我接通麦克斯，麦克斯·摩尔，访问学者。"

对话一开始，压抑的感觉便一扫而空。江晓宇再次望向那一望无际、色彩斑斓的膜平面，心头格外平静。

麦克斯一直无法接通。

"控制中心,量子边界望远镜的状态怎么样?"江晓宇问道。

"望远镜运行正常,目前在静默观测阶段,没有收到任何异常指标。"

"麦克斯的位置在哪里?"

"他搭载J5151号行走车,位于Z区。"

Z区处于膜平面的边缘,是登上量子边界望远镜的准备区。望远镜和膜平面之间有两千米的空间隔离,要依靠行走服飞行跨越这段障碍。望远镜是精密仪器,而膜平面上时不时就会发生震动,空间隔离是为了最大限度减少对观测的干扰。同样,为了减少对望远镜的干扰,Z区也是电磁静默区。看来暂时无法联系麦克斯了。

"'宙斯号'的情况怎么样?"

"'宙斯号'已经进入预定拦截位置。"

江晓宇心头一惊,估算了一下,自己要赶到望远镜,大约还需要十分钟。"宙斯号"要开始拦截黑飞船了,自己还没能到位,希望"宙斯号"的动作不要太快,让黑飞船按照既定轨道再运行一段时间。

控制中心的人工智能中枢沉默着,江晓宇也不知道继续说些什么,打算关闭通信。

"您有一个呼叫,来自地球。需要我为您接入吗?"

江晓宇刚伸出的手缩了回来。

"地球?"江晓宇有些意外,天地之间的通信只能在控制中心的对地通信舱完成,在膜平面上行动的人员是不能和地球直接通信的,哪怕自愿支付卫星通信费用也不行。

"当前通信带宽冗余,'图灵一号'授权对所有通信需求全部满足。需要我为您接入吗?"控制中心像是明白江晓宇的困惑,解释了一句。

"啊,好的。"

行走车屏幕亮了,陆帆的面孔出现在眼前。

陆帆脸上带着盈盈的笑意,看得出来心情很不错,一看到江晓宇便开了口:"晓宇,刚才没接到电话,是定好了返回的航班吗?"

看来岳父还没有把情况告诉陆帆,江晓宇不知道如何接上问话,"哦,帆帆,是这样……"

没等他把话说完,陆帆便已经看出了端倪,"你身后是什么背景?怎么看上去像是在太空里?"她脸上的笑意凝固了,"又发生什么紧急情况了?"

"是有紧急任务。"江晓宇试图解释。

陆帆的脸色变得忧虑起来:"这次好像不太一样。"

的确不太一样,这一次来的是外星人,是从未见过的物理现象。江晓宇很想把这重要的消息亲口告诉陆帆,然而他不能说,只得安慰一句:"耽搁不了太久,明天或者后天,应该就可以回去了。"

陆帆没有追问,然而脸色依旧忧虑。

"你看,我身后就是膜平面,是不是很壮观?难得可以从这个角度看到膜平面,你来欣赏一下。"说着江晓宇往一旁挪了挪,让陆帆能更好地看到身后的景色。

"膜平面有什么好看的!你都拍过无数照片了。"

"但是你没见过我在现场工作啊!"

"你们那个工作啊,看一次新奇,看两次一般,看多了就太无聊了。"陆帆像是稍稍高兴了点儿,"你猜我在哪里?"

江晓宇仔细辨认陆帆的背景,然而看来看去,不过是一间普通的屋子。

"在上班?"

"不对。"

"肯定不在家里，那你上哪儿去了？"江晓宇做出苦苦思考的样子，伸手敲了敲行走服头盔。

"哈，"陆帆仿佛被逗乐了，"告诉你，我在医院。"

"医院？"江晓宇一下子反应过来，"你去做产检了？"

"哈，算你聪明！"陆帆把镜头一转，护士台一闪而过，等候区的座椅上，一个孕妇和一个陪护两两坐着，有七八对。有两名护士在候诊的人群中走动，询问情况。

似乎所有的孕妇都有人陪着，只有陆帆是一个人。

江晓宇心中一阵歉然。

"不是说好等我回去再产检的嘛……"

"我都约好时间了，你不回来，我只好先一个人来了。我给你看个好东西！"陆帆笑着低头，抬起头来的时候，手上已经拿了一张照片。这是一张三维的彩超，狭小的空间里，一个胎儿赫然在目。

"你看，这鼻子眼睛是不是很像你？"陆帆把照片举在镜头前。

胎儿还只是个雏形，连大致的面目都看不出来，甚至手脚看上去也只是有个简单架子，连手掌都没有长。

江晓宇惊喜地看着眼前的照片，这是自己的孩子，样子看上去和教科书里见过的胚胎图片差不多。生命真是神奇，再过七个月，它就会完全成形，成为一个婴儿，从妈妈的肚子里出来，到这个世界上，成为自己生命的延续，也成为自己生命的一部分。

"真漂亮！"江晓宇喃喃地说。

"我把照片发给你。"陆帆在镜头前操作了几下，然后接着说，"看出来是男孩还是女孩了吗？"

江晓宇仔细看了看，摇摇头："看不出来。"

"你想要男孩还是女孩?"

这是个危险的问题。

"男孩呢,就让他跟我学,广阔天地,大有作为。女孩呢,就让她跟你学,做最好的画家,把作品卖到全世界的画廊去。"

"呸,谁要把作品卖到画廊去,庸俗!"陆帆嗔怪道,"告诉你,医生说了,是女孩。"

"真是女孩啊!那可以开始给她想名字了,叫陆小帆好不好?"江晓宇乐呵呵地笑了起来。

陆帆也跟着笑。

突然间,陆帆的影像像是凝固了。

"帆帆!"江晓宇意识到不对劲,喊了几声,最后确定是通信中断了,或许是"图灵一号"阻断了膜平面和地面的直接通话。他关闭屏幕,一个文件却跳了出来,自动打开,赫然就是陆帆刚才展示的那张彩超胎儿图片。照片里,尚未成形的胎儿闭着眼睛,像是在笑。

江晓宇看着照片,心里暖暖的,恋恋不舍地把照片收进了保留文档里。

"控制中心!"他开始呼叫控制中心,想要搞清楚刚才通信为什么中断。

控制中心却没有回应。

江晓宇顿时警觉起来,控制中心、中继站、活动的行走车或者是活动的个人……行走车的通信频道上竟然没有一个实时响应单位。江晓宇向着前方望去,膜平面空旷辽阔,一如既往,基台的标识闪光也完全正常。然而自己却收不到任何信号!

江晓宇开始尝试所有可能的频道,从大众卫星节目到军用保密频道,从1Mhz到20Ghz,耳机里始终静悄悄的,没有一丝声响。

这异乎寻常的寂静令人不安。

江晓宇取出自己的手机。手机屏幕上同样显示着无信号的红叉。世界仿佛一下子陷入了无尽的沉默中。至少,应该有宇宙本底辐射的噪声!江晓宇想到这个,立即又把所有的频段都尝试了一遍。

并不是自己的疏忽,频道里的确什么声音都没有,哪怕是代表着宇宙微波背景辐射的沙沙声。

江晓宇感到汗毛直竖。

唯一合乎逻辑的答案,是某种神秘的力量屏蔽了膜平面,至少是自己所在的这块区域。空间如此干净,没有一丝电波。

这现象无法理解,在惶恐中,江晓宇抓紧往前赶路。

行走车停在了预定位置。这是膜平面的边缘,一抬头就能看见量子边界望远镜。

偌大的望远镜横在眼前,看上去充满压迫感。望远镜像一栋三十层的大楼那么高,主体是一段长达两千米的金属管,直径有近百米,是一个庞然巨物。管子的两端各有一个传感器,没有镜片,当它需要观测某个方向的空间扭曲时,会把管体垂直于观测方向,最大限度地利用它的两千米长度。

此刻,这座为了探索宇宙终极奥秘而发明出来的装置正在缓缓转动,在管身中央位置,可以看见一个小小的红色人影。那是麦克斯,他正悬停在控制面板旁,等待望远镜就位。

"麦克斯!"江晓宇使劲呼叫。然而频道里始终一片死寂,远处的麦克斯没有任何回应。Z区原本就是电磁静默区,麦克斯不会听到任何无线电通信。肉眼可见,却无法交流。

江晓宇心中焦急,从行走车上脱离,向前走了几步,纵身一跃,高高跳起,直奔麦克斯的方向飞过去。喷气助力打开,强劲的动力让他不断加速。

距离麦克斯还有五百米的样子，江晓宇调整喷气口，开始反向喷射，给自己减速。如果因为着急和麦克斯说上话，一头撞在望远镜上，那不仅是个事故，还是个笑话，更可能让自己丧命。

麦克斯终于觉察到有人来了，转过头来，向着江晓宇挥手。

江晓宇只想快点让麦克斯知晓当前的情况，却不知道如何回应才好，只感到心头像是憋着一团火。他强迫自己集中注意力，缓缓把速度降到和望远镜相对静止。

麦克斯指着望远镜上一个巴掌大的金属块，比画着示意，嘴唇翕动，不断说着什么。金属块向下凹陷，凹陷中是通信总线接口。这是望远镜上的安全绳扣，也是通信接口。麦克斯也通过这样一个接口和望远镜连在一起。

江晓宇靠过去，从行走服上拉出对接头，塞进了接口里。

"总算好了！"麦克斯的话语清晰地传来。

这声音简直就像是天籁。

"麦克斯，我收不到任何信号！"江晓宇急急地说，"无线信号像是被屏蔽了。"

"这里是屏蔽区，收不到信号很正常。"麦克斯不以为然，"快，抓紧时间，望远镜调整到位，我们就要开始读取数据。可能还需要微调传感器位置，我们一人一端，一起行动。"

"不是望远镜保护屏蔽，是无法收到任何信号！"江晓宇焦急地解释，"刚才在膜平面上，我无法联系控制中心，也无法联系任何通信节点，连卫星信号都收不到。"

"哦？"麦克斯的眼中闪过一丝疑惑，然而片刻间便恢复了镇定，"现在先别管那些，我们先采集数据。时间紧迫，万一黑飞船改变了它的飞行模式,我们的实验就毫无意义了。"

江晓宇向着远方看了一眼,漆黑的夜空中,群星璀璨。星空之下,膜平面那特有的彩色光泽闪闪发光,蓝色地球在膜平面的尽头微微探出一道圆弧。这个世界的一切都在运行不息,机会稍纵即逝。是的,信号消失的迹象令人惶恐,然而一心一意完成实验才是一个科研工作者的正确态度。该发生的总会发生,无法做其他的事,那就先完成最重要的事。

他深吸一口气,让自己平静下来,然后向着麦克斯点了点头,两人同时开始行动。

两个小小的身影,一白一红,拉着红色安全绳向粗大的望远镜两端移动,仿佛自动生长的测量线。很快,这测量线就停在了望远镜膨大的端部。

"晓宇,记得怎么操作吧?你需要打开护板,把传感器设置为手动模式。然后……"麦克斯的声音突然停了下来。

"麦克斯?"江晓宇已经拉开护板,他一边仔细观察眼前布满管线和仪器的传感装置,一边随口追问一声。

麦克斯一直没有回答。江晓宇心生警惕:"麦克斯,怎么回事?"刚从无法收到任何信号的恐慌中摆脱出来,他可不想再次陷入这样的无助当中。

"晓宇,你看控制中心!"麦克斯终于回答了,答案却令人不安。

江晓宇抬起头来,向着控制中心的方向望去。控制中心凸出在膜平面上,灯火辉煌,仿佛一座发光的金字塔,在膜平面淡淡的五彩映衬下,格外醒目。

然而麦克斯想让自己看的并不是那夺目的金字塔。就在金字塔尖上方,悬浮着一个奇怪的发光体,像是一个偌大的环,大小正好能套住下方的控制中心。

这是什么奇怪的东西？江晓宇有几分好奇，更多的是困惑。

然而他立即意识到，发亮的环并不是悬浮物的主体，那只是下方的光在它的表面反射形成的图样。浮在那儿的东西是个庞然巨物，它的体积远超整个控制中心。它的主体沉浸在黑魆魆的夜空之中，遮挡住远方的星星，远远望去，好像在星空中形成了一片巴掌大小的空洞。那深黑的空洞像是有着致命的吸引力，紧紧抓着江晓宇的目光。

"那是黑飞船吗？"麦克斯的声音传来。

黑飞船不会反光，甚至会吸收一切电磁波。

"应该不是，黑飞船没有这么大体积，也不会反光。"

"又来了一艘外星飞船？"

"不知道！"

也许就是它，引起了信号屏蔽。

江晓宇目不转睛地盯着那光环和空洞，恍然间，觉得那就像一只眼睛，正死死盯着自己。

江晓宇不禁打了一个寒噤。

07

"宙斯号"

"这里是美利坚合众国太空军第一舰队,你的飞行影响到美利坚合众国太空站的安全,请立即停止,否则你将会被摧毁!"

"宙斯号"反复发送广播。

明知道徒劳无益,然而作为行动的一个环节,必须完成。瑞克·卡特准将端坐在指挥台上,望着大屏幕上的态势图,狠狠地皱着眉头。他的脸部原本便轮廓分明,长时间维持着深思的表情不动,让他的脸看上去就像雕塑一样。

目标本身就像个黑盒子,担忧也没什么用,"宙斯号"只能遵照计划按部就班行动。那些聚集而来的各国卫星,着实惹人厌烦。各国能够进行轨道机动的卫星几乎都把轨道调整到尽可能靠近阻击点,每个小时都有超过三十颗卫星在附近一掠而过。这些都是带着孔径成像设备的高清卫星,"宙斯号"的一切动作都被看得清清楚楚。

这是一场阻击战,更是一场表演赛,卫星监控,现场直播。自从越来越多的侦察卫星发射上天,太空就像一个透明沙盒,连遮蔽的军事禁区都没有。无论干什么,都有无数双好事的眼睛盯着,只要有一点伤亡和流血或者不够环保,全世界的反对声浪便呼啸而至。太空军的职责,更像是在炫耀和恫吓,就如同孔雀的绚烂尾羽、公鸡的赤红鸡冠。

大副威尔斯曾经向自己抱怨,说感觉在太空军服役,像是在打NBA比赛,体毛级的侵犯就会被吹犯规,所做的一切都是为了保证观赏性。"谁说的是NBA?"当时自己冷冷地反驳,"这是个角斗场,我们都是角斗士。"

103

是的，太空战场是个角斗场，如果对此没有清醒的认识，便会产生不切实际的期待。第二艘太空母舰？一场太空世界大战？不，这些都不会有。国防部需要的只是表演，"宙斯号"每隔两个月就要进行一次变轨，预热超级电磁炮，摧毁一些太空垃圾或者偶尔路过的小行星，释放超过三百架X99空天飞机进行飞行表演。这样做的目的只有一个，就是提醒全世界，谁才是地球真正的王者。

"宙斯号"是这个角斗场里最大的角色。除了中国的"天帆一号"，没有什么太空人造物能比"宙斯号"更庞大。"宙斯号"的长度超过三千米，虽然和"天帆一号"比起来不值一提，但和其他太空飞船相比，则是响当当的巨无霸。"天帆一号"不是角斗士，而是布景板，它再庞大，再有经济价值，也只是一块太阳能板而已。谁也不能指望一块太阳能板面对危机时能干什么，只能说它会阻拦什么。中国人很聪明，没有制造太空母舰，而是造了"天帆一号"。他们用经济手段把世界连接在一起，形成了一个牢不可破的联盟，环南海经济圈能量巨大，中东和欧洲也迫切想要分一杯羹，相比之下，美国自己倒成了离群的那一个。于是这年复一年的表演便显得有些尴尬，一个月前的拉格朗日行动，"宙斯号"首次进入第一拉格朗日点，更是一个愿意联合行动的盟友也没有，成了独角戏。

但独角戏也是戏，总会显示出它的价值。

此刻，就是展示价值的时刻。

广播仍旧在进行，黑飞船仍旧没有任何回应，黑飞船距离"阿波罗旗帜"太空电站也越来越近。再有五千千米，这神秘的黑飞船就会撞上"阿波罗旗帜"。

"阿波罗旗帜"上的人员已经紧急撤离，然而这是跨北大西洋联盟在地球静止轨道上的最大单体结构，是将来建设西半球太空电站的锚点，所以不可能就此放弃。不管这是否只是一场表演，保护"阿波罗旗帜"就是"宙斯号"当前必须完成的使命。

时间窗口只剩下十分钟。

两门电磁炮的充能进度已经完成，打击目标点也已经锁定。如果十分钟内无法得到外星飞船的回复，为了确保"阿波罗旗帜"的安全，人类有史以来第一次向外星人开炮的记录就将被写下。

十架X99空天飞机分作两队，在目标点附近来回巡航。每一架飞机上都载有六枚雷霆导弹，这种导弹能在三秒内加速到三十千米每秒的高速，在两千米的距离上发射，根本无法抵挡，至少以地球人拥有的技术无法抵挡。一枚核弹被安置在目标点后方，如果导弹和电磁炮都无法阻拦黑飞船前进，核弹就会被引爆。这颗爆炸当量为一千万吨的核弹，可以产生直径二十千米的核火球，熔毁包裹其中的一切。这大概是人类能够尝试的威力最大的武器。

舰桥里，所有军官都无比紧张，不是直直地盯着眼前的屏幕，就是盯着悬在高处的大屏幕。黑飞船在高速靠近，舰桥里的气氛也在飞快凝结。

卡特扫视着舰桥里雕塑一般的属下，郑重其事地开了口：

"诸位，无论接下来发生什么，我都会以你们为骄傲。上帝保佑美国！上帝保佑你们！"

舰长的安慰让众人恢复了一些生气，僵硬的躯体放松下来，彼此看着，用目光相互鼓励。

卡特满意地看着自己的属下，士气是一支军队最需要的东西。无论形势多么不利，只要保持积极进取的心态，就有胜利的可能。

威尔斯突然凑了过来，悄声说："我建议再向参谋长联席会议和白宫请示一下。"

威尔斯并不想开炮,向参谋长联席会议或者白宫请示意味着抗命越级上诉,会遭到太空军指挥部的强烈指责,如果白宫意见和太空军指挥部一致,那么这就是妥妥的军事犯罪。

卡特扭头看着他,平静地吐出一句名言:"服从命令是军人的天职。"

"常规攻击或许还有缓和的余地,一旦使用核武器,会有无法预料的后果。它们的飞船驱动技术比我们高级,武器技术应该也是如此。如果因为使用核弹遭到报复,那可能是一场大毁灭。"

"可能是!请注意你说的只是一种可能,也可能我们不予抵抗,它毁掉'阿波罗旗帜'后继续毁灭轨道上的一切,然后降落地球,毁灭地球上的一切!你说的没错,我们根本追不上它,所以才只能在这里进行一次抵抗。一个连抵抗都不会进行的文明,是不是也没有存在的必要了?"

威尔斯涨红了脸,"将军,我不是那个意思。"

"上校,我明白你的立场,但我们在执行军事任务,没有讨价还价的余地。去完成你的职责。"卡特说完直直地注视着威尔斯。

威尔斯垂下眼,转回头。

威尔斯的大拇指虚摁在红色按钮上,那是核弹的引爆按钮,只有威尔斯和自己同时按下各自的红色按钮,核弹才会被引爆。这样的设计是为了防范某种特殊情况,同时也让超级核武器只有在一致同意的情况下才可能被使用。

威尔斯是个好人,只是意志稍稍有点薄弱。据说他背景深厚,原本只是个文官,从来没有上过军事院校,是被某位五星上将派到"宙斯号"上来赚取资历的。大概他从来没有想过要亲手引爆一颗核弹,而且面对的居然是外星人。

然而，军人必须完成自己的职责！

卡特的视线重新回到大屏幕上。黑飞船还有六分四十五秒进入目标点。广播一直在进行，黑飞船也一直没有回应。

卡特已经不抱任何期待，只等着倒计时结束。

倒计时五分钟。

"变更广播内容，措辞严厉一点，这是宣战书！"卡特吩咐。

"严重警告，你已进入军事禁区，立即变更航道，否则你方飞船将被摧毁！"

广播随着无线电波传遍整个地球上空，不过片刻，几乎所有醒着的地球人都听到了"宙斯号"发出的警告。人类要和外星人开战了！无论希望人类输还是赢，所有人的目光都被吸引过来。

卡特对此心知肚明。

孩子们，无论输赢，要打出"宙斯号"的气势来！他在心底默默祈祷。

屏幕上一个个红色小点变换队形，包围了预定目标点。他仿佛看见黑沉沉的太空中，X99的战斗分队正翻飞穿梭，围绕在预定位置周围。第一枪将由这些年轻人完成，然后是电磁炮轰击，再接上超级核弹的爆炸。如果这三重攻击波都无法阻拦黑飞船，那么人类恐怕再没有任何机会对黑飞船造成伤害。在外星人眼里，人类大概像拿着长矛去戳刺坦克一样可笑。

但至少它们知道了，这是一群敢于使用武器的智慧生命，绝不软弱可欺。

"一分钟准备！"舰桥里响起了警报。

"雄鹰一队，猛虎三队，进攻！"卡特下达了命令。

徘徊穿梭了许久的X99空天飞机立即行动起来。领头的"雄鹰一号"向着黑飞船冲了过去,在距离不到一千米的位置猛然拉起一个大拐角,三枚雷霆导弹从"雄鹰一号"的腹部脱离,尾部爆发出紫色光芒,如同三支利箭向着黑飞船激射而去。紧接着是"雄鹰三号""雄鹰四号"……雄鹰一队的五架飞机一口气释放了十五枚导弹。

十五枚导弹接连命中黑飞船,直直没入,没有爆炸,没有火光,似乎导弹击中的并非实体,而是虚空。

猛虎三队的十五枚导弹也是同样的结果。

"撤退!"卡特果断地下令。导弹攻击无效,黑飞船没有任何反应,甚至连轨迹都没有一丝改变。

"主炮预备。"

大屏幕上开始显示倒计时。当数字最后定格在0,两道光柱一左一右,从"宙斯号"上奔涌而出。左侧的青紫色光速度更快,领先一步击中黑飞船。

黑飞船的表面闪过一阵白光,仿佛是一道道闪电在黑色夜空中毫无规律地胡乱劈砍,又仿佛是一个巨大的黑色卵泡,表面布满了白色的丝线。

攻击对黑飞船有了效果,舰桥上的人们发出一阵欢呼。

右侧的红色光柱接踵而至,碰触到黑飞船,仿佛遇到了带有棱柱的镜子,分为两束,顺着黑飞船的表面向着不同方向折射,很快便脱离了飞船本体,向着茫茫太空而去。

这一波攻击似乎被黑飞船用某种特别的方式化解了。脱离目标的粒子束流,将会在太空中传播,不断稀释,最终和某些天体相碰或者稀释成为胡乱飞行的星际高能粒子。

青紫色光是电子束流,红色光是质子束流。"宙斯号"可以把大量的氢加热到上亿度的高能等离子态,然后将质子和电子分离,分别注入两门电磁炮的弹舱。电子束流能够和黑飞船发生作用,质子束流却被反射弹开,这或许说明了黑飞船的某些性质,值得科学家们研究。

然而"宙斯号"上的军人们无法等待那个结果。当前是否该继续攻击,这是最现实的问题。

电子束流引发的雷击效果渐渐平息下来,黑飞船继续向前,似乎并没有受到影响。

"主炮准备再次轰击!"卡特下令,同时摁下了身前的红色按钮。

第三道防线该启动了,希望核弹的高能辐射可以杀伤这怪物。

"威尔斯,启动核弹!"他向威尔斯下令。

威尔斯也摁下了红色按钮。

一个密码盘出现在卡特面前,卡特飞快地输入了六位密码。扭头一看,威尔斯却没有动作,两眼直直地看着自己摁在按钮上的拇指,似乎在发呆。

"威尔斯,输密码!"卡特严厉地催促他。黑飞船的速度极快,如果不能在它碰触到核弹前起爆,核弹极可能会被吞掉,就像那些导弹一样消失得无影无踪。

威尔斯的身体似乎都在发抖,迟迟不能输入密码。

"我不能这么做!"他的声音发颤。

"宙斯号"的大副,上校军官,居然在最关键的时刻无法完成战斗任务。

情急之下,卡特快速松开安全带,抢到威尔斯身旁,一把将他的手推开,伸出手指准备输入密码。

"密码是多少?"卡特厉声喝道。

威尔斯摇了摇头。

卡特愤怒得想要杀了眼前这个浑蛋,然而杀了他也无法将密码从他的脑子里掏出来。

卡特逼视着威尔斯:"你明白你在干什么吗?"

威尔斯不敢和卡特对视,低着头,只是摇头。

舰桥上的军官们被这突如其来的变故惊呆了,面面相觑,不知道该如何是好。

"舰长,目标撞击核弹!"监控员报告。

卡特猛然抬头,只见监控屏幕上,核弹的影像仿佛被擦除一般,飞快地消失掉,只剩下漆黑一片。

一切都晚了!黑飞船有着无法解释的电磁屏障,即便现在输入密码也已经无法引爆核弹。

卡特狠狠地瞪了威尔斯一眼,回到自己的座椅上,扣好安全带。

"主炮还有多久可以再次射击?"卡特问道。

"还有三分钟。"

"在黑飞船撞击'阿波罗旗帜'之前,保持最大的轰击频率。"

"是。主炮进入主动循环模式,监控室辅助锁定目标。"

"启动'死神行动'。"

"是!'死神行动'已下达。所有战机回撤。"

"死神行动"是低当量核轰炸,原本这些核武器都装载在超高速导弹上,通过撞击目标引爆。但事实已经证明导弹撞击黑飞船并不会引发爆炸,所以必须做一点变更,核弹将由飞船上的操控人员遥控爆炸。十万吨级的核武器可以在舰长的指令下直接发射,不会出现威尔斯这样拒绝执行起爆指令的情况,然而十枚十万吨级的核弹也抵不上一枚超级核弹的威力!如果预设的核弹正常起爆,死神行动就无须被激活。现在,则必须尝试。

舰桥前方,"宙斯号"船体前部的导弹井口依次打开,十枚装载完毕的核导弹就位。

黑飞船仍旧在轨道上前进，千万吨级的核弹被吞没，就像那些导弹一样，没有引起任何变化。

最后一搏！

"发射！"卡特一声令下。

一道道火焰腾空而起，向着那黑乎乎一团的神秘来客飞去。

舰桥内二十多双眼睛都直直地看着大屏幕，等待着核爆的火光。

第一枚核弹爆炸了，耀眼的光芒一瞬间盖过了太阳。第二枚核弹紧接着爆炸，然后是第三枚……在人类历史上，从未有过如此密集的核爆炸。哪怕是在太空中，没有空气，也能感受到它强烈的辐射冲击。

除了光还是光，一时间"宙斯号"的所有传感器都变成了一片白茫，什么都看不见。

卡特端坐在舰长位上，严肃地看着白花花的屏幕。等影像再次传来的时候，这个世界的命运大概也已经被揭开了。

强光终于退去。舰桥上的监视屏幕逐一恢复，少数几块屏幕上没有影像，只有错乱的彩色条纹。这些传感器被强烈的辐射损坏，需要更替。

按照黑飞船的速度计算出来的目标位置上，什么都没有。没有遮蔽，星空完全正常。

"目标失踪。"监控员报告。

卡特差点儿从座椅上跳起来。黑飞船不见了，意味着对"阿波罗旗帜"的威胁消除了，"宙斯号"的攻击有了效果。外星人果然还是惧怕核弹的威力，这真是太好了！

"扩大搜索范围，注意利用卫星影像的明亮背景。"

谨慎起见，卡特还是决定再寻找一下它的踪迹。

三分钟后，所有的搜索仍旧一无所获。

"我们成功了，我们赶走了它们！"卡特向着舰桥上所有人员宣布。

欢呼声在舰桥上回荡，在"宙斯号"的每一个功能舱里回荡，有史以来人类面对外星人进行的第一次保卫战，以地球方面的胜利告终，这如何不让人倍感振奋？！

卡特跟着大家一起欢呼。这是一个值得纪念的历史性时刻，无论士兵还是将军，都应该为此欢呼！

然而不经意间，他瞥见了威尔斯。威尔斯安静地坐在大副位置上，没有任何动作，仿佛这热闹的场景和他完全无关。

他的确和胜利无关，他是胜利的障碍。

"上校，因为你的行为，让这场原本应该顺利结束的保卫战差点儿从我们手中溜走。这里发生的一切都会被如实上报。我要先暂时解除你的职务。"卡特向威尔斯发出警告。

威尔斯沉默地点了点头。

卡特打开了全舰通话，正想开口，通信员传来报告："舰长，五角大楼的消息，米歇尔上将要和您通话。"

"转过来！"

米歇尔来得正是时候，他一定是看到了"宙斯号"的战果，来恭喜这场成功。卡特克制着心头的喜悦，注视着眼前的屏幕。

米歇尔上将的身影出现在卡特眼前。

"将军，'宙斯号'遵照命令，完成了阻击任务。"卡特先行报告。

"卡特准将，情况可能不像你想的那样。"米歇尔满脸严肃，"它没有被核弹击中，我们的技术专家已经证明，在核弹爆炸前，它已经消失了。"

米歇尔仿佛在说"宙斯号"只是徒劳无功,卡特心头掠过一丝不悦。如果黑飞船真的在核爆之前逃遁,那么它仍旧惧怕核弹,对地球人来说,这不算是个糟糕的消息。这一点仍然是由"宙斯号"证明的。

"还有个更令人震惊的消息。"米歇尔接着说,"'天帆一号'上空出现了一艘飞船,货真价实,可以被看见的飞船。中国人通报所有的信息都中断了,他们有两百多……接近三百人还留在那个太阳能板上,那儿成了无线电禁区,他们被困住了。"

"'天帆一号'?"

"是的,严格地说是'天帆一号'的控制中心。那艘飞船正对着'天帆一号'的控制中心,明显针对它。"

"我们不会怕它。"

"并不是所有人都像你一样勇敢。"米歇尔不咸不淡的语气让人猜不透这究竟是句褒奖还是揶揄,"我们看见它了,那艘飞船有三万米长,是'宙斯号'的十倍。"

卡特突然感到脑子里嗡嗡的。三万米长的飞船!人类当前只能制造出三万米长的太阳能板。

或许,真的不该和外星人正面对抗。它们的技术远远超过人类,抵抗只会带来不可预期的后果。

他向着威尔斯看过去,威尔斯沉默地回视着他。

"卡特准将,五角大楼已经和联合国和平署联系,要把'宙斯号'派往'天帆一号',监视外星飞船的行动,你需要立即开始向'天帆一号'移动……"

米歇尔的指令在耳边回响,仿佛变成了遥远的回声。

08

假 说

文昌指挥中心的大楼外是一个偌大的院落，院落外围着一圈警察。警察全副武装，前排防暴盾牌、橡胶警棍，后排则装备各类防暴武器，从催泪弹投掷机到渔网枪，从高压水车到防暴装甲车，一字排开，一名警官在其间游走，发号施令。

抗议人群挤在警戒线外边。人们都清楚界限，默契地停留在距离警戒线三米远处。偶尔有人试图接近警戒线，会立即在警察的厉声呵斥中后退。

这是一场和平抗议，然而负责维持秩序的警察不敢有丝毫松懈。

李甲利站在三楼的会议厅里向外望，人群从门前的胜利路一直堵到六公里外的迎宾大道。各式各样的标语口号在黑压压的头顶上飘摇：

"我们要真相！"

"外星人拯救地球！"

"和平！"

"跨向星际空间！"

"自由阳光！"

……

李甲利的目光停留在"自由阳光"的标语上。昨天发生在加里曼丹岛上的一幕仍旧历历在目，为了宣示自己的主张，自由阳光组织甚至不惜制造一场爆炸，造成塞丘索非拉地面接收中心的短时间瘫痪。为达目的，不择手段，他们断然不会错过外星飞船这样的契机。

"神的启示不可违抗！"

117

紧挨着"自由阳光"的标语，是来自某个宗教团体的旗帜。他们统一着装，戴着红色的帽子，看上去像是黑色海洋中一块红色的补丁。李甲利记得这个叫作"自在教"的宗教团体，他们的主张是宇宙由某个无所不在的超级生命所主宰，它就是这个宇宙的神；人类只有全心全意为神服务，才能得到解脱，超越宇宙轮回，成为永恒的生命体。外星人的飞船被他们教徒视为神在表达意志，但这意志是什么，大概只有教主才能阐述。

远处还有一群人，打的标语是"人类的罪恶不可饶恕"。李甲利不知道这些人什么来头，但从这标语来看，大概他们对自己的人类身份感到羞愧，因此希望外来者毁灭人类，哪怕自己因此而死也在所不惜。这样的思路很令人费解，但这种人就是存在，大概"人奸"这个概念，从今天起就要成为现实了。

参与到抗议游行队伍中的人员五花八门，甚至彼此间相互敌视，他们聚集在这里，只因为有一个共同的敌人——航天部。

只有航天部才能上天，才能真正和外星人打交道。这个权力在这些激进或者保守的团体眼中，是僭越，是罪过，是大不敬，他们认为，只有他们才配得上这样的权力，然而实际并没有，于是才有眼前的闹剧。

这样的戏码在全球各地上演，凡是能够发射飞船上天的地方，无一例外，都被源源不断涌来的人群包围了起来。各国政府的应对措施有别，各地的情况也彼此不同，海南的情况还算可控，圭亚那航天中心的情况最糟糕，警察数量不够，结果抗议人群冲入了发射场，摧毁了等待发射的一枚火箭，打死了六名工作人员，赶来的军队清场，逮捕了上千名抗议分子，打死二十多个暴徒，警察和军人也牺牲两人。这个事件发生后，抗议迅速向着大城市发展，街垒和篝火出现在繁华的主干道上，打砸抢时刻上演，警察却无能为力。全世界都沉浸在紧张气氛中，无处可躲，隐约间仿佛末日降临。

人类从来不是一个整体。有人在前方战斗，有人在后方下绊子；有人在想方设法破解外星人的奥秘，有人只想跪下膜拜神灵；有人为了理想不惜牺牲生命，有人躲在暗处只盼着别人死后自己能多分一杯羹……"天帆一号"被外星人屏蔽，面临巨大的熔毁风险，负责的人处理危机还来不及，却还要面对这些人的掣肘。

李甲利感到深深的无奈。

外星人来到地球这件事，原本只适合由少数人来处置，却被发达的媒体和漏洞百出的情报体系整成了全球事件。甚至连联合国也不得不公开宣称，将联合各国，统一策略，尽可能寻找与外星人和平相处的机会，试图给紧张气氛降温。

联合国是人类利益的最大公约数，希望这个公约数不会太小。

李甲利转身走向远程现场会议厅。

这次参加联合国会议，海南这边只有自己一个人参加，专门讨论外星飞船事宜。"宙斯号"攻击黑飞船，黑飞船消失，几乎就在同时，一艘体长达三十二千米的飞船出现在"天帆一号"上方，"天帆一号"全部通信中断，而外星人通过几乎所有的频段发送了同一份讯息……

接连不断的变故令人惶恐。外星人的技术水平远远超出地球人，是一个确定无疑的事实。继续对外星人进行武力攻击已经毫无意义了，人类所面对的最大问题仅在于，它们究竟有什么目的，地球人究竟该怎么办。

陶玉斌守在门边，见李甲利过来，便递给他一张电子纸。

"情报汇总都在这里了。增加了最后滞留在'天帆一号'上的人员名单，一共有二百四十五人，都是技术骨干。"

李甲利接过电子纸,扫了一眼,江晓宇的名字赫然在目。

"裴黎阳通知我们,太空军原本计划今天接管'天帆一号',但因为外星飞船突然出现,没有继续靠近,现在距离'天帆一号'六百千米。等待进一步指示。"

李甲利点了点头:"很好。告诉裴黎阳,请太空军做好准备,如果两个小时后还没有观察到'天帆一号'的动静,就需要请军队降落在指挥控制中心附近,把信息带过去。"

"军方已经确认了营救计划,包括足够的运输飞船把我们的人救回来。"

"最重要的是保证'天帆一号'的安全。无线电屏蔽让飞船降落变得很危险,起飞和离开也同样危险,所以他们可以计划使用大一点的飞船,带一些人回来。但最重要的是把消息带过去,在这个基础上,不要增加风险。"

"好的。"

李甲利正打算继续往里走,突然想起来什么,回头吩咐道:"'天帆一号'的结构图,请太空军的战士多多熟悉,还有指挥中心的舱室结构。万一他们要上去救人,得熟悉这些结构。"

"裴黎阳已向资料库索取这些文件。我会再告知他们您的要求。"

"那就好。"

在三号舱里,李甲利坐直身子,按下接入按钮。

一阵强烈的光照之后,联合国第七会议厅的场景浮现在眼前。围着一张圆桌,坐着十二个人,圆桌外围,则又是一圈桌椅,坐着列席代表和工作人员,联合国的和平徽章高挂在圆桌上方,两侧的墙面上,则展示着近十米高的立体图景,那是讨论需要时展示数据的平台。此刻,两侧的图像分别展示的是联合国和平署和太空开发署的图标。

李甲利扫视了一圈桌上的名牌，大部分都是老熟人：

柯力文·怀特博士，美国航空航天局资深专家，火箭专家；

露易丝·洛兰，欧洲航天局顾问，行星生命学家；

伊丽莎白·休斯，未来学家，哲学研究者；

尼古拉·安东诺维奇，俄罗斯空间研究院资深教授，俄罗斯科学院院士；

胡志强，小行星矿业公司首席技术官，中国工程院院士；

山本元熙，日本早稻田大学教授，核物理专家，诺贝尔物理学奖得主；

布鲁斯·李，美国驻联合国太空开发署技术专家，深空探索项目策划人；

阮敬文，波士顿动力机器人专家，火星探索机器人设计主任；

倪庆余，上海人工智能研究院院长，中国工程院院士；

卢卡斯·霍夫曼，"宙斯号"总设计师，美国工程院院士；

玛娜·德，联合国太空开发署事务官。

布鲁斯·李正好坐在圆桌对面，见李甲利来了，向他微微点头致意，李甲利还以致意。布鲁斯·李不仅是个老熟人，还是个老对手，从三十年前就开始在各种场合和自己争执，今天大概还要继续。他对"天帆一号"的情况很熟悉，说不定也已经明白"天帆一号"上的紧急状况。

玛娜女士主持会议。

"诸位已经知道当下的情况，我也无须多说。这个会议，是个头脑风暴会议。就在我们的隔壁，政治会议正在进行，外太空和平协议的缔约方在商讨一致的行动方案。他们会发布公告，指导各国如何应对眼下的情势。我们这个会议，主要是想对外星人的可能企图进行深入探讨，寻找最佳的接触方案。我虽然是会议主持，但主要是为大家服务，必要时维持会场秩序。我们采用自由发言的形式，谁都可以发言，但请尊重会场规则，不要随意打断别人发言，也请尽量简明扼要……"

霍夫曼首先发言："我和在座的许多位都非常熟悉，尤其是李甲利院士，我们代表不同的国家，也代表不同的太空发展思路。私下里，我们也有很多交流……"

李甲利认真听着霍夫曼的发言，在大大小小的太空会议中，霍夫曼是常客，时间一久，也就成了老熟人。他虽然是"宙斯号"的总设计师，却早已和军方没有什么关系，他如今的身份是一家卫星公司的特聘技术专家，闲暇之余写专栏文章，发表对太空建设的看法，成了影响力巨大的国际学者。一个人的观点是很难改变的，除非受到巨大的事实挑战。霍夫曼一向认为，外星人的存在是一件确凿无疑的事，人类应当尽快建立以太阳系为目标的警戒体系和以地月系统为核心的防御体系。他常在自己的文章中强调，各国之间的军备竞赛不仅不应该停止，还应该加以鼓励，太空需要军事化，同时建立协调机制，低烈度的对抗有助于人类形成环地球的防御能力，让人类在面对外星人的时候不至于毫无办法。然而刚发生的事件显然让霍夫曼对自己的想法产生了怀疑。

"我不知道该如何应对眼前的情况，大概我们唯一能做的，就是等待。等待是单方面的，我们是被动的一方，外星人的技术水平显然远远超过我们，'宙斯号'尚且无法阻拦它们分毫，其他的太空军事力量更不用提。我建议，最大限度维持眼下的情况，等待外星人的进一步行动。"

霍夫曼结束了发言。

最积极的备战倡导者却提出了一个近似于投降的悲观建议，会场陷入了短暂的沉默。

"我谈谈我的看法。"露易丝·洛兰打破了沉默。

"我是搞行星生命科学的，如果今天的主题是如何抵抗外星人，我没有什么发言的权利，但如果谈论的主题是如何理解它，那我可以阐述一下观点……"

露易丝侃侃而谈，她的主要论点，是外星人对地球并不会感兴趣。按照生物演化的一般规律，生物只有在利益冲突的情况下才会对别的物种发起攻击；而外星人和地球人的环境不同，地球并没有什么值得外星人格外关注的，因此外星人并不会发动真正的进攻。

"然而你假设外星人是一种生物，但我们现在连外星人长什么样都不知道，可能它根本就不是生物，而只是一台自动机器呢？"阮敬文反问露易丝。

露易丝点了点头，"你说的没错，但自动机器不可能凭空而来，它一定是由生物智能发展而来。"

"如果智能机器发展了上百万年，早已经和智能生物脱离了干系呢？"阮敬文接着问道。

露易丝笑了笑，"我承认我不知道那样的情况会发生什么。但基本的原则是，推动智能发展的根本动力是避害趋利，如果我们认为攻击地球对外星人有利，那么利益究竟是什么？我想，在已知的范围内，没有答案。我们只能选择相信什么，不相信什么。"

阮敬文点头赞同，然后接着露易丝的话说了下去："从我得到的情报来看，我有理由怀疑这是一艘自动飞船，飞船上并没有生命体。飞船来到地球，要么是来交流，要么是来勘探。它对我们的信号一直不予理睬，不像是带着交流的目的而来，它一来就进入静止卫星轨道，绕着地球飞行，这看上去就像一种预设行为。它能够屏蔽无线电，反过来也说明它能够接收无线电，哪怕它并不能明白我们的无线电如何编码，但至少可以做出回应，这才是正常的反应。然而现在不是这样，所以我很担心这艘飞船会做出什么行为。自动飞船可能做出我们无法理解的行为，造成严重后果。"

"它在核弹爆炸之前离开了。"霍夫曼不同意阮敬文的看法，"它经受了三十枚导弹的攻击，还碰上了一枚核弹，这些对它都毫无影响，它并不知道另外十枚导弹携带核弹而且会在碰撞之前爆炸，但它却消失了。这说明它在吞没了三十枚导弹和一枚核弹之后做出了决断，说明它有临机决断的能力，至少比一般的自动机器聪明得多，不管是不是有智慧生命在上边，它自身肯定不是简单的自动飞船，说不定你会发现一个聪明的机器人。"

"你们认为黑飞船和现在悬停在'天帆一号'上方的飞船是同一艘飞船吗？"在阮敬文开口争辩之前，玛娜女士插入一个问题。

"我可以回答这个问题。"尼古拉·安东诺维奇举手示意。

"我们拿到各方情报后就进行了各种理论计算，尤其是得到了钱伯君教授的大力支持。经过反复验算，我们几乎可以肯定，现在出现在'天帆一号'上方的外星飞船，就是那艘无法观察的黑飞船。"

尼古拉将示意图展示在投影界面上。西里尔字母的文字没几个人认识，与会者纷纷低头，参看自己身前屏幕上的翻译版本。

"钱伯君教授和米勒教授共同提出的钱－米勒理论有几个有趣的推论，其中之一就是，一个旋转球体的同步静止轨道上可以产生空间驻波，驻波的速度恰好是同步静止轨道速度的$2n$倍。钱教授在物理简报上发表了一则通信，报告了黑飞船的速度恰好是同步静止轨道速度的两倍，这个现象得到了核实，我从不同渠道得到的情报都证实了这一点。据说，钱教授已经要求中国航天部对空间驻波的存在进行观察，我不知道李甲利先生是否会带给我们相关的信息。我在此想要强调的是黑飞船的状态，它是全黑的，它并不是一个实在的物体，而只是一个投影。我们的所有武器对它都没有效果，因为击中的根本就是一个幻影。"

会议室里一片哗然。

尼古拉环视周围，等着会场平静下来。很快，人们恢复了应有的礼仪，全场安静地等待着尼古拉继续说下去。

"钱-米勒理论和空间膜假说有一定的相容性。空间膜假说认为，如果把我们的三维空间用某种方式压缩成一张膜，那么它将是一个有限无界的球形。膜就是球的表面，而球的内部是亚空间，包裹着暗能量。球的外部则是狄拉克海，虚空之海，我们的宇宙就飘浮在这样一片虚空之海中。我们所看到的黑飞船，并不是在三维时空中飞行，就像空间驻波也并不是只在三维空间中存在。在三维空间里，它是围绕着地球的一道驻波，但它只是一部分现象，另一部分现象发生在我们暂时还无法观测的维度上，你可以叫它高维空间，或者其他任何叫法，但它的本质，就是刚才提到的三位一体——狄拉克海、时空膜和暗能量。暗能量透过时空膜泄漏到狄拉克海，这个过程中，飞船获得了强大的驱动力。这就是为什么我们根本观察不到任何物质的抛射，却能发现黑飞船的加速现象，它在轨道上的加速度是不合理的，以我们今天的技术要形成它的轨迹，需要抛射大量物质，这根本无法做到。

"所以我们也可以计算相关的情况。停留在'天帆一号'上方的飞船有三十二千米长，大致呈圆筒状，截面积有二十四平方千米，所以它的体积大约是七百六十八立方千米。这大概是人类在地球上所建设的所有建筑总体积的十倍，毫无疑问，它的建造者拥有远远超过我们的技术水平或者文明历史，这是题外话。这个七百六十八立方千米的庞然大物，如果假设它并不位于我们的时空膜，而是在暗能量空间中运动，那么它将在我们的时空中留下投影。我们用钱－米勒理论进行了几次推论，得出了它的投影的大小。这个计算过程很复杂，但最后的结果就是，它恰好和黑飞船所展示出来的空间体积差不多。"

尼古拉的展示停在一幅画面上。圆柱状的外星飞船，经过几次变形，最后成了一团漆黑的不规则球体。

"每一个变形都代表一个复杂的函数。多次函数映射，代表一个现实中的物体进入暗能量空间后，在我们的世界中留下的投影。注意看……"

尼古拉拉动画面，不规则球体在画面中旋转，最后在某一个角度上固定下来。一张照片出现在球体旁，正是江晓宇拍摄的第一张黑飞船照片。尼古拉把黑飞船照片和自己的推论结果重叠在一起，两者几乎完全重合。

"这不是一个巧合，这是钱－米勒理论的又一个证明。"

嗡嗡的议论声再次响了起来。

李甲利盯着画面，感到一丝喜悦，又有几分担忧。喜悦是因为尼古拉的说明无疑证明了人类对于外星人的行动能够从理性上进行解释，钱－米勒理论对宇宙的理解是正确的。担忧则是因为这样的技术能力远远超越了人类，压倒性的优势让人类毫无机会。

"假设这艘飞船就是黑飞船，那么它突然消失，又在'天帆一号'上方出现，用你的理论能解释吗？"霍夫曼问道。

"这是另一个课题，牵涉钱－米勒理论的一种极端情况。但我认为，这种极端情况恰好是未来我们进行太空航行的唯一途径。这不是我的理论，是木村鸠下先生的研究，他证明过，如果一个物体处于暗能量空间，那么当它从暗能量空间回到正常时空的时候，可以发生超光速现象，从正常时空的观察者看来，它像是发生了瞬间移动。或许山本君更了解这个，木村先生是他的同事。"

大家的目光齐刷刷地向着山本元熙投去。

山本元熙挺直腰板，微微低头，摆出日本人特有的谦逊姿态，"很惭愧，我不太了解木村君的研究，只是有所耳闻。尼古拉先生所提及的瞬间转移，我曾经在木村君的讲课中听闻，但他当时论证的是太空旅行，似乎和这艘黑飞船的举动有所不同。"

"的确有所不同，但本质是相同的。木村先生的研究，是说在平坦空间中，如果有引力场的约束，应该就会有我们目前所见的结果。相信我，接下来几个星期，会有无数的博士疯狂计算这个引力场约束情况下的暗能量驱动，得出的结论一定能支持我们今天所观察到的现象。这也就能够证明木村的星际旅行假说是可以成立的，因为事实已经摆在我们眼前了。"

会场的气氛热烈起来，长距离的星际旅行一直是困惑人类的难题，各种假说只存在于纸面上，从来没有任何验证的机会。外星飞船的到来让这些假说有了一个难得的验证机会。

在这些顶级学者的眼中，外星人来到地球的目的仿佛就是为了启迪人类。

李甲利盯着尼古拉的示意图，双臂环抱，默默沉思。

"李先生，你的想法是什么？"玛娜女士问。

李甲利下意识地抬头，却发现玛娜并不是在问自己，而是另一位李先生，布鲁斯·李。

布鲁斯·李没有着急发言，而是轻轻拍了拍桌子，站起身来。他身材魁梧，一头金色长发披肩，脸上的须发也极为茂盛，看上去威武雄壮。

布鲁斯的目光和李甲利碰在一起。

"我想先聊聊一个古老的命题,费米悖论。多年来,我和李甲利先生交换过很多次意见,我们谁也说服不了谁。外星人是否存在,好像一个信仰,但今天终于有了结果。"

他挑衅式地看着李甲利:"李甲利先生,外星人来了!"

李甲利点了点头,这是个事实,没什么好争论的。多年前,李甲利的确认定外星人不存在或者至少无法降临地球,虽然在给国家领导人的报告中并不会提及外星人,但这的确是他最基本的想法,支撑着背后所有的行为:太空无穷无尽,人类并不需要担心来自外太空文明的伤害,而只需要选择那些最有利于发展经济的探索活动。和平与发展才是正确的道路,把有限的资源投入那些大而无当的军事装备中,是一种巨大的浪费。

当有外星人来到地球,这样的逻辑就受到了根本挑战。

"当前我们最重要的问题是:外星人为何而来?"布鲁斯仿佛在发表演说,双手在胸前有力地挥舞着,"它不告而来,显然并没有把地球放在眼中。它吞掉了我们的卫星,吞掉了一艘飞船,还吞掉了导弹和核弹。它向我们展示了神奇的技术,尽管这种技术如尼古拉先生所言,在理论上是可以理解的,但对于我们来说,无疑仍旧是一种高超的魔术。它悬停在'天帆一号'上方,做出了一个威胁的姿势,却没有发动攻击,但它又屏蔽了'天帆一号'周围所有的无线信号,让'天帆一号'处在失控的危险之中。这一切迹象都表明,它像是一个顽童,行事只是出于喜好,没有什么特定原则。这也就意味着,它随时可能做出我们无法预判的行为,导致灾难性的后果。它的到来,可能也是一时兴起的偶然。为此,我们应该做好最坏的打算,撤离大城市,在那些不易被打击的位置建立堡垒,保存人类文明的种子。或许最终我们无法证明这么做是值得的,但至少我们能够保有底线,能够最大限度地让我们的文明在这个星球上存续。"

布鲁斯的演讲富有激情,引得众人频频点头。

李甲利望着这位老对手,他总是把事情往最坏的方向考虑,有时候真是过虑了。外星人跨过茫茫的星际空间来到地球,它们不可能是肆虐的顽童,只要找到正确的交流办法,它们不一定就是人类的威胁。然而布鲁斯刚才提到的有一点是对的,外星飞船屏蔽了"天帆一号"的无线信号,这让"天帆一号"处在失控的危险中。图灵一号拟定的停机计划已经送到了"天帆一号"控制中心,然而执行停机计划需要地面的统一指挥。当信号断绝,如果"天帆一号"上的人不主动采取行动,那么整个天帆一号都会有熔毁的危险。

江晓宇还留在那儿,两百多名工程师还留在那儿。只希望他们面对外星飞船不要恐慌,保持理性,主动执行停机计划。

或许外星人等的就是这个,它在观察人类的动静,决定自己的下一步。

李甲利举手请求发言。

他站起身来,和布鲁斯隔着硕大的圆桌相对而立。他扫视着参与圆桌会议的人,扫视着所有参与会议的人。所有人都在等着自己发表看法,而在转播的画面前,数以亿计的人也正等待着。

"讨论外星人的行为已经没有意义了,管控危机,做好我们自己的事,才是我们目前需要做的两件事之一。"

"另一件呢?"布鲁斯顺着他的话提问。

"我同意霍夫曼先生的意见,等待!"

听众席再次一片哗然。

09

熔 核 危 机

"看来迹象已经消失了！"麦克斯低沉的声音传来，难掩失望。

在反复试验多次后，麦克斯终于承认了现实。空间驻波的存在，是因为黑飞船沿着对地静止轨道飞行，而黑飞船现在大概已经结束飞行了。

"可能我们来得晚了。"江晓宇说，"那艘外星飞船出现，黑飞船或许已经停止绕地球转圈了。"

"可能吧。这真是太可惜了！"麦克斯的语气中带着无限惋惜，与重大科学发现失之交臂，也许只差了那么几分钟。

"我们现在要赶回控制中心，看看究竟发生了什么。"江晓宇说。

"好！"

"但我们可以再试一次，说不定能抓到！"麦克斯紧接着又说一句。他还是没有死心。

再次观测的结果还是零。

麦克斯即使再不甘心，现在也只能放弃。科学要求研究者有献身精神，可不是要求盲目献身，只有和坚定的理性精神结合，献身精神才有意义。

江晓宇试了试各个频道。所有的通信频道里仍旧寂静无声，通信屏蔽仍然存在。

"一旦离开望远镜，就无法使用无线通信，我们得乘同一辆行走车才行。"行走车上有连接装置，可以让车里的两人对话。这套为了应对无线电屏蔽状况而设置的应急设备，现在正好派上用场。

"没问题，我们一起走。"

江晓宇断开接口，世界一刹那间完全沉寂下来。他朝着麦克斯做了一个向前的手势，然后打开喷射器，向着膜平面靠了过去。

行走车在膜平面上奔驰。

膜平面寂静无声。无所不在的总部信息提示消失了，经过基台时也不再响起嘀嘀的提示音，就连行走车的雷达也变成了瞎子，完全没有反馈信息，二人只能依靠肉眼来辨认路径。

"麦克斯，你得和我说话。你不说话，我就有种错觉，这世界像是已经被废弃了，我们成了太空里的孤儿。"

"我尽力吧，我得找个好点的话题。"

"随便说点什么，比如你新盖的房子……"

"刚才调整量子边界，我可能犯了一个技术性错误……"麦克斯成功找到了能让自己滔滔不绝的话题。

江晓宇认真听着，麦克斯讲的技术问题自己有些陌生，半懂不懂，然而有个人声能够陪伴自己，就已经是莫大的安慰。

很快，新问题产生了。膜平面的色彩太过于绚丽，而为了看路，又不得不直视它。时间一长，眼睛就开始发花。平时这不是个问题，因为控制中心可以掌控行走车，驾驶员无须时时刻刻盯着前方，稍稍闭目休息就能缓解视觉疲劳，可眼下却无法这么做。江晓宇只能忍着，用频繁眨眼试图缓解一下疲劳。

走了大约一半路程，眼睛开始刺痛，江晓宇不得不把驾驶位让给了麦克斯，自己坐到后座，闭目养神。

麦克斯马上要求江晓宇说话。

换成自己说话给麦克斯听，这事还挺难的。

"你倒是说话啊！"麦克斯催他。

"我和你说说海南的沙滩和烧烤吧。"

"不要。你不要总说这种使人堕落的东西，我不想鄙视你。"

"那怎么办？我们继续讨论钱-米勒理论？但没有稿纸，讨论也没什么意义啊……"

"说说外星人吧！你觉得他们为什么来？"

"外星人为什么来？"江晓宇口中重复这个问题，突然有一种似曾相识的感觉，"麦克斯，我怎么觉得你问过我这样的问题？"

"哈，我刚才也感觉到了，大概我们已经讨论过太多次。但不妨再来一次，有意义的话题再三重复也是有意义的。现在，请你开始认真思考，认真回答。"

"外星人来地球的唯一原因，只能是为了和平的交流。"

"到现在你还这么想？"

"是的。"

"它们在攻击我们。"

"没那么严重。"

"吞没飞船，屏蔽无线信号，这都是战争行为。要是地球上的两个国家互相这么干，彼此早就宣战了。"麦克斯大声说。

"外星人可不是国家，它们可不像人类这么容易情绪化。"

"说得像是你见过外星人一样。"

"我当然没见过。但能够跨越星际空间的智慧生命，一定是一种理性的生命。"

"希望如此。所以你觉得吞没飞船、屏蔽无线信号这样的行为还不算太严重？不算是攻击行为？"

"算，也不算。我们目前得知的信息太少了。"

"好吧，我佩服你的硬核理性。信息不足，无法判断。"说后一句话的时候，麦克斯拖长了语调，模仿通用人工智能机器人的声音。

"你认为怎样的情况才算严重?"麦克斯接着问道。

江晓宇正好抬头,远方,控制中心灯火辉煌,如同一座玻璃金字塔。神秘的光环高悬在金字塔上方。庞大的船体隐藏在黑暗之中,无法被看见,却令人心生寒意。

"如果它们摧毁'天帆一号'。"江晓宇回答。

"需要直接摧毁吗?"

"什么意思?"

"它现在屏蔽了无线通信,等于摧毁了'天帆一号'的发电能力。"

仿佛有什么东西在脑子里点了一下,江晓宇只感到大脑一片澄明,继而全身一股寒意。

"麦克斯,我们必须加快速度,尽快赶回去!"

"怎么了?"

"如果屏蔽无线通信,'天帆一号'向地面的电力传输可能也被中断了。这是个大问题,因为如果无法把收集的太阳能发射出去,那么整个太空电站就会处在电荷过饱和状态,会导致严重后果。"

"有多严重?"麦克斯一边使劲把电门拧到底,一边发问。

"我不知道,这种事从来没有发生过。但按照常理,可能会导致某些薄弱环节烧毁。太阳能面板可不会停止工作,它时时刻刻都在积累电荷,正常情况下这些电都会被转移掉,但如果无法再转移,积累起来,那就随时可能发生问题。"江晓宇顿了顿,"膜平面上的绝大多数事故,都是由静电积累引发的。"

"这个我倒是不太懂,静电不是很容易消除的吗?接地就可以了。"

"那是在地球上,而我们是在膜平面上。太阳能板工作起来要产生电流，电流就是电子的流动，电子不能流动就会堆积起来，形成高强度的静电场。一般我们的常规停机检修，就要检查静电泄放回路。正常情况下，静电是不存在的，只有出问题的模块才会检测到静电，才需要进行维修。"

"静电泄放回路不能工作了吗？"

"静电泄放回路是把静电导回太阳能电板，太阳能电板是电中性的，产生了多少电子，就会在内部产生多少带正电的空穴。光子轰击每个结构单元，会产生电子和空穴，电子流动产生电流，电流从负极流向正极，你可以认为在太阳能板的单元内部，每时每刻都在送出无数的电子、留下相同数量的空穴，同时又吸收无数的电子，把那些刚产生的空穴填满。能量就在这个动态过程中被送出去。"江晓宇解释道。

"这有点儿像是量子涨落。"

"量子涨落只是假想，我说的是太阳能板工作的大概过程。"

"所以，正常情况不会积累电子，不会有静电。"

"对。可一旦某些单元结构出现了问题，电子还是会堆积起来，这是个老问题，尤其是老化的板子，需要维修更换。"

"你真是个电气专家，我差点就没意识到这一点。"

"每一个行走员都要懂这些基础知识，我在这膜平面上干了二十多年了。"

"好吧，电气专家，现在你觉得外星人是不是在攻击我们？听你的意思，膜平面快要完蛋了，假如我们不采取任何行动的话。"

江晓宇沉默了片刻，说道："不能说这是恶意行为，但至少不是什么友好行为。"

"你还挺袒护外星人的。"

行走车距离控制中心越来越近。外星飞船逐渐从黑暗中显露出来，它通体黝黑，隐约间仿佛一根巨大的雪茄，头部朝向控制中心。

江晓宇抬头望着那外星飞船，忽然间有种幻觉，飞船仿佛化作了一条鲸鱼，头向下竖直身体，好奇地打量着眼前发光的小玩意儿，正考虑是不是要将它一口吞下。

控制中心有八百多米高，然而和外星飞船一对比，最多只有它长度的二十分之一。它的直径也远超控制中心，如果它能张开口，真的只要一口就可以把控制中心吞下了吧。

朝向控制中心的飞船最前端并不是球形，而有凸起，就像一座环形山，所以从远处看去，反射的光是一个巨大的圆环，光环大到把整个控制中心塞进去也只能填充最中央的一小部分。

庞大本身就是奇迹。能够造出如此巨大的飞船，外星人的技术水准一定到了地球人难以想象的地步。

太不可思议了！江晓宇有些恍惚。

"我们要进去了！"麦克斯喊了一句。

行走车冲进了对接隧道，整个世界骤然一暗。

停车、闭舱、换装，一气呵成。

麦克斯刚脱掉一半的行走服，看着已经换上舱内服的江晓宇，有几分惊讶："你这训练了多久才能这么快？"

江晓宇没有回答这个问题，向着麦克斯挥了挥手："到任务中心找我！"说完就纵身飘移出舱外。

中央舱里挤满了人。巨大的中央投影正播放外星飞船的影像，人们鸦雀无声，脸上或是惶恐，或是悲戚。见到江晓宇进来，大家齐刷刷地看过去。

江晓宇扫视一圈，很快发现了阿伦。

"阿伦，对地传输停止了吗？"江晓宇问道。

阿伦点了点头。

江晓宇不由焦急起来："那'天帆一号'也有危险，我们得按照规范停机。"说话间，江晓宇已经来到了阿伦身边。

"我刚确认过停机计划，按照目前的状况，我们根本没有足够的人力完成停机，而且很可能会造成死亡。我已经征询过了，手动停机是不可能的。"阿伦消沉地回答。

"征询？怎么回事？"江晓宇的目光向着王劲看去，王劲避开了对视。

除了自己之外，只有王劲是首席工程师，阿伦一定是问了他的意见。

"我看看情况。"江晓宇说完便纵身向着任务中心移动。首要的事务，是确认事态到底有多严重。王劲的判断肯定有他的道理，然而事关重大，必须寻找任何可能的机会。

任务中心一个人也没有。

江晓宇快速移动到一台大屏幕前，屏幕上显示的是外部画面，一条机械臂静止在画面中央。江晓宇双手向两侧一滑，打开界面，飞快地操作起来。

"天帆一号"的结构图出现在屏幕上，围绕着控制中心，蓝色线条勾勒出来的膜平面就像一片卵形的白杨叶。叶上粗大的结构纵横，仿佛叶脉，某些交错的位置上会有一个较为粗大的节点，那是一个个基台。

另一张分布图叠加在结构图上，是监测网络，红线描绘。监测网络的主干分布大致和结构分布相同，然而脱离主干之后，一条条红线便围成一个个方块，和结构图形成错位。

江晓宇操作几下，屏幕上的红色方块数目陡然暴增，密密麻麻、层层叠叠几乎把整个"天帆一号"都盖住了。

江晓宇不断放大图景，红色方块随之变得稀疏，最后，只剩下一个方块停留在屏幕上。这是监测网络的最小单元，监测的对象是三百米见方的膜平面。方块内部整体是绿色的，表明各处的静电指标都在警戒值以下。

江晓宇调整数值，将阈值由120调整到0，并且设置了色彩渐进，这样从视觉上就可以直观地看出整个平面静电的分布。

方块一瞬间变成了红色。从浅浅的近乎白色的红到极深近乎黑色的红，一个个点，一个个圈，明白无误地标识出来。这仿佛一张等高线图，但表示的是静电荷的密度。

江晓宇的目光落在两个深红的小点上。这两个小点都位于方块边缘，靠得很近，几乎连在一块儿。

江晓宇熟悉这个位置，这是发生静电击穿效应最多的位置。深红色的区域在缓慢扩张，而中心的位置几乎已经变成了深黑。可以断定，如果不采取行动，随着时间推移，这些位置会被击穿，进而引发连锁反应，甚至熔毁控制中心的汇流总箱，将整个"天帆一号"变成一块巨大无用的太空垃圾。

"现在上膜平面行走太危险了！"身后传来一个声音。

是王劲。

江晓宇转身面对着王劲："你分析过了？"

"总部的停机计划是'图灵一号'推算的结果，需要总部授权才能启动。但现在无线信号屏蔽，总部的授权指令无法送进来。我知道你肯定是打算执行手动断开模块的方式强制停机，但总共有二十多万组母单元模块，而我们只有一百多名工程师。能不能完成这么大的工作量先不说，在高静电环境下行走随时可能出现意外。"

王劲的担心不无道理。行走服是绝缘材料，然而如果静电强大到一定程度，会形成极高的电压，可能在一瞬间击穿行走服。一瞬间，人也就死了。

在太空里，没人怕死，然而人们怕白死。

江晓宇回头看了一眼模块静电状态报告。静电仍旧在持续积聚，速度并不快，颤颤巍巍，时而还会波动，但无可避免地持续走高。

"对地输送停止了吗？"

"无法进行校准，自动停止了。"

发射和接收需要精确的角度对准，隔着三万五千七百八十六千米的距离，一点微小的角度偏差就会导致巨大的误差。而如果发送的微波并没有对准塞丘索非拉地面接收站，那将是一场灾难。巨大的能量柱会带来无法估量的伤害。也因为如此，发射塔和地面站之间每时每刻都在进行校准，以确保能量传输万无一失。现在外星人屏蔽了无线信号，校准无法进行，能量传输也就停了下来。

能量送不出去，就会在膜平面和汇流舱不断积累。最终的结果，就是整个膜平面会变成一个巨大的电荷池，无论最终如何释放，结果都可能是毁灭性的。

"我们得想点办法！"江晓宇喃喃地说。

"现在唯一的希望，是通信能够恢复，可以执行停机。"

"但那已经太晚了！"

江晓宇把全部监测回路的结果堆叠在一起计算统计效果。两个薄弱部位的平均电荷量为44，距离120的警戒值还远。然而问题在于最大值，最大电荷密度的模块，数值已经到了104，随时可能突破警戒值。

"如果无法向地面输出能量，电荷会快速积累起来。我不知道如果膜平面上到处都是强静电会对控制中心造成什么影响，但肯定不是什么好事。我们的太空舱可不是按照绝缘要求来设计的。停机，把所有的模块都拆解开，彼此不能影响，电荷也就无法积累到击穿薄弱环节的地步。这不仅是在挽救'天帆一号'，也是在挽救我们自己，是我们唯一的选择。我们要派人出舱去断开每个模块，从距离最近的模块开始，至少先把控制中心隔离出来。"

"会死人的！不是所有人都能按照规范操作，另外，静电环境下，防静电装置也很难起效。"王劲强调。

"静电越积越多，遭遇击穿的概率就越大。在这里什么都不做就是等死，努力一把，说不定就能活。"

王劲默然不语。

江晓宇接通了全体广播，大声宣布："所有活动人员注意，所有活动人员注意，我是江晓宇，现在自动系统瘫痪，无法发出警报，但根据检查的情况确认，我们面临严重的119状况，是全平面的119状况，如果无法及时处置，整个膜平面都会面临熔毁的危险，而我们控制中心也很可能无法幸免。所有人的生命都处于危险中，我们需要尽最大的努力消除危机，也拯救我们自己。现在，请所有具备膜平面维护资质的工程师都到任务中心集中，我们需要立即行动起来。再重复一遍，请所有具备膜平面维护资质的工程师都到任务中心集中。"

结束广播，江晓宇长长地舒了一口气。

"我们没有足够的人手，得动态分配。"王劲开口说道。

"谋事在人，成事在天，尽力而为，把损失降到最低。"

有人来了。陆陆续续来了更多的人，不一会儿，任务中心便挤满了赶来的人们。麦克斯穿着那标志性的红色宇航服从左入口飘了进来，安静地挂在天花板上。钱复礼也来了，挤在人群后边，似乎不想引起任何注意。江晓宇盯着他，他很快便觉察到江晓宇的目光，看过来点了点头。阿伦也赶来了，然而他并不是工程师。

"晓宇，你知道你在干什么吗？"阿伦挤到江晓宇面前。

"我知道。救电站，救自己！"

"但没有得到许可，你这样的行为会被认定是违规，后果很严重。"

"我知道，但情况紧急，我想总部会理解的。"

"总部能不能理解不说，首先我得理解，我是'天帆一号'指挥控制中心总指挥，对不对？"

江晓宇看着阿伦。周围的人们也看着阿伦，想知道总指挥是不是要否决首席工程师的动员。

阿伦环视一周，最后盯着江晓宇，问道："我们澄清几个问题。第一，现在出舱到膜平面进行检修，是有危险的，对吗？"

"对，高压击穿。但可以采取措施防范，按照规范操作，发生意外的概率会小很多。"

"第二，如果我们不出舱，等着，会越来越危险，最后整个膜平面连带控制中心会毁掉，对吗？"

"对。如果不能恢复对地传输，就必须停机。"

"第三，我们究竟有多大的机会能解决这个问题？"

"不知道。我只知道我们就像溺水的人，如果不扑腾，那就真要溺死了，扑腾几下，说不定就能抓到救命稻草。"

"但你至少知道怎么抓救命稻草。"

"对。"

阿伦郑重地点了点头："我的小命在你的手里了。"他转向众人，

"大家听好了。现在,通信断绝,我们没有总部指示,也找不到其他更稳妥的办法。我们只能听江晓宇首席工程师的分析,听从他的指挥。但是,作为'天帆一号'总指挥,我要告诉你们,这不是一个命令,而是一个请求,一个动员。所有参与行动的人,都是志愿者。所有的伤亡,本人都是第一责任人。所有服从自愿原则的,留下,非自愿的,可以离开。请记住:我们接下来要面对的,可能是一趟有去无回的旅途,但这可能是我们最好的选择,我们作为'天帆一号'主人的选择。"

阿伦的一番话说得铿锵有力,全然不是平日里温和的风格。危急关头,大概人都会暴露出性格最核心的一面,阿伦比自己原先想的要坚韧得多。江晓宇不由暗暗钦佩。

没有人离开,所有人都望着江晓宇。挤在任务中心里的人有两百多个,大概除了实在无法出舱行走的少数人,其他人都来了。

地球远在三万六千公里之外,外星飞船则在头顶一动不动,神秘莫测。不管地球还是外星人接下去会有什么动作,绝境中首先要做的,就是自救!

江晓宇深吸一口气,开始说明情况,分派任务。他的语速很快,听者也异常专注,在场的所有人都明白一件事:接下来的每一步行动,都是在和死神赛跑!

10
死 亡 游 行

李甲利从会议厅出来，快步往自己的办公室赶。联合国会议并没有什么决议，只是以会议纪要的方式向全球发布。外星人为什么来，怎么来的，接下来会发生什么，全是猜想。在猜想之外，人们还得做点儿什么。

"李总，张部长的电话。"陶玉斌匆匆递上手机。

"张部长！"李甲利尊重地称呼一声，等着对方发话。

"圭亚那的事你听说了吗？"张部长直入主题。

"我知道，有暴徒冲击了发射场，损失惨重。"

"文昌的情势很紧张，你不能留在那里，要马上撤离到北京。"

这突如其来的消息让李甲利有点蒙。

"北京？文昌这边情况可控啊，我在这里工作，也不会有什么影响。"李甲利边说边看了看窗外，游行的队伍仍旧挤在街上，乱糟糟一片，"我刚参加了联合国会议，VR实景接入也很方便。"

"从北京接入VR实景也很容易。"张部长不为所动，"总书记有指示，要加强对重点人物的保护，你就在这个重点人物名单里。现在乱象才刚开始出现，不要太乐观了。"

"我明白。"

"'天帆一号'现在情况怎么样？"

"军方已经安排了两艘大型运输飞船，每艘飞船可以搭载两百人。虽然没有配备生命维持系统，但是配备了足够的氧气罐。军方会先送一颗光学侦察卫星过去核实情况，看是否需要派遣太空军战士执行停机任务。"

"上面的人现在还是没有动静吗?"

"他们失去了和地面的联系,行动应该会很谨慎,我们最好的期待是他们能够主动执行停机计划,这样太空军只需负责将他们撤出来。不过眼下很难说,我们只能观察。"

"人必须救出来,'天帆一号'必须保住。"

"是,所有人都在向着这两个目标努力。"

"保护你们不受干扰是高层的一致决定,所有地面人员都会集中到北京。对了,你知道塞丘索非拉已经戒严了吗?"

"啊,我还不知道。"

"联合国安理会十分钟前刚通过决议,向维和部队授予使用一切必要手段的权利。那儿如果不戒严,就要变成第二个圭亚那。文昌也危险,警方报告警戒线随时可能被冲破,已经紧急向海南驻军请求援助了。"

"我明白。"

收起手机,李甲利稍稍思忖片刻,又从兜里掏出了私人手机。

马上就要离开文昌去北京,必须先叮嘱一下陆帆。

铃响了很久,一直无人接听。

李甲利挂掉电话,望着窗外那挨挨挤挤的人头,心头隐隐感到不安。这孩子,该不会跑到街上去了吧!

"李总,裴黎阳请求和您通话,保密线路。"

"好。"

李甲利快步走进办公室,在办公桌前坐好。桌上的红色电话响了起来。

"我是李甲利。"

"李总,我是裴黎阳,有一些紧急情况。"裴黎阳的声音显得有些急切,不像之前那么沉稳。

"说吧。"李甲利冷静地回答。

"根据您上回的要求,我请情报部门调查了心门组织。GOH在全球根基深厚,虽然在国内不成气候,但海南因为环南海自由经济区的缘故,他们在那儿也有布局。"

这倒是和张部长说的能对上。

"嗯,你继续说。他们想干什么?海南的情况会失控吗?"李甲利问道。

"目前很难说。但军方和国安部已经在密切关注这件事,海南有六百万外籍人士,出了任何事都是国际事件。"

"我们面对的是外星人,是太空事件,一切都要服从这个大局。"

"我明白。方将军也强调过这一点,所以南海舰队已经进入全面警戒,准备随时接管港口,还从石家庄调派了一个突击旅前往海口,一个小时内就会部署到位。"

"他们究竟要搞些什么?"

"心门的行事隐蔽,典型的地下组织风格。根据目前的情况,我担心他们发动恐怖袭击。"

"恐怖袭击?"李甲利皱了皱眉头,"什么样的恐怖袭击?"

"目前情报还不清楚。最大的可能是化学武器。在密集人群中释放化学武器,造成重大伤亡,然后颠倒黑白,指责中国政府对平民使用化学武器。"

"这怎么可能!"

"对这些人来说,可不可能、是否合乎情理并不重要,他们掌握着信徒的信息渠道,随便怎么编造也不会有人反驳。一个反对强大政府的轰动效果,结合外星人降临的奇迹,GOH就可以宣称最终日即将来临，所有虔诚的信徒将洗去罪孽，获得赦免，而罪孽深重的人类则将在熊熊火焰中坠入宇宙的深渊。"

"什么乱七八糟的！"

"这是情报部门汇总的情况，是从一个线人那里采集的。恕我直言，时代在进步，但不是所有人都能跟上。科学虽然发展很快，但迷信还在，魔鬼不时出没，人们总会盲目地相信一些蛊惑人心的言论：开天眼看到宇宙真相，转基因造成了天赋异禀，或者接受外星人的改造从此可以通灵……迷信也在与时俱进，总能找到信徒。"

"不能直接先把这些人控制起来吗？你们军方应该可以掌控这些人。"

"李总，您对军方的行动方式不了解。军方是重锤，不是手术刀。在人群中寻找目标，并且采取针对性的控制行为，这是情报部门的职能。我请国安部考虑这种可能，他们给出的反馈并不积极，心门是个隐蔽的组织，而且相当严密，那些已经暴露的人只是喽啰而已，抓他们并不能真正解决问题。"

"你们怕打草惊蛇，但我们要的正是打草惊蛇。只要他们在当前阶段不要搞事就好。"

裴黎阳沉默了一下，说道："您说得很有道理。只要他们收到警告，哪怕只是暂时收敛一点，对我们也是好事。"

"对。我们要应付的事太多了！"

"这一点我会和国安部再讨论一下，反馈您的这个提议。当前最重要的事，海南已经有些动乱的苗头，所以重要的人员和设施都要提前进行保护。还有三个小时就天黑了，缺少电力，没有照明，很多人肯定会利用黑夜掩盖他们的行动。"

"我明白。你们已经做好部署了吗？"

"除了提到过的南海舰队和突击旅,海南武警总队已经待命,问题在于针对恐怖行动,我们很难预知会发生什么。武装力量的准备只是为了预防最坏的情况,我们会尽力挖出幕后主使,把事件消灭在萌芽状态。"

"好。有什么新情况就尽快告知我,底线是不能冲击到我们和外太空的交流。"

"是的,所以现在需要确保您和其他重要人物的安全,我们安排了……"

裴黎阳话音未落,只听窗外传来一声隐约的闷响,整个屋子随之震颤起来。

李甲利心头一阵紧张,忙说了一声:"你等等!"说完他搁下电话,快步走到窗前。

窗外,人群骚动,乌泱泱的人头像是一片海,正朝着指挥中心的大门涌来。汹涌的人潮顷刻间冲开了警戒线,高压水枪还来不及发挥作用,就已经被掀翻,防暴车很快遭到了同样的下场。警察根本拦不住冲破了防线的人群,只能后撤,撤进院子里,关上大门,凭借院墙抵挡。

远处,有一道黑烟。黑烟是爆炸的残痕,爆炸点在一幢居民楼中部,爆炸很猛烈,居民楼体上现出一个黑黑的大窟窿,大楼像是随时可能从中间折断。

担心什么来什么,恐怖袭击已经开始了。

李甲利回到桌前,拿起电话,说道:"我这边有些情况,你们尽快按照上面的指示办。我就在指挥中心等待接应。"

不等裴黎阳回应,他已经挂断了电话。裴黎阳得到爆炸的消息肯定很快,也比自己所见的要全面得多,所以无须浪费时间。真正需要警告的是陆帆。

陆帆的电话还是接不通。李甲利握着手机，焦急地在屋子里踱步。上面虽然做好安排把自己撤到北京保护起来，但家属并不会包括在这个紧急计划中。陆帆住在郊区，一般也不会有问题，但这个混乱时刻，她需要保持警惕，一直待在家里不要出门。

尝试了三次之后，他终于放弃了接通电话的想法。

"小陶，你看看能联系到文昌公安局吗？请他们帮忙找一找陆帆。"李甲利喊来了陶玉斌。

"李总，您别着急，我马上联系一下。"

陶玉斌匆匆出门，李甲利仍旧坐立不安。他再次走到窗前，望着窗外的人群。人群已经陷入了歇斯底里的混乱中，一群人挤在指挥中心的大门前，使劲地拍打大门，还好指挥中心大门是以军用工事标准修建的，是厚重的钢门，仅凭人力根本无法撞开。有人在搭人梯，准备从一旁的院墙里翻进来。警察聚集在院子里，分头布置，警棍、盾牌、头盔、防弹衣，武装警察在墙头上构成了第一道防线，催泪弹、水枪则在警官指挥下，准确地将最靠近的人群逼退。不能靠近的人群不甘心放弃，鸡蛋、石块、水果、鞋……各种抛掷物向着院子里落下，地上一片狼藉。

一团带着烟的东西从人群中抛出，力量不够，没能越过院墙，反倒落在了围在院外的人群中，引得一阵骚动。这落下的东西带着火，带着十足的恶意。它点燃了围在一旁的几个人，他们纷纷在地上打滚，试图扑灭火焰。又有几个带着烟的物件被抛出来，落进了院墙内，一落地，便燃起一团火。警察忙不迭地灭火。

有人竟然准备了燃烧弹！他们一早就打算要破坏，要流血。游行示威已经开始向着暴动的方向转变。

远处的楼房仍旧在冒烟，爆炸之后的居民楼熊熊燃烧，然而游行队伍堵塞了街道，根本不可能让救援的队伍通过。

李甲利望着那熊熊的火焰，心头满是愤恨。这个世界究竟是怎么了，为什么有人会干这样伤天害理的事？无法理解，比外星人的行为更费解。

"李总，直升机在屋顶等着。"陶玉斌走进屋里。

"有联系上陆帆吗？"李甲利急切地问。

"文昌公安局的鲍局长保证不会有问题，他已经让人调了街道监控，根据行车记录，陆帆应该是在第三人民医院里。公安局没有医院内部的监控信息，已经让当地派出所派了一个执勤警员过去，那儿没有游行情况，应该不会有事。"

李甲利松了口气，随即回过神来："医院，她去医院干什么？"刚问出口，他便想起江晓宇说过，陆帆怀孕了，应该是去做什么孕前检查。他稍稍宽心，跟着陶玉斌走出办公室，转向楼顶。

见到直升机，李甲利不禁微微愣了一下。这是一架武装直升机，厚实的钢板装甲看上去充满了力量感，机身右侧挂着一门机炮，左侧的挂架上是空的，原本应该可以挂载导弹，尤为特别的是，机头下方连接一个圆鼓鼓的大盘，像是雷达之类。驾驶员戴着全息头盔，座舱里两个军人一左一右，全副武装，正招呼自己向前。

李甲利还从未在这么近的距离上见过军用直升机。螺旋桨转动激起呼呼的风声，可猛烈的风也遮不住从街上传来的叫喊和嘈杂。这是接近战时状态了吗？真想不到自己居然会有乘坐武装直升机转移的一天！

直升机的座舱与外界完全隔离，关上舱门，外边的噪声居然一点也听不见。就连前舱的两个军人彼此对话，李甲利也只能看见他们嘴唇翕动，听不到声音。这大概是军队的高级指挥官的空中座驾，非常时刻被调用过来。

从直升机窗口向下望，街上仍旧一团混乱。从迎宾大道直到航天路，横贯整个文昌城，到处都是黑压压的人群。航天指挥中心的院落在人群包围中，仿佛面对惊涛骇浪的一帆孤舟。煽动了这么多人，背后的力量简直深不可测。

李甲利突然想起了什么，拿出手机，拨了一个联系人。

手机嘟嘟响了几下，传出叽里呱啦的一段语音，那是印尼语的提示，李甲利没听懂，但也能猜到大概是暂时不能接听。他皱了皱眉，正打算关闭通话，一个声音响了起来："甲利兄吗？"

能及时找到陈英华真是太好了！

"英华兄，有件紧急的事想要和你商量一下。"李甲利开门见山。

"什么事？文昌那边也戒严了吗？我们这里所有街道都封锁了，放上了电动拒马路障。"

"嗯，也快了。现在我们这边有一些模糊的情报，心门GOH在策划一起恐怖袭击，已经发生了一起爆炸，但我怀疑这不是真正的行动，我很担心那些疯子还会干出什么事来。"

"你想让我帮你查？"

"是的。我知道这会有危险，但现在军方怀疑他们会释放化学武器，如果不能预先防范，可能会有成千上万的人送命。"

"这个……"陈英华犹豫着。

"我也不敢要求太多，毕竟心门这个组织透着邪劲。他们是个极端组织，毫无疑问他们会采取极端措施。所以我明白你的顾虑，万一被他们发现你在进行调查，他们指不定会干出什么来。所以首先要保证你的安全，在这个基础上，如果你能给我们的情报部门提供一些信息，所有人都会因此受益，都会感谢你。这次事件过去，联合国太空开发署肯定会进行大规模的人事调整，我知道你一直不喜欢抛头露面的工作，'图灵二号'的试运行，正好需要像你这样有才华又低调的人来负责。你可以做很多你想做的事。"

"你们的情报部门有很多专家……"

"没错，但他们的情报获取方式和你不一样。你是第一个提醒我注意心门的人，现在你的警告成真了。"

电话那边一阵沉默。

李甲利耐心地等待着。

"'图灵二号'已经训练完毕了吗？"陈英华问道。

"很快可以进入试运行，中国航天部有提名总负责人的权利，通常都会通过，如果被提名者是一个国际人士，那阻力就更小了。阿伦·费尔南多担任'天帆一号'总指挥就很顺利，太空开发署大会一致通过的。你是资深计算机专家，我会把你的提名送到部长那里，至少我没看到有任何人的竞争力比你强。"

"心门的确是个麻烦，我试试能不能通过网络找到一点信息。"

"好的，拜托了！文昌目前的状况实在让我很担心。如果发现心门布局的其他重点地区也可以直接告诉我，我会尽快让警方和军方介入。你放心，不会有任何人知道是你提供了信息。"

"好。那先这样，我去找找办法。"

挂掉电话，李甲利沉思了几分钟。当前这纷乱的局面，看起来是因为外星飞船的到来而起，实则根子早就埋在那儿，只等一个爆发的由头。极端宗教、政治分歧，矛盾一直都在，只不过被暂时的和平与繁荣所掩盖罢了。

绕着地球飞了半圈，然后悬停在"天帆一号"上方，屏蔽了"天帆一号"上的信号……外星飞船只在外太空干了这几件事，都没有直接对地球采取行动，就已经让地球鸡飞狗跳。李甲利突然有种荒诞感，如果外星人是个拥有高度智慧的物种，说不定会对地球人的表现感到失望，它们跨过遥远的星际空间而来，希望看到的应该是一个繁荣的文明，一个理性的物种，而不是像今天这样充满着不安和躁动。

李甲利望向南方的天空。"天帆一号"横在西南方，洁白醒目。大海苍茫，天空碧蓝，"天帆一号"飘飘扬扬，像是一片无依无靠的羽毛。

江晓宇和二百多名太空精英都在上边，没有地面的指示和帮助，他们孤立无援。然而他们是人类的代表，他们直接面对着外星人，他们不会辜负人类赋予他们的责任和期望。

李甲利的目光逐渐坚定起来。

突然间，仿佛洁白羽毛的"天帆一号"散发出金色的光芒。李甲利以为自己眼花了，不由眨了眨眼睛。

没错，"天帆一号"竟然变成了金色，而且形态也发生了变化，原本是羽毛状，长大于宽，现在却成了一个圆形，仿佛金色的满月。

李甲利惊讶得合不拢嘴，这不可能是"天帆一号"自身发生了变化，只能是外星人采取了新行动。

"李总，你看！"陶玉斌惊叫起来，指着窗外。

李甲利向着陶玉斌那边望去，只见一个巨大的金色球体，赫然停留在发射场上空。它像是一个绝对规整的圆，看上去极不真实，仿佛从空中直接掏出了一个空洞，而空洞的后边，是一片均匀的金色，这给人一种错觉，天空仿佛成了一个背景板，随时可以揭开。然而再仔细看两眼，这又分明是个金色的光球，悬停空中，一动不动。

这是无法用任何已知物理规律来解释的东西，就像是一个神奇的魔术。

李甲利只感到全身僵直，无法动弹。

"李总，有新情况！"陶玉斌又喊了起来。

李甲利僵硬地转过头去，麻木地看着他。

"各地都在汇报光球，已经有十五处，十六处……还有，外星飞船发出了一条信息。"

"哦，"李甲利像是一下子回过神来，"什么信息？能破译吗？"

"已经有破译，它们用的是地球的民用编码规则，二次函数加密。是张照片。"陶玉斌说话间已经把情报转到了电子纸上，递给李甲利。

李甲利迫不及待地接过来，定睛一看，不由愣住了。这是一张彩超照片，是个人类胎儿。

外星人第一次发来的信息，居然是张人类胎儿的彩超照片，外星人是想要表达什么含义吗？

"已经有六十四处报告光球。"陶玉斌继续报告。

李甲利抬眼望去，舷窗外，光球散发着均匀的金色光芒，它如此硕大，看上去可以盖住整个发射场。它又是如此醒目，整个文昌的人，乃至于整个海南，应该都可以看见它。他猛然抬头望向"天帆一号"，蓝色的天空里，多了一个金色的月亮。大概那掩盖了"天帆一号"的东西，也是这样的一个光球吧。

外星人终于向地球发送了信息，这是个好消息。然而外星人到底想表达什么意思？这是个哑谜吗？他低头看着照片，照片里的胎儿双目紧闭，似笑非笑。

李甲利捏紧了手里的电子纸。

"情报专家在进行分析，有人认为这只是外星人获取的一份人类讯息，被用来向地球打招呼。但多数人认为外星人选用一张胎儿图片是有用意的。"

"嗯！"

"主要有三种意见。第一种认为这是外星人发送的信号，表示它们对地球人类已经有了深刻的了解，并掌握了人类的生物学信息；第二种认为外星人想要表达的是一个意向，意思是人类就是一个胎儿，正在孕育中，很快会成人；第三种则认为这是一个宗教信息，类似于救世主降临人间……"陶玉斌一丝不苟地播报着情报综合要点。

李甲利几乎没有听进去。这条信息最大的含义，就是外星人开始和人类对话。对话就要有来有往。这仿佛有些鸡同鸭讲，然而总是一个好的开始。该回馈什么信息好呢？图片？语音？可能随便发出什么信息都是正确的回应，只需要有回答。

手机响了。

是陆帆的电话。

李甲利迫不及待地抓起手机，接通电话。

"爸，是我！这个机器警察是你派过来的？"陆帆的面孔出现在手机屏幕中央，她的身后，是一个飘浮的机器，机器上赫然印着国徽和交警警号。

派出所竟然派出了一个机器交警去找陆帆。李甲利有些哭笑不得，只得点点头："我托人找你，没想到他们派去了一个机器交警。"

"没事啦，但是它声音有点大，差点把医院里的孕妇吓坏了。"

"没事就好。现在外边乱，你千万不要随便出门，回家后就老老实实待在家里，等局势安定一点，我会告诉你的。"

"别担心我，我会好好的。"陆帆说着脸上突然一黯，"爸，到处都在传，说晓宇他们回不来了，被外星人劫持了，这是真的吗？"

李甲利心头一震，连忙解释道："那都是胡说，现在只是联系中断了。你放心，晓宇他们都是经验丰富的太空人，空间站里物资充足，不会有事的。"

"有人说外星人就是神派来的使者，要对地球进行末日审判。"

"别听那些瞎扯的鬼话，我就在和外星人接触的第一线，它们是外星智慧生命没错，但它们不是神，也不是神的使者。你安心养胎，晓宇很快就会回来陪你的。"

"啊，你已经知道了啊！晓宇告诉你的？"陆帆的表情由阴转晴，脸上荡开了笑容，"你还没见过外孙女吧，我给你看看。"一张照片闪过。李甲利带着微笑点开，一刹那间，脸上的笑容便凝固了。

陆帆送过来的照片，和刚看到的外星讯息照片，竟然一模一样！

"这是……你肚子里的孩子？"李甲利有些恍惚。

"是啊，怎么了？"陆帆觉察到父亲的脸色不对。

李甲利稳了稳心神，飞快地思考各种可能，最后问道："照片你是不是发给晓宇了？"

"是啊，昨天和晓宇通话的时候发给他的，通话突然就断了。"

李甲利紧紧握住拳头。没想到事情竟然会如此巧合！

"帆帆，你注意安全，让这个机器交警护送你回家。别出门啊！我有些急事，先挂了。"

多年来，陆帆早就习惯了父亲临时有急事，也并不担心，"你也注意安全，要是有晓宇的消息，一定要第一时间发消息给我。"

陆帆的影像消失了。

李甲利愣愣地坐着。事情的逻辑过程变得很清晰：外星飞船出现在"天帆一号"上方，无线电屏蔽，而晓宇和陆帆正好在通话，这张胎儿的照片大概就是那次通话的一部分，被外星人截获当作讯息送了回来。

　　这是一个巧合，可巧合恰好落在自己的女儿和女婿身上，就不得不让人踌躇。一旦报告上去，陆帆就不是局外人了，甚至她肚子里的孩子，自己那还未出生的外孙女，也会被牵扯进来。

　　外边的世界这么乱，天知道这样的讯息会带来什么。

　　"李总?"陶玉斌轻声喊他。

　　李甲利回过头来："小陶，拟一条备忘录……"

11

光　球

静谧的膜平面看上去极美。一望无际，色彩艳丽，就像不小心打翻了调色盘，纷繁的颜色混杂在一起，荡漾着彼此交错，形成一片绚烂的辉光，伸展到整个天空和大地。这六万平方千米膜平面如此辽阔，和地球相比，却只是沧海一粟，放在太空世界里，更是渺小如尘埃。

但对江晓宇和身后的一百多号人来说，这平面实在太庞大了，庞大到令人绝望。

在短时间内拆解二十多万组母单元模块，是一个不可能完成的任务，每个人出舱前都意识到自己所面对的情况是个绝境：没有无线通信，只能通过手势和有限的有线通信来交流，每一块模板都带电，稍有疏忽或者运气不好，就可能被电击，所以每次碰触模板，都相当于进行一次轮盘赌，而为了完成任务，每个人都要赌上上千次。赌上千次而不输的人肯定有，但不可能一百个人都不输。上百人里的绝大多数，都会在途中的某一次输掉，可能只是一次身体麻痹，也可能是直接丧命。

但没有人退却，每个人都按照预定的计划，或乘车或步行，向自己的目标模块前进。

一百多号人在膜平面上散开，像是一把盐没入了大海。

膜平面的太阳能发电模块大致按照九宫格的方式配置。九个模块组成一个子单元，九个子单元组成一个母单元，每个母单元会配置一个基台。切断基台的总闸，这样母单元会从网络中断开，哪怕母单元因为静电效应被烧毁，也不会影响到其他部分。然后还需要将母单元中的每个子单元都彼此隔离,只有以子单元为单位,静电积累才能保持在安全阈值之下,模块才不会烧毁。

江晓宇给自己分配了六个基台的任务。完成一个基台的工作,就需要大约两个小时,而基台和基台之间的距离,平均有一千米。按照一个膜平面行走员正常的工作效率,这样的工作量需要连续工作十六个小时。然而膜平面上的母单元数量超过二十万组,完成拆解停机总共需要六十万个工时,靠一百多人的工程队伍,每天工作十六小时,需要一年的时间才能完成。然而可能再有十几个小时,膜平面就会发生静电击穿效应,很多模块都会坏掉,那时候再做什么也没有意义了,所以自己和这一百多名志愿者能做的,只是将指挥控制中心周围所有的模块拆解掉,形成一条隔离带,保住指挥控制中心。这大概是降低损失的唯一可行方案。

江晓宇飞快地顺着模块边缘爬行。在膜平面上没有重力,如何认定上和下,取决于人的想象。在想象中,眼前的平面可以是一堵无限高远的墙,也可以是一片一望无际的原野,每个人都有不同的思维习惯。每次乘坐行走车的时候,江晓宇总是习惯将膜平面视为一片可以任意纵横驰骋的原野,而每当需要长途行走,则会将它视为一堵墙,前进的方向,就是向上的方向,脚下则是不见底的深渊。没有重力的深渊似乎很安全,其实则不然,如果用力不当,很可能就会直接飘离膜平面,再也回不来。想象自己正在高墙上攀爬,会让人更警惕一些。

安全绳特别重要,一般行走员配备的安全绳只有一千米长,为了这个特别的任务,所有出舱人员都配置了最大长度五千米的安全绳,最大限度放宽在平面上活动的范围。

江晓宇在1699号基站旁停了下来。基站的讯息屏幕上显示着模块的工作信息，输出电流原本应该是一条数值在1000左右浮动的红色线条，此刻却稳稳地停在0刻度上，整个屏幕的背景变成了红色，不住地报警。电站已经停止输出，这些模块自然也无法向汇流舱输出电流，这也同时意味着大量的电荷已经开始在模块内部积聚，模块的电势变得极不稳定。

危险随时可能发生！

江晓宇拉下了基站的总闸。一道强烈的电火花从闸柄打向闸盒，吓了他一跳。这个基站的情况看起来很糟糕。如果继续拆解子单元，很可能引发更强烈的放电效果。江晓宇犹豫了一下，决定跳过这个基站，至少母单元已经隔离了，虽然这个模块很可能会放电受损，但不会殃及其他模块，如果继续拆解，风险太大。这个信息应当传递给所有人，一旦总闸出现电火花，只关闭总闸即可，不需要再拆解子单元。

很多工程师会随机应变，看到电火花出现就放弃既有的方案，但万一有人一时间没有仔细考虑，可能就会白白牺牲。江晓宇不禁有些焦虑。无线通信仍旧被屏蔽，无法送出信息，他四下张望，想找个什么法子把信息传递出去。

维修的工程师们散得很开，看来看去，找不到人影。把人手都召集回来显然来不及了，只希望所有人都机灵一点，能够及时调整。

江晓宇正想离开基台前往下一个目标，远方突然有一个身影映入眼帘。那身影飘飘扬扬飞起，身子后仰着，像是在膜平面上做了一个后空翻后维持着扭曲的姿势。

江晓宇心头咯噔一下。怕什么来什么，果然出事了！他立即解开安全绳，抓住模块之间的桁架上的拉索，双手交替，顺着索道快速移动。

五分钟后，他到达出事位置，抬眼望去，只见白色的人影飘浮在无尽黑暗之中，已经成了一个小白点，正距离膜平面越来越远。这人身上并没有系安全绳。

不远处有人也正向着这边靠近，看来是周围的其他行走员同样发现了异常，赶过来救援。

江晓宇向着来人使劲挥手，示意他回转去继续执行任务，然后飞快地将安全绳锁定在拉索上，屈体下蹲，认准目标，猛地一跃而起，直直地向着那飘浮的小白点飞去。

距离一点点缩短，江晓宇死死地盯着前方那小小的白色身影，脑海中翻腾着各种可能。

那人距离膜平面已经有一千多米高，如果不能把他拉回来，那么他注定会死在这茫茫太空里，尤其是在眼下整个膜平面都陷入无线电屏蔽，一旦肉眼搜索无法发现踪迹，他就真成了茫茫太空里的一颗尘埃。

江晓宇的速度很快，而那飘飞的人速度极慢，不到三分钟，和目标的距离只剩下十多米。这可能就是最近距离了，江晓宇飞快地判断着形势。

此刻，距离膜平面约一千八百米的样子，误差只有十多米，这算是一次难度极高的跳跃，但十多米的误差还是太大，哪怕只是相差一米，也无法将人救过来。在太空里，一切计算都务必精确，否则差之毫厘，谬以千里，错过了就不会再有机会。要把人救回来，大概只有这次唯一的机会。

江晓宇紧张地等待着。

果然，距离又开始拉大了。江晓宇把手指放在救生绳盒的停止键上，摁下这个键，救生绳就会停止放出，绳子会被自己的惯性拉得紧绷。他心中不断模拟救生绳紧绷之后的轨迹，和眼前的位置对照。飘浮的白色身影慢慢靠近预想位置。

就是此刻！他猛地按下停止键。救生绳牢牢卡死，绳子一下子紧绷，一股大力从绳上传来，在江晓宇腰间猛地一拽，让他像个巨大的摆锤一般向着膜平面砸下去。

成败就在此一举了！江晓宇紧紧地盯着那位失去知觉的伙伴，救生绳横扫过去，正好兜住他的腰部，江晓宇拉动绳子，向他靠近。两人的运动轨迹彼此影响，变得异常复杂，很难估算。这是最危险的时刻，万一绳子没能挂住那位伙伴，就再也不会有任何机会。江晓宇全力以赴，用最快的速度缩短和伙伴之间的距离。

移动到身边，伸手抓住伙伴的胳膊后，江晓宇才终于松了口气。

对方行走服上的生命体征提示灯绿色长亮，表示行走员的生命体征正常，这令人宽慰不少。他只是昏迷过去，并没有生命危险。

放下心来后，他仔细看了看昏迷的人。竟然是钱复礼！这小子，反复强调的事，最后还是没有系好安全绳！江晓宇不禁有一丝气恼，手上也多了几分力，紧紧地拉着他的胳膊。

钱复礼悠悠地醒了过来，看见江晓宇，不由露出惊讶的神情。他扭头打量四周，很快明白了自己的处境，挣扎着动了一下，想要自己来掌握动作。

江晓宇向着他狠狠瞪了一眼，摇了摇头，示意他不要乱动，随即全神贯注地盯着越来越近的膜平面，开始估算落地位置。

有人站在了一道津梁上，向着自己不断挥手，提示自己那儿是最好的落点。的确没错，那人所站的位置，最适合落地，而且旁边有人，还可以帮一把。

江晓宇一点点收紧救生绳，就像一个远航水手，正感受着风帆的力道，调整它的角度和高度。津梁很快就到了眼前，江晓宇拉着钱复礼在即将撞上的瞬间一齐迈开腿，顺着津梁跑动。然而惯性的力量让他们的轨迹歪斜，直冲向津梁边缘，预先等在一旁的伙伴立即死死拉住他们，不让他们跌落到膜面上去。

当三个人最后稳稳地站立在膜平面上，江晓宇也看清了那人的脸。

是王劲。

通信断绝，无法交流，两人彼此对视着，相互点了点头。这是二十多年合作形成的默契，江晓宇以为这样的默契不会再有了，然而此刻就像回到了那值得怀念的艰苦日子里。江晓宇心头一阵温暖。大概剩下的时间并不多，然而这种回到从前的感觉真不错！

他正想示意王劲回各自的位置去继续执行任务，身旁的钱复礼却使劲拽了拽他的胳膊。

江晓宇皱着眉头，转过身去，正想再给钱复礼一个凌厉的眼神，让他反省自己的过失，却只见钱复礼惊慌失措地指着头顶，嘴里不断地喊着什么，眼里满是惊恐。

江晓宇抬头望去，紧皱的眉头不知不觉舒展开，严肃的表情不见了，只剩下愕然。

只见外星飞船放射出金色的光芒，迅速在天穹上扩散，形成了一个金色的大圆盘。大圆盘继续扩大，很快包裹了整个膜平面，放眼望去，四周皆是金色的天空，只有在控制中心正上方，仍旧保留着那黑色的巨大空洞。

外星飞船竟然用什么手段将"天帆一号"整个包裹了起来。

外星人是要采取什么行动了吗？

三个人呆呆地站着不动，心中无比惊骇，一时间竟然不知道该干什么。

突然间，无数条青紫色的电蛇从膜平面的边缘升起，顺着金色的天穹游移，最后没入飞船那黑色的无底空洞中，消失不见。

这奇特而宏伟的场景转瞬即逝，江晓宇几乎完全麻木，身体无法动弹，心中却激荡着惊涛骇浪。

简直不可思议！那是一次史无前例的放电，在六万平方千米的膜平面边缘，足以点亮整个地球的电量竟在几秒钟内释放完毕。人类可以通过各种整流设备驯服这庞大的电量，让它温顺地从天空流向大地，然而肯定无法承受以这种狂暴的方式吸收电量。那无异于一场大爆炸，或许还是千万吨级的。

钱复礼再次拉扯江晓宇的胳膊。

顺着他的示意，江晓宇很快发现膜平面变成了从未见过的模样。原本色彩斑斓的原野变成了一片惨淡的灰色，仿佛那不是由太阳能薄膜铺设而成，而只是普通的铅灰色钢铁。这金色的天穹遮蔽了阳光，大概它本身只放射特定波长的光，让原本发生多种光学效应的膜平面失去了颜色。

这是好现象，至少不需再担心膜平面会不会熔毁。

刚才雷电暴般的末日场景，带走了积聚的电子，大概也意味着膜平面脱离了熔毁危机。

江晓宇很快回过神来，轻触王劲的肩头，示意他向控制中心撤退。王劲却摇摇头，指了指自己，指向一个方向，又指了指江晓宇，指向另一个方向，最后画了一个大圈，指向控制中心。

王劲要和自己分头行动。他也明白刚才的突然变故意味着什么，留在膜平面上继续工作已经没有意义，现在要做的是让大家都回到控制中心，回到安全的环境中去。

江晓宇向着王劲做出一个OK手势。王劲点了点头，开始移动。

钱复礼也想去通知别的行走员，然而江晓宇只给了他一个严厉的眼神和斩钉截铁的坚定手势。在万般的不情愿中，钱复礼向着控制中心开始撤退。

江晓宇和王劲各自沿着相反的方向移动。当两人再次遥遥相望，任务也圆满完成。

"外星人究竟想干什么?!"回到舱内，王劲迫不及待地张口就问。说完这句话，他像是舒坦了不少，脸上一副释然的表情，就像憋了很久的人终于呼吸到了一口新鲜空气。

江晓宇却沉默着。

王劲感到有些奇怪，看了他一眼："怎么了，难道不想说话吗？"

江晓宇摇头："想说的太多，好像无从说起。"

内舱门开了，两人正想起身，便听见广播声传来："晓宇，我是阿伦，你马上过来，这里有新情况。"

阿伦一直是慢条斯理的性格，从不赶着做事，也从不会催着别人做事。如果不是事态紧急，他根本不会发出这样的广播。但外星人到来的几十个小时里，变故连连，所有人都绷紧了神经，阿伦也不例外。

江晓宇和王劲对视了一眼，飞快起身，在复杂的舱体通道中穿梭，赶往中央舱。

中央舱里挤满了人，彼此交头接耳，嗡嗡声充斥舱内，一片嘈杂。江晓宇很快看到了麦克斯那身显眼的红色宇航服，阿伦就在麦克斯身旁，两人正在说着什么。

江晓宇正想过去和阿伦打招呼，却一眼瞥见了中央投影的画面。他顿时愣住了，立在原地，直直地看着画面。

"江头,怎么了?"江晓宇猛地停下,王劲差点儿撞上,不禁有些纳闷。

中央屏幕上显示着一张硕大的彩超图片,图片中是一个刚成形的婴儿,双眼紧闭,握着两个小小的拳头,极为可爱。自己分明见过这张照片!

江晓宇回过神来,飞快地掏出手机,打开保留文件,点开图片。身体的姿态、眼睛的形状、手脚的位置……图片果然和中央屏幕上一模一样。

王劲凑在江晓宇身旁,也将图片看得清清楚楚,不禁微微张大了嘴,掩饰不住惊讶。

阿伦看见了江晓宇,连忙招手:"晓宇,这边。"

江晓宇带着几分麻木移过去,眼睛盯在中央屏幕上,脑子里满是疑虑。陆帆发送给自己的照片怎么会出现在中央屏幕上?那是陆帆肚子里的胎儿,是自己还未出世的女儿。

阿伦并没有注意到江晓宇的异常,向着中央屏幕一撇头,问道:"外星人发过来的信息,你看该怎么办?"

外星人?

"外星人?"江晓宇喃喃地重复了一句,随即恢复了几分理智,"刚才发生了什么?外星人包围了'天帆一号'?"

"是的,它们用特殊的物质把'天帆一号'包裹起来,我们像是被包在一个球体里。"

"'天帆一号'上的静电,都被清除了?"

"监控上已经看不到静电积累。"

"这么说,外星人还干了件好事。"

"这本来就是它们惹出来的事,我可不认为这是好事。它们还发来这个信息。"阿伦切换中央舱的投影频道，所有的频道都被同样的图片占据着，"所有频道都是，加密方式也是一样的，我们的主机很快就破译了信息，就是这张图片。"

江晓宇默默举起手机，展示给阿伦。

阿伦看了一眼，有些惊讶："你什么时候下载了图片？基地的所有无线通信都失灵了啊！是你刚拍的？"

"这图片一直在我的手机里，这是我女儿的B超照片，是我太太传给我的。"

阿伦瞪大了眼睛，叫道："这是你的图片？外星人怎么会有你的图片？！"

江晓宇缓缓摇头，"我不知道……"突然间他想起了什么，"对，当时我正在膜平面上驾驶行走车，我和我太太通话，她传给我图片。对！就是在通话的时候，通信突然被屏蔽了。"

谜题的答案昭然若揭。

"或许，外星人在屏蔽通信的同时截获了这张图片，然后把它当作信号发给了我们。"江晓宇说。

阿伦微微沉默，理了理思路。

"所以这可能是外星人截获的膜平面上最后一段通信，它们用它来发出信号。它们想表达什么？"

麦克斯凑了过来，说道："想象一下，如果你造访一个外星球，你不懂外星人的语言，更不会懂它们是怎么编码信息的，毕竟这个宇宙里有无数种可以用来编码加密的办法，你会如何表达想要建立联系的愿望？你可以重复它们说的话，就算你不知道这代表着什么意思，至少也可以让对方明白，这是一次交谈。"

阿伦摇了摇头："这是一张人类胎儿的图片，外星人肯定想表达什么含义。"

"刚才晓宇已经说了,这是他和陆帆在通话时传输的图片,而恰好就在那个时候,外星人屏蔽了通信。这只是它们截获的一段信息而已,也许是它们获得的最完整的一段信息。"

"生命是神圣的。"阿伦严肃地说。

阿伦是个虔诚的基督徒。胎儿在他的眼中不仅仅是人类生命的延续,更是上帝意志的体现。外星人来了,无疑对他的宗教观念形成了挑战,而外星人发来人类胎儿的图片,则是上帝意志的再次发光。

两人僵持着。

阿伦和麦克斯显然已经争论了很久,彼此都无法说服。哪怕这张照片真的来自江晓宇和陆帆的通话,阿伦也并不想修正他的观点。

"我们看看外星人究竟在干什么吧!"江晓宇提议,"阿伦,能看看外星飞船的动静吗?"

外星飞船出现在中央屏幕上。一片灿烂的金色背景下,一个近乎完美的黑色圆孔,就像一只巨眼,沉默地盯着所有人。

这深空巨眼带来一种特殊的威压,让舱内的嗡嗡声很快平息下来。难堪的沉默中,众人仿佛都在等待着什么。

麦克斯突然轻声咳嗽。

江晓宇扭过头去,只见麦克斯正看着自己,目光中似乎透着某种期待。江晓宇心领神会。

有的事,麦克斯并不适合提,阿伦根本不会提,其他人则等待着,大概只有自己来提是最合适的。

江晓宇深吸一口气,稳了稳心神。

"我们应该过去看看。"平淡的话语在沉默的世界里掷地有声。

12

圣 婴

退出会议厅，李甲利长长地舒了一口气。虽然身为航天部首席科学家，长期执掌"天帆一号"的规划和工程建设，经常会受到国家领导人的接见，但刚才七个国家领导人同时出席的阵仗，还是有生以来头一遭遇到。

外星飞船的诡异情形，"天帆一号"的危险处境，外国领导人的恶意揣测，军方的积极备战，还有各地沸反盈天的骚乱……外星人的降临像是往热腾腾的油锅里洒下了一滴水，激起爆炸般的反应。如果不是这次负责统筹应对外星飞船的方案，李甲利怎么都想不到，有这么多潜在的矛盾藏在社会的方方面面。现在，对外星飞船无可奈何，只能被动等待，而地球上的种种动荡，反倒成了政府面临的最大挑战。

钱伯君教授过来道别。李甲利忙不迭地鞠躬致意。

"这一次，至少推动理论界往前走了三十年！"钱老最后说了一句，然后向李甲利挥挥手，离开了。

注视着钱老有些颤颤巍巍的身影，李甲利不禁怅然若失。

刚才在会议中，对外星人的到来，钱老的态度无疑最是积极，甚至给人一些欢欣鼓舞的感觉。对于外星人神奇的太空飞行，唯有钱-米勒量子空间理论能进行一些阐述和解释，无论来者是善是恶，至少让人类大开眼界，必定会吸引更多的人力和资金投入到宇宙理论的研究中，这将是理论物理界的巨大福音。钱老因此兴致盎然。

像钱老一样只专注于理论，是多么幸福啊！外边的紧张和骚乱，好像和他统统无关一样。

"李总，这边！"有人喊他。

李甲利回过神来，扭头看去，只见陶玉斌向自己走来，正习惯性地从黑色公文包里向外掏电子纸。

小陶是最让人放心的，有他在，自己不会错过任何最新消息。这场最高咨询会开了两个小时，也该有新情况发生了。

李甲利刚接过电子纸，还没来得及看，又听见有人打招呼："李总，一起走吧！"

张部长正从会议室里走出来。

"张部长！"李甲利点头致意，把手中的纸一卷，和张部长并肩顺着大会堂宽敞的廊道向外走。

"眼下我们发送的信号，没有得到任何回应，是吗？"张部长问道。

"是的。不仅是我们，各国政府和私人发送的信号，也都没有收到回应，外星飞船只发送了胎儿图片，然后就沉默了。地球这边发送了再多的讯息，它也毫不理会。这种情况可以理解，地球上每时每刻都在发送不同的讯息到太空中，各国政府和私人发送的讯息，对外星人来说和之前并没有什么不同。"

"你有觉得哪一家发送的讯息更合适吗？"张部长继续问道。

"这不取决于我们。外星人怎么思考问题，我们根本一无所知。"

"军方说你要求他们不要靠近'天帆一号'，现在'天帆一号'被光球包裹，太空军也无法再采取任何行动。难道我们真的就这么等着？"

"使用武力已经被证明是无效的，除非我们判断留在'天帆一号'上的人有迫在眉睫的生命危险，否则不宜采取行动。"

"'宙斯号'正在赶往'天帆一号'，我们曾经宣告过，'天帆一号'周围一千公里，是非武装区，任何带有军事目的的飞船和卫星都不得进入。这个规则一直被默认,没人主动挑衅。这一次'宙斯号'可能会突破这个禁区。难道没有什么预案吗?"

"我和裴黎阳讨论过这种情况,结论是军方应该保持克制,容忍'宙斯号'的行动,只有在'宙斯号'威胁到'天帆一号'的情况下,才予以反制。军方对于击毁'宙斯号'很有信心,但这显然是不必要的冲突,只会激化矛盾。而且不只是'宙斯号',现在进入静止轨道留驻的军事卫星就有上百颗,这些卫星也可以被认定为军事打击平台。但它们显然不只是盯着外星人去的,如果对'宙斯号'采取行动,却容忍这些小型平台,会被美国人当作把柄,指责我们只是意图对美军发动攻击,而不是在执行非军事化的目标。但攻击这些小型平台,等于攻击了几乎所有拥有有效太空军事能力的国家,和我们倡导的和平利用空间政策相悖。军方自己要求按兵不动,静观其变。"

"而且,我们现在的共同目标是外星人。"李甲利补充了一句。

张部长无奈地笑了笑,说道:"这些我也搞不懂。我们是航天部,现在倒像是总参谋部。美国那边成立了一个外星事务紧急委员会,专门协调这件事,我看我们也需要这么一个机构。"

"美国人比我们更擅长官僚主义。"

"注意你的用词,不要随意评价你不了解的情况。"

"是。"李甲利顺着张部长的话说。多年合作下来,双方对彼此都有深刻的了解。凡是涉及政治敏感的话题,张部长都会直截了当地提醒,这也是一种好意,李甲利并不反感。航天部是专家当家的部委,张部长更多像是一个政委,对具体事物也是提供原则指导居多,极少干涉。外星人的到来,是一个外部事件,更是一个政治事件,各方的政治角力时时刻刻都在进行。

"所以我们还是搞个协调机构,这样你也有个更正式的职位。就叫紧急事态委员会好了,规格定高一点,总理也会参加,你来担任联络人。"

听到这个提议,李甲利愣了愣,然而很快回味过来,这是张部长在给自己争取一些政治资历。

"部长,我服从组织安排。只是我这个人,你也了解,我是个技术人员……"

张部长挥了挥手,"那只是给你一个名头,你什么都不用管,我来请示安排,你就做你的事。"

李甲利默默接受部长的好意。

"对了,你的备忘录里提到那张胎儿照片的来历,虽然这是个技术问题,但形势敏感,你是不是考虑一下把陆帆也接到北京保护起来?海南那边现在有些乱。"张部长接着说道。

李甲利微微一怔,这个事自己也不是没有想过,然而陆帆是自己的女儿,调用国家资源来保护自己女儿,这个有点儿说不过去。

"部长,她和太空工程无关,虽然照片是她肚子里的孩子,但这只是一个偶然。她住在郊区,那儿人少,派出所也特意调派了机器交警去保护她,不会有事的。"

张部长摇了摇头,说道:"天上的事,我不如你懂,但地上的事,我还是帮你做个主吧。你是父亲,要避嫌,我会直接让秘书处以总部的名义向裴黎阳发函,请他们把陆帆护送到北京来。"

"她是个孕妇,不能剧烈运动,还是让她留在文昌吧。"李甲利一想到军方直升机的飞行习惯,心里不由有些发怵。

"嗯,那也行吧。留在文昌,但是要重点保护。让军方想办法。"

专车等候在大堂外,张部长上了车,挥手告别。

李甲利目送部长的车离开后,才钻进了自己的专车里。

"有什么特别的情报吗？"李甲利并没有展开手中的电子纸，而是直接问陶玉斌。

"都是骚乱。"陶玉斌有些不以为意，"世界人民大抽风，法国那边情况最严重，已经烧掉了将近三万辆车，城市街道像是战区一样，警用无人机都中止飞行了。"

"注意你的用词！别老是这么不稳重！"李甲利一边说着，一边展开了手中的电子纸。

所有的消息都是坏消息，从欧洲到东亚，从地中海到好望角，从格陵兰岛到德雷克海峡，全球几乎没有一个安宁的地方。

浏览了所有的标题后，李甲利靠在座椅上，默默看着窗外。

自动驾驶的路线经过长安街，夜晚的长安街上车水马龙，一切如常，然而稍加留意，就可以看到执勤的武警巡逻，街角甚至停着两辆特警战车。外边的世界不太平，北京也加强了警戒。

天安门城楼上的巨幅标语映入眼帘："中华人民共和国万岁""世界人民大团结万岁"。李甲利无数次经过天安门城楼，见得多了，自然就视而不见。但此时此刻，这见惯的标语突然间像是变得醒目起来。外星人来了，中国要做出自己的贡献；外星人来了，世界人民更需要团结在一起。国家、民族和阶级或许会相伴人类历史的始终，但第一次面对外星人，人类首先需要思考的是作为一个物种在宇宙中的位置。这乱糟糟的世界却给出了乱糟糟的回答。或许，人类真的没有准备好成为一个太空物种吧！

不知道"天帆一号"的情况如何……李甲利透过窗户往南边的天空望去。只见"天帆一号"仍旧被异样的金色光芒包裹着，像一轮金色的月亮高挂在半空中。更为引人注目的是北京上空的光球，庞大的金色球体高悬在中国尊大厦之上，俯瞰整个北京。它的直径看上去至少有十千米，能盖住整个北京的三环，这庞然大物即使悬在那儿什么也不干，也已经让人提心吊胆。

太空里的那个光球体积更大。"天帆一号"的直径有三百千米，是人类最大的造物，光球比"天帆一号"更大，神秘得无法解释。外星人几乎在一瞬间就将它变了出来。

大概地球上对此感到开心的，只有钱伯君教授和他的追随者了。他们认为这是可以从钱-米勒理论推演出来的效果，虽然还没有定论，但至少有三篇论文已经在路上。研究者们在发起向物理圣杯的冲刺。

虽然从理性上，李甲利认可这些学者的努力会拓展人类知识的边界，但在这焦头烂额的关头，这些象牙塔里的学者还一心一意地只想着突破科学理论……李甲利摇了摇头，叹了口气。

或许还有些人也感到开心。他们把外星人的到来视为一次神迹，视为启示录，越是不可解释的奇迹，越是让他们兴奋。不可解释就等于可以随意解释，没有人能够提供正确答案，那么权威提供的答案就是正确的那个。这个世界上有太多的权威人士，他们依靠向追随者兜售心灵鸡汤或者迷魂符咒生存，光球悬浮在世界各地，不知道有多少信徒因此向他们贡献了金钱和其他。

电话突然响了起来，打断了李甲利的胡思乱想。

686-3197******，是一个陌生的电话号码，来自大洋洲……手机上居然有十多个未接来电，不是来自大洋洲，就是来自非洲，一眼就能看出来是虚拟号码。什么人着急找自己，还能把电话打到自己的私人手机上。

李甲利怀着警惕接通了电话。

"甲利兄，我是陈英华。"电话里传来陈英华焦急的声音。

"英华兄，怎么了？"

"情况很紧急，我可能被盯上了。但有件事必须告诉你，你的女儿陆帆，现在正处在危险中，十万火急！必须立即保护她！"

"你慢慢说，究竟是怎么回事？"

"心门的人在找她，要把她劫走！他们宣称陆帆的孩子是圣婴，是降临到这个世界来解救苦难的。他们派出了一队人马到海南岛去劫人。这些人很危险，他们都是疯子。你明白吗？"

"我明白了，我会通知军方的。我已经把你的情报转给了军方，他们抓住了那些想搞恐怖袭击的人。你立了大功，这事儿中国国家领导都知道了。"

"只怕我领不了功了。"陈英华的语气透着无限焦虑。陈英华是个含蓄的人，除非迫不得已，不会这么直接。

李甲利的头脑中浮现出一张苦涩的笑脸。

"别着急，我会让军方帮助你。"李甲利说。

电话那边却再也没有回应。

"英华！英华！"李甲利焦急地呼唤了几声，电话里寂然无声，像是根本没有人。

李甲利果断地挂断电话，吩咐小陶："快，找到裴黎阳！"

裴黎阳是个条理明晰的人，听李甲利把话说完就明白了事情的来龙去脉。

"我马上请求调动塞丘索非拉维和部队，他们在那儿有两千人的机动兵力，要保护一个人绰绰有余。您放心，我会找到他。至于您女儿那儿，海南已经全岛戒严了，犯罪分子不会有什么机会，但我们也会调派一个特勤组过去保护。这事已经安排了，航天部秘书处给我们发了协调行动函，是最高优先级的。"

"好。一定要保护好陈英华,如果不是他找到的关键信息,海南这次会死很多人。他是计算机专家,对将来的太空工程很重要。"

"嗯,他提供的信息的确很重要,但我们的情报部门也监控着嫌疑人,所以他们是无论如何也不会得逞的。"

军方并不想那么痛快地承认陈英华的贡献,一个外部人员提供的情报价值超过整个情报系统,这对军方来说并不光彩。

李甲利不理会那么多,此时此刻,确保陈英华的安全才是最重要的。塞丘索非拉虽然在联合国维和部队的保护下,但陈英华并不是什么重点保护对象,在军方找到他之前,那些潜藏的恐怖分子可能已经对他下手了。

"他是我们航天部重要的外部专家,也是下一任计算中心主任的候选人,关系重大,请务必保护他。"

"我明白,您放心。"

裴黎阳很干脆地答应了请求,也一定会兑现承诺,然而李甲利思前想后,还是不放心。没过一分钟,他便又拿起电话,直拨塞丘索非拉地面接收站控制中心。

电话迟迟接不通。

"环南海停电,很多设施都停用了,通信会有些障碍。"陶玉斌说道。

"尽快想办法联系上塞丘索非拉控制中心,确认一下陈英华的情况。"

"是。"陶玉斌掏出办公本,飞快地操作起来。

陆帆的电话倒是一拨就通。海南虽然也大面积停电,但基本民生设施仍旧正常。

"爸,这么晚了,什么事?怎么不用视频?"陆帆的声音带着一丝困倦。

李甲利瞥了一眼车里的时钟，才意识到已经是深夜两点。高度紧张地连轴转，连时间都被忘了。

"帆帆，你在哪里？"

"当然在家里啊，出了什么事？"

李甲利稍稍斟酌，想着怎么说才能让陆帆提高警觉又不至于太紧张："嗯，没啥特别的事。外边比较乱，你注意安全。"

"放心吧，爸爸，我又不是小孩子。对了，我看到新闻里播了光球的事。新闻说，整个'天帆一号'都被这样的光球包裹住了，我看到天上真是这样。你那儿有什么内部消息吗？"

虽然陆帆没有直接问，李甲利明白，她想知道的是江晓宇是不是有新消息。

"现在还没有联系上。别多想了，我们的卫星时刻监视着外星飞船的动静，晓宇他们都是资深的航天员，能处理复杂情况。外星人来地球，可不是看上了地球什么好处，应该不会难为人类。"

"就怕外星人能力太大，做了什么事，它们不在意，但人类就遭殃了。这个光球挂在城市顶上，像是掉下来都会把整个城市毁了。"

"它没有重量，只是个投影罢了……"李甲利把钱伯君教授在咨询会上的说辞搬了出来，虽然对这套说辞的准确性自己心里根本没有底，但至少它是种解释，可以舒缓人对于未知的紧张情绪。

"它其实只是个障眼法。外星人布置了探测器，这些探测器沉浸在亚空间里，其实只是很小的东西，但我们从三维空间观察，就显得很大。它们在观察我们，没事的，让它们看好了，地球上也没有什么藏得住的秘密。"

"它不会掉下来就好。"

陆帆的话让李甲利微笑。

"帆帆，可能会有军人来保护你，你见到了也不用惊慌。"

"保护我？为什么？"

李甲利稍稍踌躇了一下，还是决定实话实说："因为你肚子里的孩子。外星人把你的那张B超图片发到全世界了。这是一个巧合，但有些人可能有不同的想法，所以还是要把你保护起来。"

"你这么说还真是巧了，我前面接到一个电话，问了我的姓名，还说他们要保护圣婴。我还以为是神经病，就挂了。"

李甲利顿时警觉起来，问道："哪里来的电话？什么时候打的？"

"九点多吧，在我快睡觉前，我查查记录……对，九点十分，有个两分钟的通话。"

"是从哪里打来的？"

"是海口的座机号码，我还以为是个诈骗电话。"

"你把电话号码报给我。"李甲利示意陶玉斌记录。

陆帆报出了一串数字。

如果陈英华的警告只是让人隐约有些担心，这神秘的电话就让人切实担心起来。从海口到文昌不过一百公里，高速一个小时就能到，如果心门的那些疯子真的要去劫持陆帆，他们应该当晚就能到。

不知道军方的特勤组什么时候能赶到！万一迟了……李甲利不敢往下想。

"他们知道家里的住址。"陆帆说道。

"什么？"李甲利心里咯噔一下。

"他们知道我的住址，打电话过来的时候，那个人报了住址的，是对的。"

李甲利的额头沁出一层冷汗。

"帆帆，听着，如果他们知道你在哪里，那就很危险！你现在马上离开，找个地方躲起来，什么宾馆都可以。不要找任何人，最好是步行。到了宾馆用宾馆的电话呼叫我的手机，告诉我是哪家宾馆。"

"有这么严重吗？我叫小区保安吧，或者报警。"

"不用报警，警察和军队正往你那里赶。你先去保安那里也好，收拾一下，赶紧行动。"

"嗯！"陆帆似乎也被吓住了。

"也不用太担心，特勤组已经过去保护你。"李甲利又试图宽慰女儿，"先找个地方躲起来，事情很快就过去了。"

"嗯。"

挂了电话后，李甲利立即拨通了裴黎阳的热线，三言两语把陆帆的情况说了一遍，情急之下，说话的声音都有些打战。

"李总，您别着急，特勤组已经在路上，派了五个人，都是擒拿格斗枪械专家，您女儿的安全不会有问题的。"

裴黎阳说得很笃定，李甲利悬着的心却仍旧隐隐不安。

"李总，到了。"陶玉斌提示。专车已经到了航天部大院，李甲利的临时住所和办公点都在这里。

李甲利拿着两部手机下了车，眼睛一刻都没有离开过手机屏幕，生怕错过什么消息。

还没走两步，手机响了起来，是陆帆的视频通话。

李甲利忙不迭地接通，陆帆的面孔出现在手机屏幕上，满脸惊恐，叫道："爸，这里出事了！"她把镜头一晃，只见屏幕上有两个人影，看装束是保安，一个坐在椅子上，被银色的胶带绑得结结实实，另一个躺在地上，一动不动，身子下边流出一摊血，像是已经死了。

"我该怎么办？"陆帆回到屏幕前。

187

"躲起来！"李甲利也不知该如何是好，陆帆居住的是个中档社区，平日里治安状况一直很好，根本想不到会有直面凶杀现场的情况。

一个声音突然传入了画面："请确认你的身份和姓名，陆帆，女，2152年1月生……"这是机器交警的声音，谁在这个关头把机器交警派来找人？

陆帆回过头，发出一声惊叫，手机掉落地上，镜头里只能看见凌乱的几条桌椅腿。

"帆帆！"李甲利焦急地大喊。

一个闪着灯的机器交警掉入画面中，它被什么东西重重打击，表面缺失了一大块，露出内部复杂的电路。

"你们要干什么？！"陆帆惊恐的声音传来。

有人从地上捡起了手机，画面不停抖动，最后一黑，什么信息也没有了。

李甲利一时间只觉得心头像是要爆开。女儿竟然就在自己眼前被劫持了，而裴黎阳说的特勤组还在路上。

心脏剧烈地跳动，仿佛要从胸口蹦出来。李甲利捂着胸口，剧烈喘息。

"李总，您别着急……"陶玉斌试图安慰他。

李甲利挥了挥手，大叫道："快，找裴黎阳！"

说完这句话，他只觉得一阵天旋地转，眼前一阵黑，身子软绵绵地倒了下去。在彻底丧失意识之前，那包裹着"天帆一号"的金色月亮映入眼帘。

它仿佛一只金色的巨眼，正毫无怜悯地盯着人间的一切。

13
降落深渊

"方案就是这样,你们有什么需要补充吗?"

江晓宇的目光从每个人脸上扫过。

王劲摇了摇头,麦克斯摇了摇头,张高菲摇了摇头,钱复礼摇了摇头,王萌强没有表态。

江晓宇的目光落在王萌强脸上,"萌强,你有什么想法吗?"

王萌强抬起头来,像是万分为难,犹豫着说:"江队,我想退出。"

江晓宇还没开口,王劲先急了:"怎么这个关头退出?你是自愿报名的啊!"

王萌强低着头,不答话。

江晓宇点了点头,对大家说:"现在提出来,不算晚。到了外星飞船上,后悔也来不及。我们现在是去和一种未知的文明打交道,谁也不知道会发生什么,它们看待我们,也许就像看待无知的虫子,甚至我们过去就会把我们直接踩死。所以萌强的想法可以理解。"

"其他人呢?有改变主意的吗?"

江晓宇再次扫视每个人,迎接他的都是坚定的目光。

王萌强默默地低着头,移到一旁,正想打开舱门出去。

"萌强,你最熟悉降落方案,你留在控制中心,万一有任何事,也有个照应。'萤火二号'飞船需要合格的驾驶员,你要随时待命!"

王萌强感激地看了江晓宇一眼,推开舱门出去了。

"没想到事到临头,他就成了个软……"王劲恨恨地说。

"好了!"江晓宇打断了王劲,"现在方案调整,张高菲驾驶'萤火六号',我配合作为观察员,王劲和麦克斯穿戴喷气装置,钱复礼和我穿长续航行走服。到了飞船上,张高菲留守飞船,如果情况许可,其他人登陆。"

"王萌强的空缺不用补了吗?"

"不补了,距离并不远,不用替补也行。高菲你觉得呢?"

"我不需要替补。"张高菲淡定地回答。

"那好,现在给大家十分钟准备。十分钟后,在'萤火六号'会合,即刻出发。"

队伍散开了,麦克斯拉住了江晓宇。

"我孤身一人,没有父母,没有孩子,而你的家人都在地球上等着你……'萤火六号'只用把我送过去就行了,如果真有意外,也只损失我一个。"

"这不是你一个人的事。要说价值,你是我们这些人里唯一一个能写出钱-米勒波动方程的人。你没有家人,但一定也有在乎的人,钱教授,或者米勒博士。我们未必不能回来,但万一不能回来,总得给这个世界留下点儿什么。"

"算是临终遗言吗?"麦克斯笑了笑,"十分钟还不够我想出一个名字来值得我留下遗言。但你说得对,我至少可以留一点有学术参考价值的东西。"

江晓宇回到休息舱里。休息舱很小,只能放下一张床和一张小桌子。舱内到处都贴着陆帆的照片或者是和自己的合影。每一张照片里,陆帆都笑得开心灿烂。除了照片,还有画,陆帆的画。她喜欢画自然风景,这种花,那种草,或者猫猫狗狗小动物。贴在江晓宇床头的,是一幅特殊的风景画。色彩斑斓的膜平面,金色的太阳在黑色的天空里闪闪发光,看上去有几分凡·高的名画《星空》的神韵。陆帆不喜欢画太空,总觉得那儿太冷太远,这幅膜平面是她唯一画过的太空画,是专门为自己画的。

江晓宇把画摘下来,放在身旁,轻轻摩挲着。

十分钟,该说些什么呢?

江晓宇打开了录像,先给父母留了话。如果真的回不去,就无法给两位老人养老送终了,只能请他们节哀,为了代表人类和外星人交流,这是不可避免的牺牲。

然后是岳父母。过去十多年,一直很感激岳父对自己的栽培,然而自己实在对仕途没有太大的兴趣,真是感到惭愧。岳母也请不要震怒,自己并不是背弃陆帆,而是职责所在,必须去。

时间已经过去了五分钟。江晓宇沉默了十多秒,最后开始给妻子留言:

"帆帆,你要是看到这个消息,说明我已经不在了。没能回去陪你产检,是我的不对。我知道你等这一天等了很久。我一直想留在天上,这样做很自私,很对不住你,毕竟这份工作就像是拓荒,还是在一个根本不适合人类生存的地方拓荒。这很影响家庭,影响我们之间的感情。我总是处在矛盾中,一边是你,一边是太空,有的时候我都不知道我是不是错位了一个时空,这辈子只应该干太空电站,下辈子再遇见你。

"本来我心中的矛盾已经解决了,我也想通了。但偏偏又遇上外星人。它早不来晚不来,偏偏这个时候来,把我给堵住了。要是我赶早一班航班,也就不关我的事了。但我在这里,就要尽我的职责。你一直能理解我,体谅我,我很感谢。我也想请你再理解我一次。我去外星人那里看看,说不定我们去了,地球就安全了,你也就安全了,孩子也就安全了。

"我现在就想着回到地球,回到文昌,和你一起看大海,看星星。看你肚子里的小陆帆慢慢长大,看她出生、长大、恋爱、结婚生子,而我们就一起慢慢变老。但如果我回不来,你要知道,我的心始终和你在一起。

"小陆帆就只能拜托你了!她长大之后,代我告诉她,她的爸爸也很爱她。"

江晓宇沉默下来。

时间很快就到了。

"我爱你!"他最后说了一句,结束了录像。

送行的人把通道挤得满满的。江晓宇向他们挥了挥手,用力拉上了舱门。

过渡舱里剩下的五个人就是此次执行降落任务的勇士。

"'萤火六号'内部没有生命维持系统,等会儿登船,我们只能依靠宇航服,现在无线屏蔽仍旧存在,我们无法通过无线电对话,所以上了飞船,我们就无法对话了,只能按照计划执行。张高菲负责驾驶'萤火六号',停稳位置,其他人跟我一起登陆。我们依靠宇航服的喷气装置完成最后的降落,麦克斯带我,王劲带钱复礼,降落后怎么样,只能见机行事了。"

舱里的众人纷纷点头。

江晓宇继续说道:"'萤火六号'携带有两辆行走车,如果能把行走车降落在外星飞船上,会给我们很大的帮助,毕竟这艘飞船有三十千米长,要是靠太空行走,可能我们就算把氧气耗尽了,也走不上一圈。

"行走车的对讲系统在车内还能工作,至少同乘一辆车的两个人之间还可以通话,有什么事可以商量。在无线屏蔽仍旧存在的情况下,这是我们唯一能够通话的渠道。大家尽量靠在一起,保持在视线范围内。"

方案和早先在控制中心商定的一样,大家都没有异议。

"萤火六号"的舱门打开了,众人鱼贯而入。江晓宇最后一个入舱。他拉上沉重的舱门,使劲地转动密封锁,没有无线信号的控制,一切都得手动。密封锁微微一震,如果有空气,那么应当伴随着咔嗒一声响,或者是主控室的提示音:气密锁闭完成。在无声的世界里,这就不那么让人放心。江晓宇再三检查,确定密封正常,这才转身面对舱内。

张高菲坐在驾驶位上,正转过身子,看着江晓宇。

江晓宇做出一个等待的手势,然后移动到观察窗向外看。空间站的伙伴正在释放泊位,强有力的液压杆向前挤压,卡钳缓缓张开,片刻后,"萤火六号"全然悬空,不再和空间站连接一体。

江晓宇向张高菲做了一个OK手势,然后快速坐下,扣紧安全带。

天窗缓缓打开。

"萤火六号"的设计目的是观光,全景天窗由整块的防辐射玻璃一体成形,没有一道缝,看上去就像敞开在天幕之下。

舱里的几人都抬头仰望。天窗外没有星辰,只有一片无穷无尽的浅浅金色,这均质的色彩让人产生了一种幻觉,仿佛正对着一块幕布,它时而无穷遥远,时而近在眼前。大概人类的大脑从未设想过这样的情形,以至于产生了混乱。

飞船正缓缓掉转方向。通常情况下,观光客会看到亿万星辰在头顶快速旋转,此刻,没有参照物的世界仿佛是凝固的,一动不动,只有旋转带来的向心力暗示着飞船的动作。向左侧转向,向上加速,向前旋转,向前加速,江晓宇半躺在椅子里,凭着受力的感觉判断飞船的动作。最后,加速的感觉消失了,飞船进入了匀速飞行。世界真正地凝固起来。

眼中只有一片均质的金色,耳中寂然无声,口鼻也没有什么可感受的气息和味道,只有紧握的拳头能提示身体的存在。仿佛眼是瞎的,耳是聋的,自己正被放逐在一个失去了空间和时间的囚笼之中。

大脑开始困惑,这不该出现的情景只能是一种幻觉,亿万年的演化使它认定,自己的躯体肯定是中了毒。于是,它启动了防御机制。

胸闷、恶心,异样的感觉涌了上来,江晓宇低下头,在船舱里四下张望,希望自己的大脑能够从混乱中恢复一点。同伴们也都在低头避开那并不刺目的金色光幕,不约而同闭上了眼睛。

江晓宇努力睁着眼睛,不时抬头看上一眼。飞船需要人来操控,总得有人观察情况。

张高菲坐在驾驶位上,显然也受到了同样的影响,低着脑袋,只看身前的控制板。

江晓宇解开安全带,飘到张高菲身后,抓紧座椅,向张高菲示意由自己来导航。

张高菲几乎把头贴在了仪表盘上,艰难地点了点头。

江晓宇抬头向着飞船的头部望去。在飞船前方,露出半个巨大的黑色空洞,张高菲虽然调整了几次方向,却仍旧没有能够对正黑色空洞的中央。江晓宇举起胳膊,示意张高菲调整方位,而张高菲几乎趴在控制台上,抬眼看着江晓宇,一边张开双臂在控制板上操作,一边不时抬头瞥一眼前方。这无声而诡异的配合持续了五六分钟,黑色空洞终于被调整到了飞船航向的正中央。

均质的金色幕布上多了一个浑圆的黑色空洞。这样的视觉效果虽然不像完整一片的色块那么令人眩晕，也还是容易引发不适。时间一久，胸闷、恶心的感觉又涌了上来。

江晓宇低头想缓一缓，肩头突然被人轻轻拍了一下，扭头一看，是王劲。

王劲比画了两下，示意江晓宇退后休息，自己来监看。江晓宇点了点头，退回到自己座椅上。

黑色的空洞越来越大，仿佛虚无在不断吞噬既有的天空，它像一个盘子，像一张圆桌，像巨大的探空气球，最后，它成了整个天空。

飞船里的乘员轮流上前，观察前方。当黑色成了整个天空，眩晕的感觉也就没有了，取而代之的是深深的恐惧。深渊就在前方，深不见底，潜藏在大脑深处的恐惧本能浮上了意识表层。无人敢于长久对视深渊。

"萤火六号"打开了探照，强力的光束射入黑暗后见不到任何回馈，众人的眼前，仍旧是漆黑一片。飞船在这样的环境中匀速飞行和静止不动几乎没有区别，时间稍长，所有人都产生了被困在原地的幻觉。前方没有尽头，时间似乎也没有尽头。

黑暗的深渊令人心生惧意，无穷无尽的时空令人沮丧发狂。江晓宇逐渐焦躁起来，他看了看自己的队员们，一个个眼中都流露着担忧和惧怕。他很想安慰大家，然而无声的世界里，语言被剥夺了，他只能打着手势鼓励大家。

忽然间，耳中传来了细微的沙沙声。江晓宇起先以为是幻觉，然而幻觉并不散去，始终在耳边萦绕。江晓宇猛然意识到这是背景噪声，是无线电波！

"有声音了！"他情不自禁地喊了一声，声音如此之大，以至于连他自己都吓了一跳。

他一下子兴奋起来，转过身，向众人比画着耳朵的位置。

"真的有声音了！"钱复礼的欢呼声传入耳中。

所有船员都欢呼起来，在被噤声的世界里，能说话也成了莫大的幸福。

欢喜过后，大家都冷静下来。

"外星人撤除屏蔽了吗？"麦克斯首先抛出了问题。

无人回应，人人都在考虑这究竟意味着什么。

"大概我们足够靠近外星飞船，躲进了屏蔽的盲区。"王劲说，"现在糟糕的是我们还是看不到前方，万一'萤火六号'直接撞上去，我们就完了。"

"我已经把飞船速度降低到十五千米每小时，这个速度下发生撞击，并不会影响外壳的完整。"张高菲说道。

"'萤火六号'是玻璃的，撞上去真的能抗住？"

"玻璃也要看什么玻璃，这个全景玻璃比钢铁强韧多了，要不我找技术资料给你看。"

王劲被呛了一句，不好回应，干脆沉默下来。

"高菲，雷达是不是应该也可以工作了？"江晓宇问道。

"'萤火六号'上没有扫描雷达，原本这是观光飞船，由控制中心自动驾驶，手动控制系统只是备份。"

"外星人知道我们来了。它们肯定不会让我们的飞船撞上去。"麦克斯说。

"也许它会击毁我们？"王劲说。

"外星人根本不需要击毁我们，撞就撞吧，外星人这么大的飞船，

'萤火六号'撞上去也就蹭掉一层皮，可能连皮都蹭不掉。"

前方仍旧是一片漆黑，船舱里是无休止的争论，江晓宇只觉得心烦气躁。

被困在这里了，怎么办？想要登陆外星飞船，却连外星飞船表面都看不见。"萤火六号"像瞎子一样在一片黑暗中盲飞。

"'萤火六号'，'萤火六号'，听到请回答！"来自总部的呼叫突然响了起来。

船舱里短暂沉默后，爆发出一阵欢呼。这是来自控制中心的信号，"萤火六号"不再是孤单的飞船，它可以和控制中心连在一起，和地球连在一起。"萤火六号"不是一艘飞船，它的背后是整个控制中心，是整个地球，是整个人类！

"控制中心，控制中心，这里是'萤火六号'。收到你的信号。"张高菲压抑着兴奋的心情回复了信号。

"'萤火六号'，'萤火六号'，听到请回答！"控制中心仍旧在呼叫。

高涨的情绪突然间又低落下去。舱里的人们彼此看着，眼中都是疑惑。难道控制中心无法听见回复？

江晓宇上前，靠在张高菲身旁。虽然并不熟悉如何驾驶飞船，但通信频道上的绿灯他看得清清楚楚，线路是处在对接成功的状态。

"'萤火六号'，'萤火六号'，听到请回答！"

"我是'萤火六号'，我可以听到呼叫，你能听到我吗？"

"'萤火六号'，'萤火六号'，听到请回答！"

"控制中心，我是'萤火六号'，我能听到回答。"

对答反复进行，到最后，张高菲放弃了回答。对方显然听不到，不用白费力气。

沮丧的情绪再次笼罩舱内的每个人。

"至少,控制中心已经脱离了电磁屏蔽,他们应该可以和地球联系上。"王劲说道。

这大概算是一件值得宽慰的事。江晓宇突然心头一动,转过身子,一摆手臂,灵巧地从几个座椅上方掠过,来到飞船后部。

他打开观察窗向外探看。"萤火六号"的引擎处在熄止状态,并不喷吐火焰,引擎口周围包裹着一圈光带,光带后边就是黑漆漆的天空,黑色天空中有一个巨大的明亮的圆孔。圆孔仿佛是通向另一个世界的出口,那个世界里,"天帆一号"已经不再被奇特的光球包裹,正像平日里一样,散发出淡淡的白色光芒,正如一片洁白的羽毛。

江晓宇不由怔住了。此情此景,自己仿佛正在一口狭窄的井中往外望,看见的只是井口那小小的一方天地。

怎么会这样?

"高菲,我们前进了多少距离?"江晓宇问道。

"我们应该一共推进了六十五千米。"

六十五千米,从六十五千米之外望"天帆一号"可不会那么小。

江晓宇艰难地吞咽口水。

"从接近外星飞船开始,我们前进了多少距离?"

"大概……四五千米?"张高菲迟疑着说。

"发生了什么情况?"麦克斯凑了过来。

江晓宇让开观察窗。麦克斯向外望去,脸色顿时凝重起来。

"如果我们已经深入了外星飞船四五千米,却还没有触及它的表面,岂不是说,这外星飞船是空的?"钱复礼说道。

没有人接话。

飞船仍旧继续以十五千米每小时的速度向前行进,前方依旧是一团漆黑。

"'萤火六号','萤火六号',能听到吗?听到请回答!"控制中心的呼叫也变得焦急起来。

江晓宇再次透过观察窗向后方望去,他再次怔住了。

那原本仿佛井口一般的圆孔,已经大大缩小,看上去只剩下一枚硬币般大小,已经看不到"天帆一号"的全貌,只剩下一个巨大的白斑。这可不是用"萤火六号"深入了外星飞船内部能够解释的,唯一能够说得通的解释,只能是外星飞船原本打开了一个入口,现在入口正在关闭。

"我想……我们已经登上了外星飞船。"江晓宇缓缓说道,"现在的情况,像是它正在把我们吞到肚子里去。"

队员们顿时议论纷纷。

硬币般大小的孔洞飞快地缩小,很快就消失了,整个世界漆黑一片,飞船失去了最后的参照物,再也分辨不出是否还有速度。

来自控制中心的呼叫也顷刻间停了下来。控制台上,原本绿色的灯转为红色,闪闪发亮。

张高菲伸手关闭了信号。

"萤火六号"终究还是落到了孤立无援的境地里。

"等着吧,看看外星人究竟搞什么鬼!"麦克斯说。

"我们钻进了一个陷阱里,干脆加大速度往前冲,看它能怎么样!"王劲恨恨地说。

"我们是来和外星人交流,不是来送死的。"张高菲怼了他一句。

"等着。现在这个情况,理论上我们应该是以十五千米每小时的速度向前,但外星人显然是操纵空间的大师,它们能够把飞船吞进来,肯定有办法让我们平安降落,我们暂且等等看。"江晓宇拿出了主意。

"万一它就一直这样困着我们怎么办？我们的氧气储备最多只能支撑六十个小时。"张高菲问。

"它们应该很快就会出现。"江晓宇回答，语气笃定。这个时候，只能相信某些事会发生，然后把一切都交给命运。

命运仿佛听见了江晓宇的话语，他的话音刚落，飞船前方便现出了一团光亮，犹如朦胧满月的辉光。

辉光下，赫然是一片黑色的大地，表面平坦，却带着粗粝的质感，仿佛布满了整齐划一的颗粒。

"江头，你说得可真准！"王劲夸了一句。

张高菲打开了探照灯光。灯光一亮，众人顿时像是被射灯直射，晃得睁不开眼。这看似粗糙的表面居然几乎能够反射全部的探照灯光。张高菲反应迅速，立即又将灯光关掉。外星人提供的照明也足够了。

"大家坐好，我要降落了！"张高菲下达指示。

"萤火六号"仿佛一枚晶莹的蓝色萤火，向着那黑色的大地悄然飘落。

14

追 捕

"无论如何,你们都必须帮我把陆帆救回来!"李甲利抓着手机,大声喊叫。

挂掉电话,他颓然坐在椅子上,双目失神,脸色煞白。这样的状态不对!这么多年,这是自己第一次如此失态。愤怒和恐惧并不会让人更有力量,对手冷静而狡猾,就要比他们更冷静、更狡猾。

李甲利缓了缓情绪,站起身来,走出屋子。

今晚不用睡了。陈英华断了联系,陆帆被恐怖分子劫走了,就算躺在床上,自己恐怕也完全睡不着。

陶玉斌正坐在外厅,开着笔记本办公,见李甲利出来,赶紧起身迎上去。

"李总,这么晚了,您这是要去哪儿?"

"去部里,那儿可以直接调动卫星图像,也方便和军方沟通。"

"部里有值班人员,有什么情况也会随时通报给我,我会及时给您汇总。您还是多休息一下,明天还有繁重的事务等着您。"

"哪里睡得着!"李甲利苦笑一下,"你要是想睡觉,也不用一直跟着我,我直接去部里,你明天来找我就行了。"

"李总您这说的……我怎么可能让您一个人。"

李甲利也不多说,径直向外走。

陶玉斌见李甲利态度坚决,也不再多说什么,赶紧收拾,跟着李甲利一道上了车。

车上,李甲利几次忍不住拿起手机,又放下。陆帆和陈英华都处在危险中,但军方也在尽力营救他们,此时不断地找军方询问情况只是安慰自己，对真正的救援行动没有什么帮助。

陶玉斌见李甲利焦虑，便开始谈最新情况分散他的注意："美国军方发表了声明，说'宙斯号'向'天帆一号'靠近并无恶意，他们天然拥有抵近观察外星飞船的权利。"

"'宙斯号'到哪里了？"

"距离'天帆一号'还有差不多五千公里。'宙斯号'采用的是降落轨道，先抬高再降落入轨，轨道参数是固定的，他们宣称这是友好的表示。"

"嗯。"李甲利随口应声，扭头看着窗外。

偌大的光球仍旧挂在中华尊上空，散发着淡淡的光，强烈的压迫感令人窒息。塞丘索非拉乱，文昌乱，如果不是武警部队强力控场，北京恐怕也会一团混乱。光球出现的地方，无一例外会出现恐慌和骚乱，外星人仅仅展示力量，就成功地让地球各国政府不堪重负。

"到目前为止，全球一共出现了六百四十七处光球。"陶玉斌顺着李甲利的目光，看了看窗外悬在头顶的庞然巨物，开始汇报关于光球的信息。

"光球出现位置主要分为两类，一类是大城市，一般人口都在五百万以上；还有一类是核武器基地。军方已经核实，那些出现光球但并非城市的地方，和我们掌握的美、俄、法、印核导弹基地高度吻合，也包括我们自己的基地，还有在公海里的战略核潜艇。

"甚至还有情报的验证，在南印度洋的科科斯岛上也出现了光球，这地方根本没有人居住，是个荒岛。结果美国主动承认，在那儿修建了一个秘密的核武器基地，针对的目标自然就是塞丘索非拉。那个岛距离塞丘索非拉一千二百公里。美国人的核战略一直这么霸道，总是计划必须确保摧毁世界所有的有价值目标。

"还有两个很有意思的消息。印度空军宣布驱逐新德里上空的光球,他们向光球发射了两枚高超声速导弹'因陀罗之怒',两枚导弹都没入了光球,但没有发生爆炸,消失了。俄罗斯人则用一架大型军用无人机撞击圣彼得堡上空的光球,同样消失了。民间有很多狂热分子,他们驾驶气球或者私人飞机想要靠近光球,有些被军队拦下来,有些成功了,他们也都消失了。这光球没有形体,像是一个虚无空间,对此目前流传比较广的传言,说它是通向天国之门,是上帝给人类的一次机会,而军方之所以严控,完全是因为政府高官想要独占这样的机会。很多人听信了传言,于是不断冲击政府的控制线,希望能有办法直接接触到光球。"

李甲利默默地听着,民间流传的各种消息充斥着五花八门的谎言,光球明明来自另一个维度,钱伯君教授的理论可以解释这一点,然而懂理论的人很少,愿意花时间听政府的官方发布或者听真正懂行者仔细科普的人也不多。绝大多数人都只愿意听符合自己心意的解释。而最符合大众认知程度的,不是灭世危机,就是天国之门。外星人送来的这个奇异物体就像是一道检测题,区分出理性和迷信。事实证明,迷信才是人类的本能。他们甚至愿意为了迷信去犯罪,因为迷信,他们劫持了陆帆,威胁了陈英华。

"有关于心门的消息吗?"李甲利语气沉重地问道。

"有。全球报告了十六起事件确认和心门有关,多数是冲击光球控制线,冲击警察。这有一则消息是心门在塞丘索非拉制造了一起恐怖袭击,释放神经毒气,导致十七人死亡,六百多人昏迷住院,心门信徒趁机冲击了一所当地警察局,目的是夺取枪械,但是被挫败了。"

"哦?"李甲利被吸引住了,"他们在哪里释放毒气?距离地面接收中心远吗?"

"是在地铁里,我查查具体位置。"陶玉斌飞快地在自己的笔记本上操作。

李甲利突然想起了什么:"'图灵一号',能直接连上'图灵一号'吗?"

"我试试,航天部有连接'图灵一号'的专线,但是塞丘索非拉仍旧处于电力管控中,不知道能不能连上。"

"你先试试!"李甲利说着转过头,又向窗外看去。

窗外,北京的夜空格外通透,星星一颗颗亮得像是宝石,北斗七星横卧北方,璀璨醒目。

不对!猛然间,李甲利意识到天空中少了什么,大喊一声:"停车!"

这喊声吓了陶玉斌一大跳,他抬头惊讶地望着李甲利,问道:"李总,是要停车吗?中控台通话钮在您的左手边。"

"行车控制台,找个最近的位置停车!"李甲利按下了通话钮,向着车辆中控台喊道。

"收到您的要求,马上为您匹配。"一个温柔的女声响应了诉求。

车子悄无声息地在路边停了下来。路边早已经停了许多车,还有更多的车正陆陆续续停靠过来。人们拉开车门,站在车旁,仰望空荡荡的天空,脸上都带着惊讶和不解,然后彼此相望,万分惊诧。

李甲利下了车,和众人一样,再三确认天空是不是真的空了。确定无疑,那笼罩在北京上空一天两夜,仿佛随时可能坠下来将北京城砸个稀烂的庞然大物,已经消失得无影无踪。来得突然,去得突然,只留下地面上的人们兀自凌乱。

"'天帆一号'露出来了!"陶玉斌指着南边的天空,惊喜地叫了一声。

李甲利快速转头望去,只见天空中,"天帆一号"正像一片风帆般展开着,原本将它整个包裹的光球消失了!

陶玉斌的手机响了起来,他接起听了两句,抬头看着李甲利,惊喜地说:"'天帆一号'的通信恢复了!"

"我们走!"李甲利果断地钻回车里。

全球所有光球,几乎都在同一时刻消失,包裹着"天帆一号"的光球也一样。这个重大的消息究竟意味着什么?李甲利眉头紧锁,心头忐忑不安。外星人不动,地球人难以安心;外星人有行动,更难安心。是不是它们对"天帆一号"做了什么?李甲利心事重重,只盼着赶紧赶到航天部,了解"天帆一号"上的情况。

虽然是深夜,但指挥大厅里值班的人和白天常班也差不多。紧急状态下,所有人都自觉延长了加班,没日没夜地工作。

"'天帆一号'情况怎么样?"李甲利一跨进指挥大厅就大声问道。

"'天帆一号'指挥控制中心送过来许多消息情报,目前正在整理。通信中断的时候,无法执行停机计划,他们切断了一些模块的连接。现在恢复正常,他们要求尽快重新执行停机计划,否则会再次产生静电积累问题,可能损毁整个膜平面。"值班主任回答。

"交给膜平面工程组分析。外星飞船的情况怎么样?"

"外星飞船原本朝向'天帆一号'控制中心有个巨大的敞口,我们的飞船进去后,敞口开始关闭。根据'天帆一号'指挥控制中心的情报,光球消失的时刻,敞口还留有大约直径六百米的开口,但很快就彻底闭合了。这是当时的录像。"

"我们的飞船?谁派飞船上去了?"李甲利诧异地问道。

"这是当时他们的集体决定。"

"飞船上都有谁?"

"有五个人。"

五个人的名字出现在李甲利眼前。

江晓宇!李甲利心头不由咯噔一下。江晓宇上了外星飞船!遇到事情冲锋在前,这无疑是种优秀的品格,然而撇下老婆孩子冲上去,这就不应该了。李甲利一时间不知道该为这个女婿自豪还是气恼。

主屏幕上正播放着"萤火六号"飞向外星飞船的情景。画面中,"萤火六号"越来越小,最后成了一个小小的光点,真的恰如萤火一般。飞船前方,是深不见底的黑洞。黑洞的外缘,是均质的淡金色天空。绝对锐利的边缘让黑洞看上去像是被锋利的刀从纯色的底子上割出来一般,给人一种强烈的不真实感。萤火越来越小,似乎要被黑暗完全吞噬,金色的天空突然一暗,星星随之显露。

"这是光球消失的时刻。"主任解释了一句。

跟随着星星同时显露出来的,是外星飞船黯淡而庞大的躯体。在星光中,它仿佛一条巨鲸,正对镜头,张着嘴,"萤火六号"已然陷落在它的嘴中。

那绝对纯圆的黑洞正快速收缩,不到几分钟便彻底消失。巨鲸合上了它的嘴,静静地悬浮。

"'天帆一号'指挥控制中心在敞口完全关闭前试图呼叫'萤火六号',但没有收到任何回复,一直无法和'萤火六号'建立联系。"

李甲利感到口干舌燥。眼下的情况是清楚的,江晓宇等人乘坐"萤火六号"前往外星飞船,外星飞船在接收了"萤火六号"后,撤除了所有的光球。光球的目的究竟是什么不得而知,唯一能够确定的是,这些光球出现的位置对人类社会都至关重要。也许这只是外星人探察地球的一种手段而已。

"阿伦呢？我要和他通话。"李甲利说。

"阿伦先生正在向联合国太空开发署报告情况。"

"结束后请他尽快和我联系，我需要了解膜平面上更多的情况。"

"是。"

李甲利在指挥厅的悬空会议室里坐下。这个会议室设在指挥大厅上方，正对中央屏幕，全玻璃四围，整个指挥大厅一览无余。玻璃是半透的，从外边看不进来，设计的隔音效果也非常优异，就算会议室里吵翻天，外边也丝毫察觉不到。

李甲利再次调出外星飞船收缩变形的录像观看起来。录像是由安装在"天帆一号"指挥控制中心外部的监控摄像机拍下的，与外星飞船距离遥远，只能看清整体的态势而看不清外星飞船的细节。情报系统里已经汇聚了大量和这一情景相关的录像，是聚集在"天帆一号"周边的各种卫星拍摄的。李甲利调出最清晰的图像，放大到最大倍数，聚焦在外星飞船不断变化的边缘处。

图样以十厘米为精度变化，看上去就像流动的水。然而外星飞船的外壳材质均一，透着金属色泽，不像是液态物体。

李甲利把图样放得更大些，然而得到的只是粗糙的像素颗粒。飞船一点点变形，从图像上看，正一个像素一个像素地发生变化。这真的是液态金属吗？液态金属在地球上仍旧只是实验室中的物质，根本无法构成实用单元。这大概证明了外星人的材料科学远超地球，相比之下，人类制造的太空城和飞船则呆板得多，完全不是一个时代的产品。

"小陶！看看是否有材料科学的专家已经对图像进行了解读。"

"好的，我查询一下。钱伯君院士的学生赵书衡刚对光球的突然出现和消失进行了分析,您需要看看吗?"

"哦?他怎么说的?发过来,我研究一下。"

赵书衡的分析很学术,李甲利浏览一遍,看了个大概。光球的目的是什么不得而知,但它的成因,则是因为维度降落。光球不是一个实体,只是一个投影,一个幻象。某个在异度空间存在的物体形成了一个几乎没有宽度的普朗克空间,量子涨落发生在普朗克空间的两边,所以它会无中生有般发光。它打破了能量和物质的平衡,因为它向我们的世界投射了原本不存在的光。但是如果把暗能量考虑进来,在更大的范畴内,它仍旧遵循能量守恒定律。

暗能量!李甲利看着这个既熟悉又陌生的词,微微有点儿出神。虽然多年没有碰过物理学,但仍旧依稀记得,宇宙中的暗物质是物质的五倍,而暗能量如果折算成物质,又是暗物质的五倍。如果外星人能够自如地操控暗能量,那么人类在它们面前,只能战战兢兢地祈求它们不要有什么坏心眼。

"萤火六号"被缓缓吞没的情景浮现在李甲利的脑海中。它真的没有恶意吗?没有恶意还不够,如果它只是根本不在意,那么在不经意间,地球仍旧可能遭受灭顶之灾。

"李总,暂时还没有来自材料科学专家的意见,不过空间站把五个人临行前的录音发过来了。这属于他们的私人信息,但其中有发给您的,需要现在转给您吗?"陶玉斌请示。

临行前的录音!

勇士们知道这一趟外星飞船之行未必能安全回来,所以给地球上的家人留下了信息。

"转给我吧,我听听。"

江晓宇的声音在会议室里回荡:

"爸,我知道您对我一直期待有加,希望我能在仕途上走得更远一些,我一直没能做好,辜负了您的期望,对不起!原本打算这一次回去,我一定好好听您的话,在文昌安顿下来,照顾好帆帆,孝敬您和岳母大人,但现在不知道是不是还有机会。我知道,您一定能理解我的选择,外星飞船就在那里,不上去看看,恐怕这一辈子都会后悔。更何况,外星人把帆帆肚子里的胎儿照片发过来当作信号。它在召唤我,我是孩子的父亲,我更应该去。不光为我自己,也是为了孩子。

"万一我回不来,请帮我向帆帆和孩子解释。

"我一直以您为骄傲,我希望您也能以我为骄傲。"

李甲利沉默了半响。后边还有给陆帆的留言,李甲利选择了关闭。

"萤火六号"上的五个人没有得到任何来自上级的指示,但他们的做法是对的。面对强大的外星飞船,面对深渊一般的未知,人类就该有这种不顾生死、敢于探索的勇气。或许外星人等待的就是这一刻,所以它才撤除了光球。

无法猜度这些勇士的命运,但李甲利衷心希望能看到他们顺利归来。那时候,他们就是人类的英雄,是地球文明和外星文明握手的代表。那也意味着,地球摆脱了恐于被外星毁灭的阴影,从此踏上一条和过去截然不同的道路。

虽然生死叵测,但他们总有回来的希望!

"小陶,这五个人的录音都暂扣,先等一等。"

"明白,我会发指令给指挥中心信息分理处。处置的时间节点怎么设置?"

"等信息分理处发通知再说吧。"

"明白。"

"有陆帆的消息吗?"李甲利接着问道。

"暂时没有更新的消息,匪徒劫持了陆女士,一直在逃。他们有预谋,车辆从小区开出来后就直奔海岸。特勤组在海岸边发现了被遗弃的汽车。目击者说,有三个人劫持着一名女性下了车,上了一艘快艇,然后往海里去了。"

到了海上,更是凶多吉少。李甲利心情愈发沉重。

"海面扫描雷达网没有发现什么可疑目标吗?"

"因为断电,有三分之二的雷达无法正常工作,造成了海岸附近的盲区。裴黎阳正在协调军事卫星对相关海面监控扫描,应该很快会发现劫匪的踪迹。"

"一有消息马上告诉我。"

"您放心!"

然而李甲利根本放不下心。江晓宇在外星飞船里,生死未卜。他敢于进入外星人那深渊一般的巨型飞船,激励他的除了对陌生世界的探索欲,更有一份底气。他知道在地球上,他的妻子会受到很好的照顾,他未出生的孩子会茁壮成长。可现在陆帆身处险境,自己无论身为父亲、身为岳父,还是应对外星人事件的总负责人,都无法轻松放下。

"李总,裴黎阳请求通话。"陶玉斌传来消息。

李甲利几乎是抢着把电话抓了起来。

"李总,对不起,有个不好的消息。"裴黎阳的声音低沉。

李甲利心头一颤,强撑着平静地问道:"什么消息?"

"我们找到了陈英华,他已经死了。"

李甲利手一抖,话筒差点儿滑落。

"怎么回事?"

"维和部队派出的人赶到陈英华的住所，他已经不在那儿，查询他的下落花了一点时间，他躲在一间旅馆里，但是我们的人赶到的时候，他已经被杀，一枪毙命，趴在桌上。"

"是心门的人干的？"

"是的，杀人者根本没逃，就在那里等着被逮捕，并对罪行供认不讳。他说这是宇宙的正义，是来自真理的裁决。"

"这些疯子！"

一股愧疚涌上心头。如果不是因为自己请陈英华去调查心门，这位多年的老朋友根本不会送掉性命。然而，谁又能想到，心门这个组织行事竟然极端到这样的地步！

要给陈英华善后，但眼下最重要的事，是保证陆帆的安全。

"裴大校，太空军如何行动，军方可以依照情势自由裁量，只需要及时把情报同步给我就行。我现在对军方只有唯一一个请求：无论如何，请务必保证陆帆的安全。"

"李总您放心，我们一定把陆帆安全地带回来。"

裴黎阳的表态固然可以信任，然而他也曾经表过态，会保证陈英华的安全。军方要消灭一群疯子很容易，但要从疯子手中救下特定的某个人，就不是那么容易的事。

李甲利透过落地玻璃窗盯着指挥中心巨大的中央屏幕，开始琢磨明天需要提交的汇总报告。他的眼睛盯在屏幕上，思绪却四下飘飞，根本没有注意到中央屏幕上正在展示的画面。

画面展示的是一颗侦察卫星的视野，一艘飞船在茫茫太空中缓缓移动，指向地球旁高悬的那一片风帆。

"宙斯号"正在靠近"天帆一号"。

15

和 平 访 问

"这么多年来,我大概是第一个踏上'天帆一号'的美国现役军人。"面对眼前一望无际的膜平面,卡特准将颇有些感慨,"这是一个人类工程的奇迹,这些中国人还真了不起。有时候你不得不佩服他们的忍耐力,用几十年的时间去成就一个伟大的工程,这大概是他们修长城的本能。"

"一会儿见到中国人,这么说可不合时宜。"威尔斯提醒他。

"你当我没有经历过外交场合吗?我当然知道什么该说,什么不该说。"

卡特的话有些生硬,然而威尔斯并不在意,只是微微点了点头。威尔斯比卡特低半个头,身材上的差距让他天然适合作为副手出现,然而有时候,站在前边的只是负责镇场,副手才是真正起作用的那个人。卡特站在那儿,气定神闲,等待着中国太空军代表出现。

等候的时间比预期中要长很多。卡特无所事事,渐渐有些焦躁起来,在舱内不停地踱步。

威尔斯一直站着,安静地注视着舷窗外,暗自留意着卡特的动静。卡特这时候应该坐下来,表现出一个将军的气度。然而哪怕自己开口把话挑明了,卡特也不会听。这些行伍出身的人,即使晋升到了将军的位置,也很难控制自己的脾气。

过了片刻,威尔斯掐断了这徒劳无益的念头,把卡特放到一边,专注地看起风景来。

"天帆一号"的风景倒真是空前绝后。

外星人的飞船就在不远处,像是一根巨大的雪茄竖直地立在"天帆一号"上方。这情景很容易让人联想到人类的纪念碑,总是这么竖直,总是这么高高挺立,如果再把下方的地球和这图景拼凑在一起,那么……根据弗洛伊德的说法,人类的所有行为都围绕着性欲打转。他不无遗憾地想到这是对的,哪怕凑上外星飞船仍是如此。

他想到了自己拒绝引爆核弹的壮举。在战场上拒绝执行顶头上司的命令,这违反了军事条例,毫无疑问会被送上军事法庭。即便自己的选择是正确的,但军规就是军规,没有商讨的余地。他甚至预见了这事的后果,自己会被审判,被重罚,然后由五角大楼或者白宫特赦。自己可能会沉寂很久,但等待是值得的。彻底销毁核武器将是这个星球上的人们所能达成的最伟大的政治成就之一,华盛顿的政治家很快就会需要树立典型。又有谁能比一个身体力行拒绝使用核武器的人更合适?虽然核爆可能根本伤不了外星人,但在外星人面目不明的时刻,保持清醒的克制,拒绝用超级核弹攻击外星人,这件事本身就充满了传奇魅力。

像卡特这样的粗人永远不会理解。卡特是个优秀的军人,优秀让他成功,也让他永远地锁定在了军人这个岗位上。大概他会一直把自己看作是个懦弱的文官,一个五角大楼硬塞给军队的废物,但他终有一天会明白,谁才是那个更有勇气的人。

舱门开了,威尔斯转身,恰到好处地让自己落后卡特半个身位。两人一齐盯着进门的中国军人。

进来的是一名中国将军,少将军衔,身后跟着一名大校。

中国太空军的军衔配置比美军高一个级别。有人宣称,这是中国军方的一种策略,让相对应的军事主官在军衔上压过对方,可以占据谈判的优势。威尔斯对此嗤之以鼻,军队不是为了谈判而存在,军队是为了打胜仗而存在。军衔并不重要,重要的是实力。

军人都是尊重实力的。

"卡特舰长！"对方并没有敬军礼，而是伸出了手。

这是意料之中的事，"天帆一号"是非武装区，中国政府一直强调这一点。中国太空军也从不驻扎"天帆一号"。哪怕这一次，几乎世界上所有的太空军事力量都集中在了"天帆一号"周边一千公里之内，中国政府仍旧坚持，允许军队在紧急情况下降落"天帆一号"，但不允许任何武器落在"天帆一号"上，包括中国太空军在内。威尔斯很难理解，不携带武器的军队，入驻了又有什么意义？但显然中国政府不这么认为，中国军队经常会放下武装，去执行一些消防员才干的救灾行动。这一次入驻"天帆一号"，大概也是被视为救灾行动。

威尔斯看了卡特一眼，按照预案，卡特应该欣然接受这一次握手，这代表"宙斯号"的到访并不是一次军事行动，而是一次友好访问，非武装访问。他们遵从中国政府的要求，连配枪都没有带。

卡特犹豫了一下，最终还是伸出了手。

两只手紧紧地握在一起。这是中美两国的军人，第一次在太空中握手。威尔斯注视着握在一起的两只手，心头竟然有一丝妒忌。

双方围着一张不大的圆桌落座。

"邵将军，我想贵军对我军的行动有一些误会。我们对于'天帆一号'和贵国的静止轨道军事部署并不在意，我们是追着外星飞船来的。监督外星飞船是全球共同事务，美国作为联合国安理会常任理事国，有义务对外星飞船保持足够的警惕。"卡特准将说。

"首先，我想纠正你话语中的一个错误，我方并没有在静止轨道进行军事部署。我国一向是太空和平公约的倡导者，不提倡任何对太空进行军事化的措施。尤其是对地静止轨道，你们美国人总是宣称我们在占据太空领土，但'天帆一号'是民生设施，是为广大南海地区乃至整个亚洲地区服务的，全世界经济都因此受惠，这不是中国的太空领土，而是联合国领土，是人类的共同太空领土。我觉得我们首先应该在这一点上达成一致。"

"邵将军，我是个军人，我只对'宙斯号'和它的编队负责。你说的事留给地面上的人去解决好了，我们需要解决的是我们当前的事。"

"我方还是那个提议，任何军事化武装都不应该停留在'天帆一号'周边一千公里范围内。'宙斯号'需要撤出这个范围。"

卡特向着威尔斯看了一眼。

威尔斯清了清嗓子。

在太空里，一切物体都在运动中，不可能像地面那样进行国土划分。卫星在轨道上运行，会经过轨道下方所有国家上空，所以占领太空，其实是占领轨道。唯一例外的是静止卫星轨道，静止卫星轨道相对地面静止，也就有了基于陆地领土而来的太空领土概念。它仍旧是一条轨道，卫星在轨道上高速运动，只是因为它相对地球静止，就有了与众不同的地位；也正因为它相对地球静止，建设太空电站才有实用的可能。从这点来说，说它是太空领土也不为过。

"邵将军，吴大校，卡特舰长和我来这里，是为了和贵军协商一个办法。我们明白贵军对于'天帆一号'非武装化的立场，这个立场是明确的，但是这并不是一个国际协议，也没有理由认为，贵国贵军有任何法理依据排除'宙斯号'在太空中自由飞行的正当权利。所以，我们还是坚持，外星飞船是人类共同面对的外来者，'宙斯号'有权利抵近观察。只是凑巧外星飞船悬停在'天帆一号'上，我们靠近'天帆一号'，也只是一个巧合。"

"我们并未排除你们观察外星飞船的权利，只是要求你们尊重

‘天帆一号’的非军事化。"

"很好。你们坚持‘天帆一号’非军事化，我们没有理由反对，我们反对的只是你们单方面垄断接近外星飞船的渠道。关于这一点，我国政府已经多次发表声明，是不可接受的。‘宙斯号’接近外星飞船，以合理的手段对其进行探测，是理所当然的权利，尤其是这艘外星飞船停留在太空里，而不是降落在你们的国土上。"

"我方并不反对美方使用侦测手段对外星飞船进行探测。但‘宙斯号’是一艘太空母舰，它是一种进攻性武器，我们不希望看到任何进攻性武器出现在‘天帆一号’周围。这不是针对贵军，而是针对各国政府，联合国绝大多数成员国都同意这个提议。如果你们执意打破这一点，我们会保留采取相应行动的权利。"

卡特眉头一皱，正想说话，威尔斯在桌下悄悄拉了拉他的衣角。卡特被打断了发言，心头不悦，于是干脆放大了声量："听着，现在是军人对军人的谈话，不是政客对政客。我不妨直接一点，我们不会做出危害任何太空飞行器的行动，如果真的发生，那就是意外。‘宙斯号’到这里来，是为了人类，是为了和平。"

邵少将平静地看着卡特，沉默了几秒钟："'宙斯号'已经尝试过使用武力对付外星飞船，没有再次尝试的必要。"

"是的，我们也没有打算使用武力，‘宙斯号’所有的行动，都不会有攻击性。"

"但是不排除意外。"

"邵将军，你这是什么意思？难道你认为，‘宙斯号’到这里来，是有意挑起争端吗？"卡特有些激动。

威尔斯暗暗着急，然而又不敢再去拉扯卡特的衣角。

"邵将军，你们有什么提议呢？"威尔斯试图重新定位话题。

"我的第一个提议,就是我们这里只有四个人,也没有任何监控,这里发生的一切,都只会记录在我们向上级的报告中。所以,我们没有必要争吵,我们只需要仔细听一听对方需要什么,然后再看看是否能达成一致。"

威尔斯看了卡特一眼。卡特的眼中有几分不甘心,却又无奈,只好点了点头。按照事前五角大楼的指令,如果谈判陷入僵局或者产生失控的风险,威尔斯就要成为主谈判人。卡特显然明白自己已经让谈判陷入了僵局,无法解决问题。

威尔斯向前凑了凑,让自己和卡特平齐。

"卡特舰长和我都非常赞同你们的提议。是否有更具体的条款,我们可以直接进行讨论?"

邵少将思忖了一下,说道:"'宙斯号'上所有校级以上的军官,都留在我们这里,我们可以提供为期十天的培训,让他们了解'天帆一号'的基本运作方式。同时我们也派遣一个十五人的代表团去贵舰进行参观访问,也请贵舰安排一个相对应的培训课程。这是一个互访提议,向世界表明和平的前景。另外,'宙斯号'主引擎必须完全熄火,它可以在距离'天帆一号'五百公里的轨道上停留十天,但时间到了,就必须离开,恢复'天帆一号'一千公里范围的非武装区。你们的政府不会承认这个非武装区存在,但至少你们可以默认它,这样我们之间便不存在误会。"

这并不是一个公平的交换。"天帆一号"是个民用设施,在它上面经过培训的各国宇航员数以万计,其中包括不少美国人。"宙斯号"却是一艘太空母舰,是美国军事科技的瑰宝。中国人的这个提议,看上去就像是漫天要价。

但这样一来,"宙斯号"可以没有阻碍地停留在"天帆一号"附近，中国人变相地承认美军在太空的自由航行主张，这是中国方面的让步。

时代不同了。这次外星飞船事件，会从根本上改变全球的政治生态，任何阻碍和平的因素都会被抛到历史的垃圾堆里去。军事秘密不会再是秘密，更何况中国人即便登上了"宙斯号"，也不会得到任何比公开情报更多的信息。

看来，中国人的底线比预想的要柔和一些，毕竟中国人也知道时代不同了。

"我们需要请示五角大楼。"威尔斯说着站起身来，卡特有些意外，不过也跟着站起来。

"希望我们很快能够再见面！"威尔斯伸手告别。

邵将军和吴大校都显得有些惊讶，一时间竟然没有反应过来。这谈判的进展的确太快了一点！威尔斯微微一笑，再次伸手，等着对方的握手告别。

按照常规，双方应该会反复讨论这些条款，直到双方都不再能从对方那里得到任何有利条件为止。这时候中止谈判，意味着自己已经接受了条件，只需要向上级提出审批程序，完成最后的书面流程。中国人对如此高效率的谈判感到吃惊，也算是正常反应。

邵将军和吴大校很快镇定下来，站起来和客人握手，把他们送到穿梭飞船的泊位。

泊位的景观厅里可以看到穿梭飞船。邵将军提议主宾在这里合影留念，双方都欣然同意。

纪念照很快送到了威尔斯手里。

舱外，穿梭飞船的左侧刷着美国的星条旗，右侧刷着美国太空军的火箭标。而泊位上，则刷着醒目的五星红旗和联合国和平徽章。舱内，身穿中美太空军制服的四个人，对着镜头似笑非笑。

威尔斯很满意，这充满寓意的照片，将是历史的见证物。中国人的小心思再明显不过，但这恰好也是美国的需要，自己的需要。

再次握手告别的时刻，邵将军凑近威尔斯，悄悄说了一句："你们的穿梭飞船是军用飞船，其实你们已经打破了规则。那么我们就要创造新规则。"

威尔斯点了点头。

关上舱门，卡特迫不及待地问："刚才中国人和你说了什么？"

"他们知道我们会接受方案，所以表达一下和平意愿。"

"真的是这样？"

"现在的情况，还能怎么样？谁反对和平，谁就是人类公敌，外星人都在眼前了，地球人之间再打来打去真有点不像话。"威尔斯一边看着舷窗外正在松开的泊位钳，一边小声嘀咕，"非理性的疯子除外。"

"威尔斯上校，如果你把你的上司称为非理性的疯子，你要准备好接受军事法庭的函件！"卡特有一丝怒意。

"哦，准将阁下，我无意冒犯。"威尔斯连忙道歉，"作为军人，我们都是理性的。军事只是政治的延伸，政治是算计的艺术，虽然有时候难免癫狂，但在这种大环境里，只要不是疯子，都会做出清醒的选择。我说的非理性疯子可不在太空里，是在地球上。"

"你说的是骚乱？那些打砸抢分子？"

"那些都是小儿科。邪教组织才是真正的敌人，他们的能量可不小，发作起来……砰……能把美国炸碎。"威尔斯右手五指张开，做了一个爆炸示意。

"危言耸听。"

"CIA有过调查,现在很多黑人都是一个名为'黑城'的组织成员,他们信奉黑色末世说,相信整个世界都会陷入血与火,这是上帝为了惩罚人类的罪恶而降下的天罚,会有大量的人死亡,而最后的胜利会属于黑皮肤,因为只有黑人是无辜的,是纯净的。这简直就是在暗示种族屠杀。另外一个叫作'加勒比海兄弟会'的组织,和'黑城'半斤八两,也是末日的信奉者,他们的末日比黑城的末日要温和一点,只要向上帝缴纳一笔足够的钱,就可以上天堂,但必须遵从长老的召唤,服从兄弟会的指派。他们建立了地下军事武装,虽然没有重武器,可是单人装备却比很多州的国民警卫队装备更精良,人也更不怕死。我们在天上飞,地上的那些人可看不到,他们只看得到自己眼前的那一点。至少眼下这个阶段,我们和中国人的争斗可以暂时消停,我们得先解决掉这些内部问题。"

"这些情报,你从哪里来的?"卡特半信半疑地问。

"我在五角大楼工作的时候,负责的就是情报部门。相信我,干多了这活,你会怀疑人生。这个世界需要一些力量去控制所有角落的秩序,如果力量不够,那么自然会有地下生长的力量去填补。你都不能理解这是怎么生长出来的,很残酷,却很有效,人们就是这么活着的。不管有没有外星人,他们都这么活着。只不过外星人来了,给了他们一个由头,这种破坏性的力量会突然爆发。全美境内有一百八十多个光球,这些光球顺理成章成了他们的宗教符号,每时每刻都有人在膜拜。现在光球突然又消失了,你猜这些狂热的邪教分子打算干什么?"

"他们痛不欲生?"

"他们打算暴动!突然间得到崇拜物又突然间失去它,这些人大概会格外痛苦,但他们更习惯把痛苦转移到别人头上,总觉得这是上帝在暗示他们做什么,当然不能指望他们去做慈善。他们就是美国的暗疮,我们不可能一边在内部流血,一边在太空里和中国人争夺,这样可能都等不到中国人启动他们的战争潜能,我们的内部问题就已经把财政资源耗干了。那时候,'宙斯号'要么选择返回肯尼迪基地,要么就在太空里做一个孤魂野鬼。"

穿梭飞船已经完成了加速过程,正向着"宙斯号"母舰疾驰。

卡特沉默了片刻,闷声发问:"和中国人的协议,难道就这样了?你甚至没有切到一点香肠。"

"五角大楼会做出决定的。但应该就是如此了,大家象征性地握个手,给世界人民表个态。这是我们的需要,也是他们的需要,说到底,是世界人民的需要。顺着潮流走,会轻松一点,没人想逆行。眼下的情况,恐怕没有切香肠的时间和精力了,我们在和时间赛跑。"

"但外星飞船究竟会怎么行事,我们还不知道,达成这个协议会让我们很被动。万一十天时间还不够,和外星飞船接触的机会就被中国人垄断了呢?"

"事情发生到现在总共也就三天时间,继续停留十天够了。我看,最多再有两三天,外星人也该给我们一个答案。要是拖到十天都没有回答,那就说明它永远不会给出回答,只是戏耍我们。"

"你就这么有信心?"

"我不是有信心,是无奈,米歇尔上将传达参谋长联席会议的指示,你也很清楚。'宙斯号'攻击外星飞船没有取得任何效果,那时我们就已经失去了先机,剩下的都是被动。中国人也一样,他们的情况比我们更糟糕,'天帆一号'被迫关停,环南海的经济损失是个天文数字,他们要很久才能把它消化掉。所以你看,外星人把光球屏障一撤走,他们迫不及待就要恢复发电,一刻都不愿等。"

"他们的太空军可没受到影响！"

"这根本就不是军队能搞定的事。我们做不到，他们也做不到。"

"他们派了飞船进入那艘外星飞船。"

"并不是这样，是外星飞船吞没了他们的飞船。别忘了，首先被吞没的是我们的运输飞船。或者，就算这是他们的飞船被外星飞船接受了，飞船上也有一个美国人，这对我们来说，也够了。毕竟这是中国人的太空设施，外星飞船就要停在这里，你能有什么办法呢？"

"我们也应该派一艘飞船登陆外星飞船。"

威尔斯向着窗外看了一眼，外星飞船正好落在视野中间，长长的躯体显示出暗淡的灰色。灰色外围，有一圈隐约的光晕。威尔斯记得录像中的场景：外星飞船就像一个活物，豁开一张圆形的大口，将小飞船整个吞没。这样的情形很奇特，外星飞船没有门，也没有显示任何机械部分，吞没之后，外星飞船的形态也发生了变化，从张开的圆筒变成了封闭的圆筒，再也看不出开口的痕迹。

"我有一种感觉……"威尔斯注视着外星飞船，飞船仿佛成了一个巨大的细胞，"等我们和中国人达成了协议，我们可以送一艘侦察飞船过去，但可能靠近不了外星飞船。这艘飞船已经封闭了。"

"封闭？你是说我们再也无法进入飞船了？"

"没错。它似乎没有任何可以允许飞船降落的部位，我是说整个形态。"

"至少我们可以仔细探察它，说不定就能找到入口。"

威尔斯沉默不语，一幅图景在头脑中冒了出来，那是遥远的高中时代课本里的一张配图：一颗精子钻入卵细胞，释放了DNA，卵细胞的外壁陡然间变得无比坚实，将接踵而来的其他精子拒之在外。

16

细 胞

降落的位置是一片寂静的黑色大地。

没有光，一切都陷落在黑暗之中。"萤火六号"的探照灯只能照亮小小的一片，在无穷无尽的黑色大地上形成微不足道的一个白色光斑。

无边无际的黑暗像是要把人压垮。五人静坐了一会儿，让身心适应这空寂虚无的状态。

"我觉得我们现在像是在海底。"钱复礼说道。

"你还去过海底？"王劲问道。

"去过一次，三千米深，去看南海沉船。有个体验项目在海底，就是把灯全部关掉，静默三分钟，情况就像现在一样，一片漆黑。"

"三分钟后，你也看不到光！"王劲的话里带上了一丝讥讽，"你家的条件很不错啊！还可以去看南海沉船。"

钱复礼微微有些尴尬："啊，海底沉船是我们实验室的一个相关项目，我只是跟着去沾了光。"

"能沾光就不错了。"

"大家准备登陆吧！我们已经在人类从未踏足过的地方，这里不是月球也不是火星，这是人造物，我们还不知道这里的主人究竟想干什么。张高菲留在'萤火六号'上，麦克斯和我一组，钱复礼和王劲一组，拉开距离，保持通信。"江晓宇打断了无谓的谈话，开始分派任务。

任务安排对预案做出了调整，原本要求大家尽量靠拢，但无线通信恢复了，几个人自然就要分散一些，以降低风险。

队伍迅速行动起来。

江晓宇第一个出舱。他轻飘飘地向着那黑色大地落下。说是落下,其实只是缓慢地靠近。这里仍旧是一个失重空间,上和下的区分只取决于人的想法。他很快触到了地面。

地面有几分像是岩石。尝试了几次后,江晓宇发现绒爪模式可以有效地和表面贴合。

"这里的表面不像是金属,倒像是岩石,用绒爪模式可以贴合在上边行走。"他一边说,一边已经站立起来,四下张望。

头灯的射线投入无穷的黑暗中,双眼抓不到任何物体的踪迹,茫然间,世界仿佛无限广远。然而十公里,最多二十公里之外,便应该是外星飞船的壳体。这飞船内部的世界虽然广大,但也决然不是无限。脚下站立的位置粗糙而坚硬,仔细看上去,有着细密的纹路,仿佛蛇皮上细碎的鳞片。

队友陆续落在了黑色大地上。王劲和钱复礼向着前方走出一段距离,确保两个小组不会同时被什么东西击中。

"接下来该怎么办?这里什么都没有。"王劲喊道。

"它会来的!"江晓宇坚定地回答,"既然它已经把我们吞进来,那么总会发生点什么。"

"希望不是坏事!"张高菲说。

"这是人类第一次登上外星飞船!"麦克斯兴奋地说,"你们不想留下点宣言吗?晓宇你刚才那句话怎么说的?这里的表面不像是金属,倒像是岩石?这句话可不怎么酷,比不上阿姆斯特朗当年那句'这是我个人的一小步,却是人类的一大步'。或者李一凡在火星上说的那句'这是一亿公里之外的荒漠,却是人类的未来。'"

"我只关心我们能不能活着和外星人对话。"张高菲很冷静,"行走服只有四十八小时的氧气供给,'萤火六号'的氧气储备最多也只能多坚持三十个小时。这地方面积巨大,我们根本没有时间到处探索。"

"大家散开行动!注意保持和'萤火六号'的通信连接。提高警惕,有任何情况,立即向大家通告。"江晓宇提议。

四人向着四个不同的方向行走,头灯晃动,就像四个细小的光点。

用绒爪模式行走有点像是在沙漠中步行,每一步都很吃力。向外走了二百余步,江晓宇便觉得有些气喘。他停下脚步,再次四下张望。

一个白色的小东西在头灯的光柱中一闪而过。

江晓宇猛然惊觉,回过头去,光柱中浮现出一个小小的白色凸起,就像半埋在土中的一枚蛋。

"我这里有发现!"江晓宇盯着那东西,一边通知队友,一边小心翼翼地靠近。

"你发现了什么?"麦克斯问道。

"一个椭圆的东西,像是一块白色的石头,大概有拳头般大,埋在黑色物质中间。"江晓宇在自己的发现物前停下脚步,凑近查看。

"先别动,我过来看看。"麦克斯回应。

"钱复礼、王劲,你们也过来!"江晓宇招呼伙伴。

"高菲,坚守岗位,你要把发生的一切都录制下来。"

"放心。"

等待中,江晓宇仔细观察。白色的椭球体仿佛玉石,表面光滑,黑色细碎的表面在白石的周围变得更加细碎,微微隆起,将它紧紧箍住。这像是埋在土里的一粒种子。

"江指导!"钱复礼的喊叫突然传来,"救命!"

钱复礼的喊声满是恐慌，江晓宇猛地直起身子，向着四周探望，寻找钱复礼的位置。

"高菲，发生了什么情况？"

"他像是陷住了。"

"萤火六号"的探照灯光打在钱复礼身上，给所有人指出了方位。江晓宇向钱复礼的方向赶过去。

赶到的时候，王劲已经在那里。钱复礼的身体一半被埋在了黑色表面之下，王劲拉着他的手，正试图将他拉出来，然而毫无用处，钱复礼的身子正以肉眼可见的速度继续下沉！

"江指导！"见到江晓宇，钱复礼像是见到了救星一般，急切地大喊。

江晓宇冲上去，抓住钱复礼的另一只手，和王劲一道使劲，想要把钱复礼拉出来，或者至少不让他继续下陷。

向下拉扯钱复礼的力量并不急促，却无可抗拒。江晓宇和王劲用尽全身力气，却根本无法抵抗它分毫。不一会儿，钱复礼就陷落到了胸部，黑色物质像活过来一般，每向下一点，就迅速地渗透进空隙中，填得死死的，不给人任何机会。

钱复礼绝望地惊叫，祈求两人不要放手。

"江指导，别让我死！我不想死！"

他的声音发颤，歇斯底里，已经彻底陷落在恐慌中。

王劲和江晓宇仍旧使出全力拉他，然而心中明白自己的努力不过是徒劳。

当黑色物质漫过钱复礼的脖子，江晓宇只感到自己的心像是在滴血。

"放开他吧，再继续下去，你们两个都要搭进去。"麦克斯说道。

王劲松开了手。

江晓宇仍旧死死抓着，不肯放手。

"江指导，放开我吧，麦克斯说的是对的。"钱复礼反倒冷静了下来。

江晓宇隔着头盔看着钱复礼，这个年轻人仍旧十分害怕，眼神中藏不住恐惧，却还勉强向着自己挤出一个笑容。

"我到这里来，就有意外牺牲的心理准备。你放开我，不要因为我连累到你。"

黑色物质已经漫过了半个头盔，钱复礼只剩下两条前臂和半个头露在外边。江晓宇拉住他的双手，全身后仰，像是一张弯弓一般，想要做最后的努力。

"江指导，你救了我好多次，这一次，别让我连累你。"

"晓宇，放手！"麦克斯有些急了。

黑色物质没过了钱复礼的头顶。

江晓宇终于松开了手。

钱复礼整个人消失了，只剩一双白色手套直直地插在黑色的大地上。手套变形成了一个紧握的拳头，很快也被黑色吞没。

眼前的大地一片平整，钱复礼陷落的位置被迅速填补完整，看不出任何痕迹。

江晓宇只感到心口仿佛被强酸给泼了一下，一阵辛辣的疼痛之后是持久的钝痛，更有一种莫名的恐惧，全身僵硬，连举手的力气都没有。

围在一起的三个人沉默了好一阵子。外星人的游戏有些残酷，这近似于活埋的酷刑居然就在眼前上演了，谁知道还会有什么其他把戏？

"他不一定会死，他的行走服是完好的。"麦克斯打破沉默。

其他人仍旧沉默着。这不过是个美好的愿望，钱复礼被这样拉了下去，就像陷入流沙，凶多吉少。

"高菲，你有看清事情的经过吗？钱复礼为什么会被陷住？"又过了片刻，江晓宇问道。

"没有，我把主摄像转过来的时候，他已经开始陷落——但看上去，他应该还活着，我能看到他的生命维持信号。"

江晓宇一阵惊喜："他还活着吗？"

"至少生命维持信号仍旧在，只是信号很弱，应该是有屏障。"

"你能定位吗？"

"可以。他距离你们大约五十米，停滞不动。"

五十米！江晓宇看了看脚下，黑色的大地坚实牢固，钱复礼被埋在五十米深的地下，虽然暂时还活着，但随时可能没命。

"晓宇，你看！"麦克斯指着地面。

江晓宇顺着麦克斯的指示看过去，只见什么东西正拱破地面钻出来。起初是一个白色的小点，很快变成了拳头般大小，就像一个硕大的鸵鸟蛋。它像是从土里长出来的一粒种子。

江晓宇愣住了。这和自己刚才看到的那个东西一模一样。

"可能钱复礼刚才就是碰到了它！"麦克斯猜测，"这东西是个传感器！"

"我刚才看到的就是这样的东西。"江晓宇蹲下，凑近观察。

"你小心点，别碰到它。"

"我们可以试一试，"王劲说，"找个什么东西碰一碰它。"

王劲说的是个好主意。

"高菲，飞船里有什么东西我们可以抛给它吗？"

"我这里有几个储备气罐,空的氧气罐可以吗?"

"可以试一试。"

江晓宇很快拿到了气罐。他举着气罐,小心翼翼地向那白色的凸起靠过去,轻轻地将气罐压在凸起上,稍稍用力。白色凸起像是有知觉般一下子缩了回去,几乎就在同时,气罐已经被牢牢地黏住,原本规则的黑色图样变得杂乱无章,碎裂成无数细小颗粒,坚硬的地面转眼间像是成了流沙陷阱。

江晓宇能感觉到从气罐上传来的巨大力量,就像拉扯钱复礼的那股力量一样,并不急迫,却无可抗拒。

"快松手!"麦克斯焦急地大喊。

江晓宇松开手。

气罐很快下沉,不过两分钟就失去了踪影。黑色表面再度恢复平整,然后白色种子再次破土而出。

事实很明显,这是一个触发装置,它会激活周围的黑色物质,把接触到的东西拉进内部。

在内部,会发生什么?

"怎么办?"王劲问道。

"我是钱复礼的指导老师,我不能丢下他。"

"高菲,钱复礼还有信号吗?"麦克斯问道。

"有,还是很微弱。信号在移动,偏移了三十米。"

"这或许不是一个陷阱,它就是一道门,只不过和我们常见的门不同。"麦克斯说,"外星人是怎么想的我们不知道,我们只能从结果来推断。它们的科技很高明,能够使用我们无法理解的技术来驱动飞船,它们的自动技术自然也很高明,如果假设这是个门,它至少有两个好处:第一,它是全密封的,开门和关门不会引起内部和外部空间的变化。我们的飞船为了避免这种情况，需要设计一个过渡舱，但即便如此，每一次开舱都不可避免会有内外物质的交换，但以全密封的状态把物体或者人拉下去，就没有这个问题。第二，它可以保持整体的强度，这个触发器只是一个小东西，如果这层壳体真有五十米厚，整体上它没有薄弱环节。想象一下，如果这是一堵五十米厚的墙，我们要穿过它，就要建设一条隧道，那将是一条五十米的隧道，隧道本身就成了墙体的薄弱位置。这种触发式的通道，可以有效避免产生薄弱环节。"

麦克斯的分析听上去颇有道理。

"我们也进去吗？"江晓宇犹豫着问道。

"我要去。"麦克斯坚定地说，"我相信外星人召唤我们，把我们的飞船吞进它们的飞船，绝不是为了把我们当作食物吃掉，或者用一种愚蠢的办法杀死我们。它们在等着我们进去。"

麦克斯总是把事情想得很美好，作为一个彻底的无政府主义者，他不喜欢复杂的规划和烦琐的流程，总是凭着直觉做事。

可他的直觉往往是对的。

江晓宇看了看王劲，王劲迎着他的目光说道："这太冒险了。我们可以再观察一下，搜索周围是不是有别的情况，说不定会有发现。"

"高菲，钱复礼携带的氧气供给能支持多久？"

"他和你一样，是长续航版，总使用时间为四十八小时。"

如果没有意外，钱复礼的生命维持信号可以维持很久。

江晓宇很快做出了决定："我们暂且等一下。高菲，留意钱复礼的情况，如果他的生命信号一直保持，我们过半个小时也触发这个机关，进去看看。"

"如果他的信号消失了呢？"

"那么我进去，至少我们也知道进入之后生命信号能维持多久。"

"那你还进去干什么？这只是毫无意义的牺牲。"王劲反对。

"我不能丢下他，只要有一丝希望，就要试一试。"

"还是我去试试，我们应该准备一根绳索，最好是电缆，可以通话，这样外边的人就可以知道里边的情况，不用瞎猜。"麦克斯提出新的建议。

这倒是一个好主意，然而又上哪里去找到这样的一条电缆？登上外星飞船的时候，可没有考虑过这样的情况。

"它是不是能把行走车也吞进去？"江晓宇突发奇想。行走车上有通信接口，接口的线可以拖长，虽然最长也就几十米，但至少也是个办法。

"对，行走车还可以保护乘员，正好再做一次试验。"麦克斯立即明白了江晓宇的想法。

行走车被"萤火六号"缓缓放下，江晓宇和王劲一人一边，抓住了它的支架。一阵柔和但强劲的冲击过去后，行走车稳稳地停在两人中间。

麦克斯爬进了舱里，拉出一个通信接头，递给江晓宇。

江晓宇将接口接在行走服腰间，然后双手交替拉扯，通信线不断被拉长，很快就在江晓宇身边堆积起来，最后拉扯不动的时候，线条已经盘成一大团。

麦克斯在座舱里坐好，关上了舱盖。

"行了，送我过去吧！"

听筒里麦克斯的声音清晰可闻，比无线通信更清晰。

江晓宇不知道该说什么，这可能是永别，但也可能就像麦克斯所期待的那样，他将穿过一扇门，发现一个新世界。

"高菲，钱复礼的信号还在吗？"

"在，信号随机移动，偶尔停留。"

钱复礼的信号已经维持了半个小时，这让麦克斯刚才所提关于门的推测显得更为可信。

江晓宇向着王劲点了点头，两人一左一右，推着行走车，缓缓向前。行走车顺着粗糙的黑色表面滑行，没有重力，也就没有摩擦，推着行走车并不费劲，费劲的是控制好它的方向。江晓宇和王劲配合着，很快找到了窍门，两人一齐合力，把行走车对准那枚白色的小装置撞过去。一脱手，江晓宇便立即趴下身子，头顶的射灯从行走车下方空隙照进去，正对着那小小的白石。

行走车缓缓撞在白石上。白石被向下压了一点，随即自动缩了进去。周围的黑色物质迅速沙化，仿佛约束它们的力在一瞬间崩解了，也像紧绷的弦突然间被触发，微小的颗粒跳跃起来，直奔猎物，它们仿佛由磁性连接在一起，哪怕只有一个颗粒粘在目标上，后边的也能紧跟而上。一团黑色的物质眨眼间已经贴合在行走车上，开始向下拉拽它。

"装置启动了。"江晓宇提示麦克斯。

"我能感觉到，我正在下沉。"麦克斯兴奋地回答，"祝福我吧，我正在通过升华的仪式，它将吞噬我，然后我将重生。"

"千万小心！"江晓宇没有顺着麦克斯的话说，"天知道会发生什么。如果这真是一扇门，那么就把钱复礼带回来。"

"我们很快就会知道答案。"

行走车的体积庞大，沙化的黑色表面迅速扩大，很快到了江晓宇脚下，逼得他向后退了一步。

此时此刻，他并不在乎自己是不是会被拖拽下去，只不过按照和麦克斯的约定,自己应该先协助麦克斯完成这个试验。

行走车飞快下陷,比刚才氧气罐下降的速度快很多,很快没到了座舱。麦克斯在座舱里,隔着舱盖向江晓宇比了一个OK的手势。麦克斯仍旧显得很轻松,仿佛他只是坐在过山车上,去完成一趟虽然惊险刺激但无比安全的游戏。

江晓宇脸色凝重,向着麦克斯默默点头,手上拉了拉系在腰间的缆线。

行走车被彻底吞没,地面上只剩下白色的缆线仍旧在不断被拉扯下去。

"麦克斯,你还好吗?"江晓宇问道。

"一切正常,除了周围一片漆黑。这和在太空里也差不多,反正什么都看不见。"

"我感觉你已经被埋在了棺材里。"王劲说。

"哈哈哈,别担心,我可没这种感觉。"麦克斯回答完,突然像是感觉到不对劲,"你还能听到我说话?无线通信仍旧正常?"

"信号不太好,但还可以听到。"

"哦。大概江晓宇接上了行走车的电缆,就成了活天线。高菲,你能听见我吗?"

"能听见,但有噪声。"

"你们都能听见,挺好。这样我就不会孤独了。"

盘在江晓宇身前的线缆不断减少。

"高菲,现在麦克斯下陷多深了?"

"距离你们三十二米。"

麦克斯还没有抵达五十米位置,那里才是关键位置。然而缆线的长度似乎不够,身前只剩下十几米。

行走车陷落的位置已经恢复原本的模样,只剩下硬币大小的一点,继续不断吞噬缆线。江晓宇看着那似乎永远不会被填满的小孔,心头忐忑。

"麦克斯,有什么情况吗?我这边缆线只剩下十多米了。"

"没有,什么都没发生。行走车在继续移动。你知道我有种什么感觉吗?我觉得自己像是坐在轿子里,被蚂蚁抬着要钻进蚁穴里去。你说外星人会不会是一种类似于社会性昆虫一样的生物?只不过它们演化成了细小的形态,你不用显微镜看不清。"

这黑色的物质会是生物吗?江晓宇看着那仍旧不断涌动的孔隙,不以为然:"它们不像是生物。如果是生物,也应该是一种机器生物。"

"哈,我只是打个比方。人类的想象力真是可怜,只能用自己熟悉的事物来做比喻。不说它们是蚂蚁,它们就是某种生命,可以被激发,对外来的异物做出响应。这样可能严谨一点。"

"嗯。缆线只有五六米了。"

"别担心,最后关头,你就断开缆线,别把你也拉进来。至少让高菲观察我的生命信号,如果我也活得好好的,那么你们再想想办法。"

江晓宇点了点头,突然意识到麦克斯其实看不见自己,他正想补上一句,麦克斯又开口了:

"有光,这里有光!很弱的光,一点一点,像是蝌蚪,很多蝌蚪!太神奇了!"

"麦克斯!"

"太神奇了!"麦克斯很兴奋,"到处都是光,像星星一样,从来没见过这样的情景,从来没有过……"

"麦克斯,我这边的缆线快耗尽了,很快我们就无法对话。"

"晓宇,这情景实在太难用言语形容。外星人没有恶意,它们只是设置了这道奇怪的门。"

"我明白。按照计划,如果缆线耗尽,我会断开,然后继续留意你的生命信号。"

"没问题。只是我强烈地感觉到我不会有事的,你要有信心。"

缆线已经只剩下胳膊长短的一小段,江晓宇只能趴着继续说话。

"我必须断开了!保重,麦克斯!"

"保重!这灿烂的光影,你真应该来看一看!但现在,先按照计划执行吧!"

江晓宇断开了连接。接头随着缆线被拉下去,原本只有硬币大小的沙化区域骤然间扩大,又随着接头彻底消失而恢复成细小鳞片的模样。白色种子再次探出了头,一切都恢复到原样。

"这真的是一扇门吗?"王劲仿佛在自言自语。

"好像有点不对劲。"张高菲紧张地说。

"怎么了,麦克斯出问题了?"

"不是麦克斯,麦克斯的信号还在继续下降,但钱复礼的信号正在快速移动。"

"什么位置?"

"他距离你们水平位置有两百米,但垂直距离在缩短,速度很快。"

探照灯光掉转了方向,指向两百米开外的一个位置。

"他在那里,正向着表面接近。"

江晓宇和王劲顾不上多想,立即向着探照灯光指示的位置飞奔。

漆黑世界的中央是一个巨大的光斑,仿佛舞台上的聚光灯,准备迎接主角的登场。

聚光灯下，黑沉沉的表面出现了动静，江晓宇放慢脚步，一边盯着它看，一边缓缓靠近。

先是一双脚，然后是腿，紧接着可以看到半截身子，再然后，身子和两条胳膊也全都伸了出来，最后出来的是头部，不过短短半分钟，一个完整的人就出现在眼前。他整个倒立在表面上，但很快转了一百八十度，变成了直立方位。

"江指导，我出来了！"钱复礼的声音充满欢乐和激动。

真的是钱复礼！他好好的，安然无恙！江晓宇压抑不住心头的激动，喊了一声："太好了！"并加紧向前奔去。

钱复礼也奔了过来，一边奔跑，一边兴奋地说："你们绝对想不到我在里边看到了什么！那景象，真是太震撼了！"

大概钱复礼见到的，就是麦克斯所描述的，然而江晓宇最想确认的事，是自己的徒弟真的没事。

站在钱复礼跟前，江晓宇上下打量了他几番，最后才问道："你没事吧？"

"没事，一点事都没有。"钱复礼满不在乎地摇头，"你们绝对想象不到我在里边看到了什么——"

"你是怎么出来的？"王劲急性子地问道。

"大概是某种机制，就像我被送进去一样，我又被送出来。"

"这么说，这真的是一扇门。"

"门？不该说它像一扇门，我觉得它像一个细胞。"

"什么？"

"细胞！"

17

数 字 溶 洞

钱复礼说，外星飞船像是一个巨大的细胞，至少从眼前所面对的这一道黑色屏障来看，这样的说法不无道理。细胞拥有一层隔绝内外的细胞膜，在微观尺度上，这是一层坚不可摧的膜。外边的物质想要进入内部，只能依靠细胞膜上嵌入的蛋白体转运。蛋白体可以抓住不同的物质，携带它们穿过细胞膜，在内部释放。钱复礼和麦克斯先后穿透了这五十米厚的屏障，过程和蛋白体携带物质穿透细胞膜真有些相似。

钱复礼被带到屏障那边，然后又被带回来，安然无恙，说明穿透机制是安全的，外星人的确不想伤害人的性命。

张高菲一直跟踪着麦克斯的生命特征信号，麦克斯的生命信号正常，而且在不断移动，随机移动，看不出有什么规律。

"怎么办？"王劲问道。

"既然到了这里，我们就进去。"江晓宇不假思索地说。"萤火六号"是地球文明的使者，如果见不到主人，使者就没能完成该做的事。

"高菲，你驾驶'萤火六号'留在这里，随时接应我们。"

"我留在这里没有用，不如和你们一道进去。"

"除了你，没有人能驾驶'萤火六号'。"

"我驾驶'萤火六号'进去。"

张高菲的提议像是突然打开了一扇窗，让人眼前豁然一亮。是啊，行走车能被拉进去，"萤火六号"为什么不能呢？虽然"萤火六号"的体积至少是行走车的十倍，但相对这层五十米厚的"细胞膜"，仍旧是个微不足道的东西。

众人立即行动起来。王劲和钱复礼登上"萤火六号",江晓宇留在地面上指挥观察。

"萤火六号"缓缓靠近坚硬的黑色表面,这对张高菲的驾驶技术是个极大的考验。飞船的引擎动力强劲,稍不留意,靠近就会演变成碰撞,变成一场灾难。

张高菲控制着飞船,以近乎蜗牛般的速度,一厘米一厘米向着地面贴近。江晓宇站在地面上近距离观察,不得不感到佩服。控制这么大的飞船以厘米的精度飞行,这天才驾驶员的名声,真不是白来的!

"萤火六号"最终压在那小小的白石上,牵引陷落的过程开始了。接触的面积越大,陷落扩张的范围也越大,当半个"萤火六号"陷落到黑色大地中,扩张的面积到了最大——直径约五米的陷坑中,"萤火六号"像是失事飞船一般倒栽着,一点点继续沉沦。

飞船没入了黑色表面,彻底不见,整个世界像是只剩下自己一个人。江晓宇突然有一种异样的感觉,黑暗中似乎潜藏着什么,随时可能扑上来。

在一个没有声音、没有伙伴、没有任何支点的黑暗世界里,站着呼吸都是一项艰巨的任务。如果时间长久,自己肯定会疯掉。

江晓宇不断四下打量,头灯不住晃动,光柱时而投入无尽的黑暗之中,世界像是一瞬间变得全黑;时而照在地面上,形成一个刺眼的光斑。他不断地查看"萤火六号"触发的位置,等着那种子一般的白色石头复位。

白色的石头终于出现在光斑中央,江晓宇迫不及待地一脚踩了上去。一股强大的拉力从脚底传来,整个左脚都被牢牢吸住。

江晓宇闭上眼睛,世界一片黑暗,那就干脆不要看。很快,陷落的感觉便没有了，身子像是泡在水中一般，微微起伏，轻轻荡漾。这感觉仿佛在玩漂流。他不禁想起在海南的日子，五指山大峡谷平缓的溪流中，自己和陆帆仰面朝天躺在筏子里，闭着眼睛，手挽着手，静静地感受溪水的荡漾。

原本惊惧的心在荡漾中逐渐安定。

溪流中，江晓宇张开眼睛，看见陆帆的脸。陆帆的侧脸安详宁静，在阳光下发光。

发光！江晓宇心中一惊，不知不觉中，自己的眼里真的有了光。他猛然睁开眼睛。

世界在闪闪发光！

这就是麦克斯和钱复礼都提过的闪光。柔和的蓝色光点在眼前闪烁，密密麻麻，由远及近，到处都是，仿佛星星都成了玩具，飞到了身边，绕着自己飞舞。它们在移动，有的缓慢，有的迅捷，就像一群活的生命，偶尔移动快速的，还会拖上一条长长的残影。

蝌蚪！麦克斯把它们叫作蝌蚪。看上去颇有些相像。

江晓宇忍不住想伸手去捉，却动弹不得，这才意识到自己仍旧被牢牢地固定着，传输的过程还没有结束。他只能转动眼球，看着这些发光的"蝌蚪"在眼前移动，隔着头盔玻璃注视着，就像隔着玻璃缸注视水中的游鱼。不，应该是反过来，被装在玻璃缸里的是自己，而这些小小的光点，才是赶来的看客。

它们是活的！这样的念头越来越强烈。这就是外星人吗？他不禁问自己。

突然间，眼前又是一亮，手脚上的压力瞬间一空。江晓宇本能地闭上了眼睛。等他再次睁开眼睛，眼前的世界让他情不自禁屏住了呼吸。

放眼望去，到处都是细小的光点，每一个都不起眼，然而无数的星星汇聚成河，汇聚成潭，汇聚成湖，汇聚成海，五颜六色，像泼洒的颜料般肆意张扬，彼此连接成往来纵横的网络，无比光辉灿烂。这里仿佛一个油画般色泽饱满的童话世界。

"哇！"他发出一声赞叹，声音不大，只是自言自语。

"晓宇，你也来了！"麦克斯洪亮的声音传来。

江晓宇一扭头，便看见"萤火六号"就在距离自己不到百米的位置悬浮。他看见了麦克斯，麦克斯把行走车抛在一旁，正使用喷气装置飞行，在星星中间穿梭，像是一个摘星星的人。

"麦克斯，你是对的！"

"也不全对。我们现在只是刚刚进入这个世界，外星人没有恶意，但我们还是要小心行事。"

说话间，麦克斯靠近了飞船。张高菲打开舱门，让他进去。

江晓宇看准方位，纵身跃起，直直地向着"萤火六号"飞过去。接近飞船，他一把抓住了飞船舱门的抓手，身子灵活一荡，钻进了舱里。

"萤火六号"的船舱里第一次如此欢快，所有人都被眼前的景象感染了，说话的语速都快了几分。

"你看那儿！"王劲兴奋地指着透明舱顶外一群摇曳而过的星星，它们聚在一起，仿佛一群沙丁鱼，或者是高飞的椋鸟，时而前进，时而摇摆，不断地变化着群体的面貌。

"这究竟是什么？"江晓宇问道，又仿佛自言自语。

"这才叫外星人！"张高菲说，"地球上从来没见过这么壮观的景象！"

"它们都是幻影！"麦克斯回答，"这些东西都藏在屏幕之后，当然，这里的屏幕和我们的屏幕不太一样，到处都是屏幕，这是一个屏幕的世界。"

"这里是个迷宫！"钱复礼接上麦克斯的话，"或者有一些复杂的通道，我转了差不多半个小时，兜兜转转总是回到原处。麦克斯说的是对的，我们能接触到的所有位置都是屏幕，看到的都是影像。"

"它们在观察我们。"江晓宇盯着一群刚挪开的浅红色光点，"这群光点在我们头顶徘徊了一阵子，然后才离开。有的光点根本不动，有的光点成群结队地到我们这里停留。它们一定是在观察我们。"

"它们不仅会观察，还能互动。"麦克斯说完，转向了张高菲，"高菲，'萤火六号'的扫描系统能识别出通道吗？如果'萤火六号'能往前走，我们就不需要这么费力分辨通道，我感觉我的眼睛快要出现幻觉了。"

"雷达扫描还能起作用，我能看清通道的形状。"

"那太好了！"

"萤火六号"的雷达屏幕上展现出来的世界和人眼所见完全不同，偌大的空间呈现巨大的球形结构，直径有十几千米，大量粗细不一的柱状物错综复杂，从球面上的一点连接到另一点，彼此间从各个方向交错，把整个空间切割得支离破碎。"萤火六号"在其中缓缓前进，小心避开那些毫无规律可言的柱状体。

"我们像是在一个溶洞里。"王劲说，"我老家那边的溶洞，都是奇形怪状的石柱，如果石柱可以在任何方向生长，可能就会形成这样的结构。"

王劲的老家在贵州，那儿到处都是奇特的喀斯特地貌，地下水塑造出千奇百怪的溶洞世界。听王劲这么一说，大家都觉得眼前的景象真和溶洞有几分相似，只是结构要大上百倍千倍。然而太空里不会有地下水和石灰岩，从雷达屏幕上看到的世界也并非真实的世界。

"溶洞里的石头可不会长得这么光滑，这些柱子，看上去都很均匀，是规则的几何体。"张高菲说道。

"我只是说它的整体结构。"王劲辩解了一句。

"不仅是规则几何体，这些小小的光点，像是生活在这些柱体中，不同的柱子有不同的颜色，里边的光点色彩也不一样。我认为它们代表特定的生物，是不同的族类。"麦克斯分析说。

"你认为这些光点就是外星人？"钱复礼问道。

"是或者不是，说不好，但它们应该代表某种有意识的东西。"

"我觉得这里和细胞的结构很相似。"钱复礼说，"观察一个细胞可以看到，细胞的内部会有框架式的结构体，细胞依靠它们形成骨架。还有大量的蛋白体就在细胞内高速移动，这些细小的光点，就像蛋白体。"

"那我们是什么？病毒，还是一段DNA？是要和外星人来个细胞融合吗？"麦克斯反问了一句。

船舱里响起了一阵笑声。

这是出发以来，第一次听到队员们的笑声。江晓宇微笑看着自己的徒弟，心情也宽慰了不少。在外星飞船上，任何发现都是历史性的，前提是能活着回到地球。但这一切更多地取决于外星人的想法，无法由人力操控。那么就放宽心，把这当作一次史无前例的观光旅行也好。至少在最后决定命运的时刻到来之前，不需要那么担惊受怕。

钱复礼不无尴尬地呵呵笑了两声。

"外星人既然把我们放进来，肯定是要和地球文明进行一次亲密接触，但是不是要把我们融合了，真不好说。"

钱复礼的话让刚变轻松的气氛又开始凝重起来。

"别想那么多了！"江晓宇及时圆场，"我们不是DNA，也不是病毒，我们是来自地球的使者，是信使。"

"那就是信使RNA，那就是病毒，'萤火六号'是我们的壳。我们已经成功突破细胞膜进入内部，可以开始为所欲为了！我们要先找到复制机，复制成千上万的副本出来。"麦克斯说。

大家又欢笑起来。

"麦克斯，你刚才说它们会和人互动，是怎么回事？"轻松过后，江晓宇问道。

"我刚才把手一直放在那儿，贴在表面上，它们会汇聚过来，聚集在接触点上。它们在说话，我是这么猜想的，只是我们听不到。它们每一个，都代表一个意识，如果不是生命的话。"

"但那也可能只是一种物理现象。"

"它们是活的。我不认为这是一种物理现象，它们显然具有行动能力，更像是生物。"

"我赞同麦克斯的看法。"钱复礼投下自己的一票。

"我也觉得它们是活的。"江晓宇接着说，"没进入这个巨大空间之前，在传输中见到的那些，就像你说的，像是蝌蚪一样，它们应该是活的。但我们无法和它们对话，也就无法确认它们究竟是什么。我们到这里来，是为了和外星人对话。可是到现在为止，我们还没有任何头绪。"

"等会儿我们可以试试，"麦克斯回答，"等我的眼睛休息够了。"

"我去试试吧！"王劲自告奋勇，"是把手一直贴在它表面吗？"

"对。我是那么做的，你可以尝试别的方式，说不定有惊喜。"

"高菲，你能贴近一个柱子停下吗？"

"可以。"

"萤火六号"小心翼翼地靠近一根粗大的柱子,原本它横在飞船前方,张高菲不停地调整飞船的姿态,最后让它成了竖立在众人眼前的巨物,一眼看上去,就像一堵看不到尽头的高墙。

王劲从舱门跃出,直面这高墙。他一点点地贴上去,张开双手,像是要拥抱它。

"小心!"江晓宇叮嘱了一句。

"放心,江头!"

王劲整个身子都贴在了巨柱表面。

巨柱内有无数闪光的红点,它们仿佛感应到了王劲的到来,一齐向着他聚拢而来。它们聚集在一起,聚集在他的手部和膝盖,聚集在头盔,凡是和巨柱碰触的部位,都有大量的光点汇聚在一起,挨挨挤挤,相互间挤压排斥。王劲小心地挪动位置,光点追逐着他。

毫无疑问,这些光点能感应到人。但外星人究竟要干什么呢?江晓宇看着王劲和光点互动,心头纳闷。这仿佛只是一个浅薄的游戏而已。

突然间,张高菲喊了一声:"你们看!"

众人一齐抬头看去,只见一个绿色光斑正在天幕上快速移动。它仿佛一个有知觉的生命,灵活地在不同的柱体间跳跃。

"它是冲着我们来的!"钱复礼大喊。

"它是冲着王劲来的!"张高菲说道。

王劲还在玩着操控光点的游戏,挥动手臂,带着集群的光点四下游走,听到张高菲喊自己的名字,他愣了一下,问道:"怎么了?"

不需要众人回答,他马上就看到了绿色光斑。细小的红色光点一哄而散,绿色光斑顺着柱体直贯而下,像是有雷霆万钧的气势。

王劲被吓到了,轻轻一推,向后退了两米。

绿色光斑转眼到了眼前。它仿佛磕碰到了什么坚硬的东西，在王劲眼前碎成了千万个碎片，五彩缤纷，像是绚烂的礼花。

众人还没回过味来，散开的各种颜色又重新汇聚在一起，飞快地旋转，须臾间变成了一个巨大的人形，站立在众人面前！

这巨人的影像至少有六米高，居高临下，俯瞰着众人。六米多高的身躯充满压迫感，一双深棕色的眼睛仿佛充满无穷的智慧。

"王劲，上船！"张高菲大喊。

王劲这才回过神来，赶紧转身钻进了舱门里。舱门关闭，"萤火六号"向后退去，直到与巨柱拉开三十米的距离才停下。在这个距离上，巨人的形象看上去不再那么具有威胁，张高菲让飞船稳定下来。

巨人直直地盯着飞船。

"大家沉住气，不要慌！"江晓宇安抚众人。

这巨人像是个古典时代的欧洲人，看上去还有几分眼熟。究竟是在哪里见过这面孔？江晓宇使劲地回忆。

耳机中开始沙沙作响，仿佛某种干扰。

突然间，沙沙的响声沉寂下去，"你们好！"一个声音响了起来。

对面的巨人在说话。

"高菲，他说的是什么语言？"江晓宇问道。虽然耳中听到的语言已经被翻译机自动转为汉语，但从唇形能看出来他说的肯定不是英语。

"他说的是意大利语。"张高菲调出了"萤火六号"上的信息。

意大利。这三个字让江晓宇一下子明白过来。是的，就是这张脸，意大利罗马的鲜花广场上，布鲁诺的雕像和眼前的巨人几乎长得一模一样。

"你是布鲁诺？乔尔丹诺·布鲁诺？"江晓宇带着惊叹问道。

257

"我不是布鲁诺,我只是借用了这个形象。"巨人回答,"我是引导者,是这艘太空飞船的主程序。我知道你们有很多疑问,但我并不担保会解答你们的疑问,我只是引导你们。这艘太空飞船来到这里的目的,就是为了引导人类。"

"引导我们?去哪里呢?"麦克斯问道。

"星星的世界。"

"星星的世界?那是什么意思?"

"宇宙广阔,银河辽远,是智慧生命的共同家园。"

"所以你们是来引领我们走向太空世界,是来帮助人类的!"

"我代表太空社会而来,我只是一个使者,负责传递信息。和平还是战争,发展还是毁灭,都是人类自己的选择。"

"你们的信息有点费解!"麦克斯带上了一丝嘲讽的语气。

"为什么你用了布鲁诺的形象?"江晓宇问道。

"数据库中有三个地球人类形象,我暂且使用这个。根据观察,人类总是喜欢和自己形象类似的物种对话,你们还没有完成面对其他智慧生命形象的心理准备。所以我使用了人类的形象。"

"三个,另两个呢?为什么你们的数据库里会有人类的形象?"

"这是探测器搜集的信息,数据库里有形象,只能是因为曾经收集过这样的信息。"

说话间,巨人改变了模样。这一次,他头戴方巾,身穿青色的长襟大衫,袖袍宽大,神态飘逸。这像是个古代中国人。

"这又是谁?"

"这个形象的名字叫万户。"

"万户,乘坐自制火箭飞天的那个人?月球上有以他命名的环形山。"麦克斯惊讶地说。

"他的确尝试了简陋的火箭,没有成功。"

再一次,巨人改变了形象。他头戴金冠,冠上插满色彩鲜艳的羽毛,身穿一件夹袄,夹袄上装饰着巨大的兽头,獠牙狰狞,双眼圆瞪,腰间系着一条金色的腰带,腰带上挂着一柄深黑色的石匕首,形制奇特,看上去仿佛一件珍贵的工艺品。这是个印第安人。

耳机里传来一段听不懂的语音。自动翻译机无法识别语言,只能直放。

"我们听不懂这种语言。"江晓宇说道。

"这个形象的名字叫阿达华巴·库斯科。"巨人重复了一句。

阿达华巴·库斯科,这是个陌生的名字,或许是个有名的印第安人。

"库斯科,我知道库斯科,是个秘鲁城市。"麦克斯说,"我去过那儿,据说那里曾经是印加帝国的首都。这么说起来,这个人应该来自印加帝国时代。"

巨人又恢复成了布鲁诺的形象。

"他们可能生活在同一个时代,外星人的探测器影响到他们,留下了一些痕迹。"钱复礼激动地说,"布鲁诺是信仰无限世界的,他的想法超越了同时代的任何人。万户也是,在明朝那时候就想要乘坐火箭飞到天上去。这个库斯科,应该也是有故事的,但印加帝国的传说已经失传了。"

"拜白人所赐。"麦克斯自嘲地笑了笑。

"你们几百年前就到了地球,为什么隔了这么久才再次到来?"

"探测器只是对文明星球的基本情况进行了解。地球并没有达到太空社会的基本要求,所以并没有飞船到来。现在你们初步跨入太空时代,所以飞船来了。"

"你们一直在监控地球?"

"是的,太空社会监控所有的文明星球,它们当中有可能诞生新的太空社会成员。"

"你们的探测器一直在地球上出没?那怎么只收集了三个古人的形象?"

"不,探测器只会进行一次采样,按照你们的时间计算,发生在六百二十四年前。探测器先后对库斯科、万户和布诺鲁进行了引导和观察,但他们的结局都不太好。你们的文明并没有达到接引文明的程度,所以禁止继续接触,列入观察名单。"

"什么叫接引文明?"

"文明受到探测器的触发后就能飞速发展,在一百年内达到太空文明的水准。"

"那地球文明被判定为什么水准?"

"模糊文明。"

"什么叫模糊文明?"

"可能发展为太空文明,也可能自我封闭,成为保守文明,更有可能自我毁灭,成为早衰文明。甚至不能排除成为危险文明的可能。"

"为什么地球是模糊文明?"

"我只是一艘飞船的中枢,并不是评议会。文明的标准判断我并不掌握,我只知道这和物种的群体智力有关。"

"人类可不会那么蠢!"王劲小声嘀咕着,有些愤愤不平。

"从我的遭遇来看,人类的确不像是智力高度发达的样子。之前我受到了各种武器的攻击,数量惊人。"

"那是因为你故弄玄虚,搞得我们神经紧张。再说,地球的武器也伤不了你。"麦克斯说道。

"我只是按照标准流程行事。"

"那接下来的流程是什么?"江晓宇问道。

"进入万神殿。"

"万神殿?"

"是的,在万神殿接受洗礼,然后我们才可以谈未来。"

"万神殿是地球上的万神殿的意思吗?"

"万神殿是地球语言中最接近的表达,除此之外,我也无法说明更多。语言所能表达的有限。"

"又故弄玄虚,不能直接点儿吗?你说的万神殿在哪里?"麦克斯说道。

"顺着这条主干道前进,道路的尽头是隔离墙,隔离墙的那边,就是万神殿。"

"洗礼呢?你要如何给我们洗礼?"钱复礼问。

"语言所能表达的有限,我并不负责解答疑问,而只是引导你们前行。"

"我想代表人类问一个问题,究竟你们是不是借助暗能量飞行?你们是怎么做到的?"麦克斯追问。

"只有成为太空社会的一员,才能分享太空社会的技术。你的问题,要留给人类自己。"

巨人说完蓦然间一变,成了一团墨绿的光。

"跟我来。"它顺着粗大的柱体疾驰而去,转眼间就成了远方一个小小的光点。

"江队,怎么办?"张高菲问道。

"追上去,我们没有别的选择。"

"依靠人类自己，我们当然要靠自己。外星人这么故弄玄虚，太看低我们了。"麦克斯有几分不满。

江晓宇沉默着。外星人跨越千百光年来到地球，用几百年的时间观察人类，不可能是为了开玩笑。太空世界的评议会决定了地球的命运，不知道此刻在这艘飞船里，众人的一举一动，是不是都在它们的观察中，是不是会成为最后评定的依据？

如果被评议为危险文明，会是什么情况？江晓宇不禁有些担心。

光怪陆离的世界里，"萤火六号"顺着最粗大的一根结构物缓缓向前，仿佛一只爬行在参天大树上的小小甲虫。

18

汇 报

半透玻璃窗那边是偌大的隔离舱，舱里的人看上去一切正常，有人看电视，有人看书，有人在交谈说笑。

李甲利认真地观察每一个人，最后认定他们都很正常，至少行为并没有什么异样。

然而这些人魔术般地出现在沙漠之中，他们的时间像是被偷走了，失踪的日子在他们的经历中不存在。他们前一秒还在太空里，在飞机的座舱中，或者是带着降落伞空降，下一秒就发现自己已经来到了沙漠里。所有人的描述都是一致的，他们像是穿过了一扇任意门，什么都没有发生变化，唯独丢失了时间。

他们因为外星人的到来而失踪，人们都以为他们已经死了，外星人却把他们放到了沙漠里。这是个好迹象，证明外星人并不想伤害人类。它们跨越千百光年来到地球，肯定也不是为了和地球人开玩笑。

"我看可以有个积极的结论。"李甲利说道。

"这些人没有一个知道发生了什么事，也不知道自己怎么会出现在这戈壁沙漠里。"布鲁斯阴沉着脸，"他们无法提供更多信息，我们对外星人的理解也就无法深入。外星人的行为无法琢磨，它们一定会回来搞事。"

"它们没有你想的那么危险，既然能选择无人区把人和物都归还给人类，它们也算是尽心了。"

"恐怕你们的外交机构有得忙了。"布鲁斯还是不想放弃自己的主张，"外星人技术高超，但它们可能就是一群顽童，随手就可能给人类造成重大损失。这一次它们把东西抛在沙漠里，只是我们运气好，下一次就不知道发生什么了。"

"我不同意你的有罪推定,但同意你的看法,我们的外交机构会很忙。"

陶玉斌匆匆赶过来,将一张电子纸交到李甲利手中。

李甲利扫了一遍,将它递给布鲁斯:"清单在这里,一百六十五个人,两千多件各类物体,其中包括一枚没有起爆的大当量核弹,是美国太空军投射的。"

布鲁斯看着清单,不住地摇头:"看看我们都给外星人送去了什么,一架攻击直升机,五枚地对空导弹,三枚空对空导弹,三十枚雷霆导弹,小型飞机,两箱苹果……"他抬起头来,"是谁往光球里投掷苹果?"

"谁知道,等名单公布了会有人认领吧。"

"还有……一捆头发?"

李甲利没有搭话。全球的光球有几百处,覆盖了所有大城市,悬挂了足足有两天,人们向它投掷任何奇怪的物件都不足为怪。数量最多的是各国军队投射的武器,美国人投射的武器最多,核弹、各式导弹、制导炮弹……美国国务院已经发来了照会,要求中国政府必须保证这些武器的完好,并且要求派遣专门人员前往接收。

布鲁斯是美国人,但主要为联合国工作,美国政府并不信任他。

"看看这个,镂空的心型图样,像是个徽章……"布鲁斯继续发现奇奇怪怪的东西。

李甲利心中一凛:"给我看看。"他从布鲁斯手里接过电子纸。电子纸上显示的是一个镂空的心形图样,包裹在一个方框中。这正是心门的标记,甚至那示意血滴的小点也被雕刻了出来!李甲利脸色一沉。

"你认识这个徽章?"布鲁斯问道。

"嗯。"李甲利不置可否地回应一声,随即把清单递还给布鲁斯,"你先慢慢清点,我有点事,先走一步。有任何事打电话找我,或者基地的王少校,他会无条件协助你。"

"好!"布鲁斯很干脆地点了点头。

多年的老朋友了,彼此都很默契。

李甲利走出密封舱。打开门,一股热浪迎面扑来,全身顿时像是被烘烤一般,一阵刺痛。已经是九月下旬,北京的天气已经开始转凉,海南的阳光也变得温和起来,没想到这西北沙漠里,气温居然还这么高。这是个不适合人类居住的地方,几乎完全没有人迹,大概正因为如此,才会被外星人挑中,成了一个抛物场。

人类抛向外星飞船或者光球的所有物品,都被抛到了塔克拉玛干沙漠腹地,危险的武器失去了效能,但其他机器还能正常工作。外星人抛物的消息,还是一架印度武装直升机飞出沙漠报的信。来自印度的武装直升机出现在中国内陆,这么劲爆的消息如果被泄露出去,不知道多少媒体要全力开动,编织出五花八门的内幕故事。还好一切都是确定的,所有这些,无论卫星、核弹还是武装直升机,都是外星人退回的"礼物"。

外星人退回了所有的人和物,除了"萤火六号"。

"萤火六号"仍旧在外星人的飞船内,不知道有什么样的遭遇。但外星人的举动,至少说明它并不是恶意的,它遵循着基本的理性,至少比某种人类要理性得多。

李甲利冲进一旁的铁皮建筑里。这是临时指挥部,房顶上排布着密集的天线。

屋子里有十来个工作人员,陶玉斌正坐在最大的一块屏幕前,浏览从世界各地汇聚而来的情报，见到李甲利进来，慌忙起身打招呼："李总！"

其他人也纷纷起身。

"大家坐，你们忙你们的。"李甲利一边说一边走到陶玉斌身旁，"有裴黎阳的消息吗？"

"他们还在公海上搜索，裴黎阳之前说，劫匪可能把人带到了潜艇上。要找到潜艇比较困难，他们已经请海军协助搜索。"

到了潜艇上，恐怕是凶多吉少！李甲利尽量不往坏处想。心门这个组织的能量超乎想象，不仅有严密的组织，居然还能拥有潜艇这样的大型装备。在短短的时间内安排好一切，摆脱特情人员的追击，把陆帆从居民小区劫持到潜艇上，这不是一般的犯罪组织能做到的事。

"不管什么情况，把陆帆带回来最重要。"

"是的，所有参与行动的人员都明白这一点。"

"心门呢？公安部向国际刑警部门提供的请求有反馈了吗？"

"公安部还没有给我们正式的消息，但负责和我联络的同志说，他们已经得到了国际刑警组织的口头承诺，会把心门纳入恐怖组织名单，只是文书工作还没有完成。而这几天动荡太大，国际刑警组织的日常办公都中断了，所以也很难给出确认函。"

"嗯，没关系。每天以紧急事态委员会的名义给他们发送信函，追踪这个事件。"李甲利平静地说，心头却异常坚定。或许对于人类的愚昧天性，自己毫无办法，但至少对心门这个邪恶的组织，自己哪怕耗尽余生，也要和它们斗到底！陈英华死了，陆帆生死未卜，他们向光球祭祀，把外星人当作神来侍奉，为了想象中的末日审判而大肆破坏，在全球不知道害死了多少无辜的性命。他们是人类，也是毒瘤，只有切割干净才好。

"李总，下午五点有个汇报会，您是要在这里开，还是回北京？"

"去海南！"

陶玉斌一愣："但张部长要求您暂住北京的啊！"

"现在局势已经得到控制，我没有必要再留在北京。我希望陆帆回来的时候，我能去接她。"

"明白。我向张部长请示一下，安排您的专机。"

专机从和田机场起飞。随着飞机不断升高，能够远眺的范围越来越大，一条黑色长龙从地平线上浮现出来，飞快扩张，最后成了黑乎乎一大片。这是塔克拉玛干太阳能电厂，在"天帆一号"工程开始之前，它曾经是地球上最大面积的太阳能电厂，覆盖了足足六百平方公里的面积。

李甲利盯着那片一望无际的黑色，陷入沉思。自己曾经在这里度过了八年光阴，也是在这里，自己和陆霜一成了婚，有了陆帆。一晃快四十年过去，海南成了自己生活和工作的重心，对新疆的记忆慢慢褪色，渐渐地几乎完全想不起来。上一次见到陆霜一是什么时候？半年前，江晓宇休探亲假的时候？自己和陆帆之间偶尔还会说上几句，和陆霜一之间，已经很久没有交流。

陆帆要是真回不来，又怎么和陆霜一交代？

李甲利摸出手机，犹豫着是不是要给陆霜一打个电话，把陆帆的情况说明一下。如果一直瞒着她，万一女儿真的回不来，她那个倔脾气，非得把自己给恨死不可。

犹豫再三，他还是把手机放回了兜里。

暂且把一切都放一放，再等等。李甲利闭目养神。

军方提供的专机比民航要快得多，从和田到文昌，两个小时就到了。

李甲利回到办公室，马上开始准备会议报告。总理和外交部长都会出席情况报告会，报告必须全面、准确。

门外，陶玉斌正把重点讯息摘要不断发送过来，李甲利聚精会神，开始修改报告。

重点是关于在沙漠中发现的这批人和物。人员进行身份甄别后，会按照国籍遣返，物品则建议原地封存，由联合国太空开发署监管。毕竟这些物品都经历了特殊环境，谁也不知道会出现什么异常状态。

外星人的行为分析继续引用行星生命学家露易丝·洛兰的看法，外星人和地球人类之间，不存在根本的利益冲突，外星人没理由对地球人抱有恶意。根据行为模式，应该理解成它们是在探索观察人类的行为。按照正常节奏进行生产生活，是人类最有利的应对方式。

对"天帆一号"，则应当尽快恢复运行。"天帆一号"停机对经济的影响很大，尤其是在环南海经济圈，电力的恢复能更有效地帮助恢复社会秩序。目前，塞丘索非拉控制中心在维和部队的控制下，已经开始恢复接受"天帆一号"的微波传输，恢复的电量传输达到额定值的百分之三十三，预期在一周内完全恢复正常。

"天帆一号"附近聚集的各国军事力量原则上同意非武装化，所有装备了致命武器的飞船都将和"天帆一号"保持五百公里以上的距离，同时在十天内退到一千公里之外。这个协议针对美国的太空母舰"宙斯号"，也应用于所有武装飞船和卫星。

关于地面上的骚乱，军方会派遣代表专门汇报。国内的情况一直比较稳定，世界各国情况各自不同，最严重的一些岛国已经请求联合国派遣维和部队。

骚乱并不可怕，可怕的是企图在骚乱中攫取权力的组织。像心门这样的极端宗教，就趁着骚乱到处搞事，妄图扩张。自由阳光这样的极端环保组织虽然很讨人嫌，但他们只会搞破坏，而极端宗教不仅会搞破坏，更会蛊惑人心，制造流血，带来大范围的动荡。这是骚乱带来的深刻教训。

修改到这里，李甲利叹了口气。如果事情刚发生的时候，自己就知道心门会做出这么极端的事来，陈英华就不会死，陆帆也不会被绑架。有些经验，真的只有血泪才能换回来。

外星飞船仍旧停留在静止轨道上，悬在"天帆一号"上方，没有任何动静，对任何信号都不予理会。有了之前的经验，各国也没有再尝试向它发射任何武器，然而派遣的小型飞船根本无法靠近它，一旦飞船到达距离外星飞船表面二十公里的位置，就会被一堵无形的墙拦住，飞船仍旧可以不断推进，但距离不会缩短，目的地似乎永远无法抵达。这也是一个关于空间的把戏。各国物理学家都在拼命计算，想找出能够解释这种状态的奇异方程。最有希望的仍旧是钱－米勒量子空间论，虽然还没有定论，但受到启发的物理学家们多数倾向于在钱－米勒量子空间论中寻找新的变形来解释这种现象。

"萤火六号"！目前所有人最关切却也最一无所知的，就是"萤火六号"和那五名航天员。再没有其他人和其他设备可以登上外星飞船，也就意味着"萤火六号"上的人是唯一有指望和外星人直接对话的一群人。外星人送回了所有来自地球的物品，那么"萤火六号"也应该不会有危险。这是一个愿望，也是最大概率的结果。然而，那五个人当初都是带着一去不复返的思想准备走的，他们都像走上战场的勇士一样留下了遗言。

李甲利想了想，在这一页加上了一条特别提议：建议以特殊事项对待，留言是否公开、何时公开都暂时悬置，等待"萤火六号"的最终情况确认。

领导应该会同意这个提议。

紧急事态委员会的报告会进行得很顺利。

李甲利正准备进入简单的理论介绍环节,嘟嘟嘟的警报突然响了起来。

李甲利一时有些不知所措,自己正通过远程现场会议系统和总理部长们身处同一个混合空间中,这样的警报声会场里所有人都可以听到。这是紧急呼叫信号,表示有紧急情况需要参会者退出虚拟空间。这是陶玉斌掌握的线路,如果没有万分紧急的情况,他不会呼叫自己。

有什么情况紧急到需要打断向总理的汇报?

李甲利向总理看去,总理点了点头。

"我马上回来。"李甲利说完摁下身旁的红色按钮,他的虚拟影像顿时从座椅上消失。

"怎么回事?"李甲利对陶玉斌厉声质问。

"'萤火六号'出现了!"陶玉斌急切地说,"我想有必要第一时间向您汇报这个信息。"

李甲利愣住了,这突如其来的消息实在太重大。

他很快回过神来,问道:"在哪里?"

"在太空里,接近拉格朗日点,飞船发送了SOS信号,裴黎阳说太空军已经派出了救援飞船,两个小时后就可以会合。"

"能和飞船联系上吗?"

"飞船已经通过卫星接入了航天部的主干通信网。"

"让飞船和指挥中心对接,我先返回会场,对接成功你给我信号,我向总理请示是否直接把信号接入会议中。"

"明白。还有个重大消息,外星飞船消失了!"

"什么?!"李甲利大吃一惊。

"全球都在进行大搜索,目前还没有找到它在哪里。"

"知道了,抓紧和'萤火六号'对接。"李甲利很快从震惊中恢复过来。

李甲利回到会场,总理和其他委员们仍旧等着。

"总理,刚才收到了重大消息,'萤火六号'重新出现,而外星飞船不知去向。我建议,这个报告会直接和'萤火六号'进行对接,这是最重要的一手信息。"

"好。"总理转向一旁的秘书,"你看看是不是还有其他同志需要参加,都把他们叫进来。"

说完,他又对着李甲利说:"李院士,你先安排吧,陆续有人来,就让他们旁听。你来主持对话,我们都听着。"

原本会场只能容纳二十几人,现在陆续有人进来,只能临时排上简陋的靠背椅,甚至许多人最后只能站着列席,这让会场显得有些局促。会议的中央投影也无法使用,从"萤火六号"传来的只有简单的二维画面,只能在一旁的侧屏上放映出来。

屏幕上出现了航天员巨大的脑袋,是驾驶员位置的影像。

张高菲。李甲利认得她,是航天部的名人,功勋驾驶员。虽然绝大部分飞行不需要由人类来操作,控制中心计算中枢就能搞定一切,但为了搭建"天帆一号",需要执行许多特殊任务,人类驾驶员就有了用武之地。这是一份需要天赋的职业,张高菲是其中的佼佼者。

"张高菲,你们现在正在和外星飞船紧急事态委员会连线,我是李甲利,王总理和张部长还有国防部方部长、外交部李部长都在线。你先汇报一下你们当前的状况。"

"是,李总!总理好,部长好!我们现在状况正常,飞船的情况也正常,飞船上的氧气储备可以支撑二十三小时,足够坚持到救援赶来。船上成员包括我、麦克斯·摩尔、钱复礼三人。"

"你们怎么会突然出现在拉格朗日点?外星飞船发生了什么事?江晓宇和王劲呢?"

"我们进入了飞船内部,和飞船的中枢进行了对话,它指示我们继续前进到一段隔离墙,江晓宇和王劲先下船,他们先后进了隔离墙,我们正打算跟在他们后边进去,飞船就被控制了。我们被什么东西包裹起来,然后有一段加速,估计超过五个标准重力加速度,等我们再次能见到外部情况,就已经落在太空里,外星飞船也不见了。整个过程都有录音录像,可以让控制中心读取'萤火六号'的黑盒子。"

"江晓宇和王劲最后的情况怎么样?"

"我认为他们应该是安全的。"

虽然张高菲的语气并不是非常确定,李甲利还是感到心底一块石头落了地。外星人技术高超,只要它们并不打算伤害人类,肯定能保证他们的安全。

"对不起!高菲,让我说几句。"麦克斯挤到了镜头前。

"诸位,我是麦克斯·摩尔,在'天帆一号'的附属项目量子边界望远镜上工作,主要的探测目标是引力波。外星人把'萤火六号'抛出来,让'萤火六号'不经过任何空间飞行就落在了拉格朗日点,这样的技术,只能通过钱-米勒量子空间理论来解释,如果我猜得不错,这一定会引起微引力波。我不知道有没有人在量子边界望远镜上边值班,现在需要尽快检测望远镜的数据,说不定通过这个数据,可以推算出外星飞船当时的行为,然后计算出外星飞船可能的飞行方向。"

"麦克斯,谢谢你的建议,我会同步'天帆一号'控制中心,请他们派人去检查望远镜。"

"还有，能请钱伯君教授的实验室来验算吗？上一次我们没有能够观察到静止轨道空间驻波，可能是因为观测条件太严格，需要外星飞船不断在轨道上飞行才行。这一次外星飞船直接把我们甩出来，这个物理效应不会有轨道特殊性，应该可以被量子边界望远镜抓到。我认为钱伯君教授应该第一时间知道这件事，他的团队能做最好的验算。"

听众中有人举手想要说话，李甲利点头同意。

"我是钱伯君教授的学生唐书芬，我们会第一时间从'天帆一号'控制中心获取数据来进行理论验算。"

"谢谢！"麦克斯说完退后。

"小钱，你要说什么吗？"张高菲问道。

钱复礼并没有凑到镜头前，只是低声说道："我很担心江指导和王指导，外星人把我们抛出来，说不定会把他们带走。"

"你为什么这么认为？"李甲利问道。

"我不知道，只是一种感觉，我觉得这艘外星飞船就像一个巨大的细胞，它会消化吞进去的东西。"

"如果那样，它应该留着'萤火六号'。"

"可能……它不需要消化那么多。"

会场里沉默下来。这个年轻人说的虽然只是一种直觉，却不无道理。外星人的行事逻辑没有任何人知道。相信它们的善意，只是人类的一厢情愿。江晓宇和王劲究竟会发生什么，只能继续等待；"萤火六号"带回来的外星飞船内部信息，则是无价之宝。

李甲利向着总理和三位部长看了看。总理摇了摇头，示意并不需要发言。

李甲利向着"萤火六号"发话："情况大概了解。你们好好休息，救援飞船会把你们带到太空军基地，我们会组织人力对你们带回来的情报进行全面分析。你们都是英雄，为人类做出了开天辟地的贡献！等事情都结束了，你们的这次经历将会被所有人牢记。"

"历史会记住你们！人民会记住你们！"总理接上了一句。

退出会议，李甲利在接入舱里静坐着。"萤火六号"出现，无疑让整件事向着最终的结果又前进了一步。然而江晓宇和陆帆一样，仍旧生死未卜。女儿和女婿同时陷落在有生命危险的困境里，这仿佛是上天给自己开的玩笑。外星人，大概也是命运的一部分吧！

希望江晓宇和陆帆都平安归来，他们还这么年轻！

李甲利跨出舱门。陶玉斌早已经守候多时，见到李甲利出来，连忙迎了上去："李总，谈话纪要已经发送给相关部门。您看需要召集一个会议落实一下吗？"

李甲利看着陶玉斌，突然有些感慨："小陶啊，有你在，我轻松多了！"

陶玉斌惊诧地看着李甲利："李总，千万别这么说，这都是我分内的事。"

李甲利微微点头："帮我先联系一下裴黎阳，我要和他确认怎么把'萤火六号'的三个航天员送回来。"

"好的。"

回到办公室，裴黎阳的电话很快打了过来。军方安排的返航计划很细致，无可挑剔。

"谢谢你，裴大校。谢谢军方把这些英雄接回来。"李甲利最后说。

"李院士，您客气了。"裴黎阳放低了声音，"很抱歉没有能及时把陆女士保护起来。她一定会平安无事的。"

李甲利愣了愣，失神般回了一句："谢谢！"

挂掉电话，李甲利出神了一会儿。陈英华出事之前，裴黎阳也是这么和自己说的，这不是什么好预兆。

陆帆可能回不来了，江晓宇和王劲在外星人那儿反而没么令人担忧。疯狂的不是外星人，疯狂的是人。他突然感到一阵疲惫，心底里泛起一阵酸楚，难道女儿和那尚未出世的外孙女，真的再也见不到了吗？他伏在桌上，伸手擦拭湿润的眼眶。

定了定心神后，他再次打开了报告。

19

万 神 殿

江晓宇和王劲怀疑了许久。

明明身在外星飞船内，重力大小却像是在地球上，恰到好处，空气成分也几乎和地球一模一样。如果不是极高极远的穹顶提示着这不可能是在地球上能看到的情景，这真像是地球的某个角落。

江晓宇抬头仰望着穹顶。

巨大的穹顶和欧洲一些描绘着圣经故事的教堂一样，色彩艳丽，然而图案很抽象，都是线条和几何图形。其中或许还有些复杂的含义，说不定就是某些方程组的抽象表示，然而对人类来说太费解了。

从穹顶延伸下来八根硕大的柱子，彼此均分，立在八个方向上。说是柱子，更像是垂下的装饰。它们并没有触底，悬在半空，让整个天穹仿佛并没有支撑，随时可能掉下来。

柱子上有漂亮的花纹，是一些动植物的图样。细长的躯干，细长的腿，盘旋扭曲，远远望去，就像是中国画中的龙，一些个体的躯干没有那么扭曲，则更像庞大的竹节虫。这可能是外星人的自画像，也可能只是它们偶尔画下的动物。除了飞船本身，这大概是最有力的证据，证明建造了飞船的生物们有着自己的生命起源和美学观念。

穹顶之下，是由边缘向着中心层层向上的高台，每一个台地都有百多米宽，看上去应当是环形，层层叠上去，共有十五层，仿佛平缓而规整的梯田。叠台的顶部，穹顶正下方有一个白色的球体，仿佛一块晶莹的石头。距离遥远，看不真切，然而江晓宇觉得那似乎是一个巨大的灯泡，正是它散发出柔和的光，照亮了整个世界。

这庞大的世界或许可以容下一百座大教堂，置身其中，只觉得世界广大，人生渺小，敬畏油然而生。膜平面比这儿更广阔，却是一个开放的空间，站在膜平面上远眺，看到的是日月星辰，和在地球上仰望星空并无太大的区别。这外星人造的巨大空旷空间却带给人异样的感受，超越自然的伟力仿佛无处不在，沉甸甸地压在人心上。

"已经两小时了，该怎么办？"王劲问道。

"向前走。"江晓宇回答，他心里清楚后边不会再有人来了。

不知道什么原因，麦克斯他们并没有跟上。已经等待了近两个小时，他们仍旧没有跟上来，似乎外星人在让自己和王劲通过之后关闭了通道。它们只允许两个人来到这巨大的穹顶之下，或许有什么特殊的缘由。

它们一定对人类生存所需要的环境有充分的了解，否则不可能在飞船内制造出这样的环境。打开头盔面罩，呼吸顺畅而自由，甚至带着花草的清新。此间的主人精心布置，等待着人类的到来，然而却不现身，令人费解。

大概到了这里，一个有智慧的生命很容易自己找到正确答案吧！

"我们的身后是全人类！"江晓宇说，"除了向前走，别无选择。"

"我们去那儿。"江晓宇指着穹顶之下的白色球体，整个世界里，那大概是唯一能作为目标的物体。

王劲向着那白色球体望了望，点点头，回应道："走吧，既然来了，总要看看。管他三七二十一，外星人又不能把我们吃了。"

两人一前一后，不疾不徐地向前走着。

地面是某种金属，灰蒙蒙的颜色，表面粗糙，很好抓地，走起来一点也不费劲。唯一比较费劲的地方是翻过那巨大的台阶，台阶足足有两米高，一个人根本翻不过去。只能江晓宇先踩着王劲的肩头翻上去，然后再把王劲拉上去。

"谁想得到,一艘飞船内部居然是这样的布置。"王劲翻身到了平台上,仰面躺着,"这算是什么建筑,天坛?"

"外星人可不知道天坛。那个布鲁诺说这里是万神殿,我看,像是一座教堂。中央的那个白球,可能就是飞船的核心,说不定布鲁诺就在那里。到那儿,它说不定又出来和我们对话了。来,继续!"

江晓宇伸手把王劲拉起来,两人继续走向下一个台阶。

"这穹顶的直径大概有五千米,这么大的建筑,在地球上根本不可能存在;高度至少有三千米,在地球上想要立一根三千米高的柱子都从来没成功过,再高的建筑也从来不超过一千米,高了结构不稳定,容易塌。"

"这里的重力和地球差不多一样,结构怎么能这么稳固?"

"这里的重力不是质量引力。我们在外边的时候,还是零重力空间,进入到这里,就成了标准重力。它们能做到这一点,肯定也有办法保证这个结构不会坍塌。"

"直接制造重力吗?真神奇!"

两人很快就到了第二个台阶下。这一次换王劲先上,再拉江晓宇上去。

王劲翻了上去,没了踪影。

"王劲!"江晓宇觉得有些不对劲,轻声呼唤。

王劲探出头来,像是受到了惊吓,使劲向着江晓宇摆手,"这里有人!"他压低嗓音,急切地说。

"先拉我上去!"江晓宇倒是没有慌。有人才好,见不到外星人,这一趟就算是白来了。然而一想到真要见到外星人,心情不由又有些紧张。

翻上台阶,江晓宇半蹲着没起身。顺着王劲的指示,可以看见一

283

个细小的身影立在高台中间，一动不动，似乎正盯着这边。

"外星人！"王劲悄声说道。

"嗯。我们过去和它打招呼，它或许是来等我们的。"

两人站起身来，壮着胆子，压抑着忐忑不安的心情，慢慢向着那身影走过去。

"你好，我们是地球人！"江晓宇一边走，一边向着那边高喊。

外星人仍旧一动不动。

走得近了，那外星人还是一动不动。

"好像不太对，好像是个雕像！"王劲说道。

江晓宇点点头，加快了脚步。

走到近旁，那身影还是一点动静也没有。这是个怪物，身高两米，四肢着地，上身另有两肢，上肢和人类的手臂有几分相似，然而分作四节，末端也不是五个手指，而只有两瓣，形状像个钳子，肉乎乎的。它的头部缩在两肩之间，圆鼓鼓一个，没有脖子，或者是脖子缩进了体腔，就像龟类一样。两只眼睛又大又圆，向外突出，仿佛机器人的眼睛。眼睛下边是两个孔洞，覆盖着一层薄薄的皮膜，大概是呼吸孔。呼吸孔下边则是细细一道缝，似乎是紧闭着嘴。

这怪物穿着奇特的衣物，仿佛一身古旧的盔甲。毫无疑问，这是一种文明生物。

两人围着怪物转了一圈，仔细察看。

雕像立在一个直径三米的圆台上，圆台抬高二十厘米，的确就像一个展台。

"这是个……标本？"王劲迟疑着问道。

"似乎是这样。"江晓宇向着四周看了看，"说不定这就是外星人的模样，但也可能是夸张的。"

"怎么夸张？"

"我们的庙里供奉的神像往往造型都和正常人不一样，只能说神像很像人，但并不完全像人。这个雕像，可能和外星人很像，但也不完全一样。"

江晓宇注视着雕像，对方的个头较高，需要仰着脖子看才行。不管是否有艺术的夸张，外星人的基本面貌无疑和地球人截然不同。六肢的动物在地球上只有昆虫，或者是神话中的半人马，这样奇特的物种，真的能够和地球人和平相处吗？外星人的脸部似乎是一层壳体，没有表情，看得久了，眼里竟然像是闪着冷漠无情的光，配合那高大威猛的身躯，看上去就让人惧怕。

也许熟悉了，就不再惧怕了，说不定它们的性情很温和，是很好的伙伴。

王劲跨上一步，想要伸手摸一摸雕像的身躯。

江晓宇还没来得及出声阻止，王劲已经触电般缩回了手。

"该死的，这里还有陷阱！"王劲骂了一句。

圆台上方的空间有无形的保护，外部无法触碰它。江晓宇四下看了看，若有所思。

"我们绕着走一圈。"江晓宇说。

"绕着走？我们不是刚走了一圈吗？"

"我是说绕这个平台，这个平台本身也是个圆。如果放置雕像，应该对称，说不定那一端也有一个。"

"行，我们过去看看。"

两人顺着平台的内缘，紧靠两米多高的墙一般的台阶，走了起来。

这是一个巨大的圆，两人走了足足两个小时才到另一边。走到一半的时候,他们发现其实下一层的台阶也有雕像,只不过和那半人马的雕像错过九十度,所以刚才攀爬的时候并没有发现它。雕像远远地看上去,不像是半人马,而像是一个厚重的球。两人合计了一下,没有翻下去查看。

虽然有了心理准备,此刻眼前的另一尊雕像还是让两人颇感意外。

雕像并不是站着,而是趴着,八条粗壮的足立在地上,扁扁的身躯很像是螃蟹,头部则伸出一条腕足般的手,和身躯几乎等长。在头部两侧,有两个椭圆形的开口,似乎是眼睛。

这奇形动物真的是智慧生命吗?江晓宇心头涌起一股不适感。实在很难想象如何和这样的一个生物对话,甚至看不出它的嘴在什么位置。

"它的腿这么粗,还有八条,这种生物生存的星球一定比地球要大得多,重力要大得多。"王劲说道。

王劲说的没错。这动物的腿看上去和大象一样粗,身体大小却像只河马。八条象腿对于一只河马来说无疑太多余了,但如果在一个重力是地球两倍的星球上,就刚刚好。

"可能这真的是外星人,刚才那个像是半人马一样的也是。它们长得这么奇怪,正好说明它们是真正的外星人。"

"电影里的外星人长得都和人一样,至少是两腿直立行走,上身有两肢,头部发达的动物。"

"这是个美好的愿望,也是人类的自大。现实可能就像这里展示的一样,它们的形态在我们看起来会很怪异,比地球上的珍稀动物更怪异。"

"把这些外星人标本放在这里,是要给我们看吗?"王劲绕着八足生物走了一圈,"如果要描述它,我会说它形体像螃蟹,但不是节肢动物,皮肤厚实,类似大象,八条象腿,一条长鼻。这么说,别人能明白我在说什么吗?"

江晓宇缓缓摇头:"你无法向一个从未见过大象的人描绘一头大象而不失真。地球上从未见过这样的生物,如果按照你的描述来画,肯定画出来四不像。"

"是啊,所以应该给它拍个照,大家一看照片就明白了。可惜摄像器材都在'萤火六号'上。"

两人在雕像前站了一小会儿,渐渐地看这生物也顺眼起来。

"你说,它说的是什么语言?"王劲问道。

"当然是外星语,肯定听不懂。"

"它们肯定能听懂我们说话。"

"你怎么这么肯定?"

"那个布鲁诺外表的巨人能和我们对话。看来它们已经破译了地球语言,至少它们会意大利语和汉语,还有印第安语。那个布鲁诺巨人,应该就是它们假扮的。"

王劲的分析听着有几分道理。如果这就是外星人的本体,那么它们应当掌握了某种翻译的能力,可以把外星人的语言翻译为地球语言。

然而仔细一想,江晓宇还是摇了摇头:"那个布鲁诺只是用地球语言和我们对话。外星人有外星人的语言,如果它们的生存环境和我们完全不同,而我们对它们的生存环境缺少了解,那么我们也不可能懂得它们的语言。反过来说,它们也无法懂得我们的语言,除非它们真正了解了地球环境,了解了我们的生活。'布鲁诺'或许了解一些,但这些外星人……我想它们根本不会了解地球环境,也就无法理解我们的语言。对两个不同的生态系统，语言是无法直接翻译的。"

王劲抓了抓后脑勺，呵呵笑了两声："你说得我都要晕了。"

江晓宇抬头望着高处的白色球体，球体下方，阶梯层叠而上。这是视角带来的错觉，每一层都有三百多米宽，这不是阶梯，而是层层的台地。

每一层台地上，是否都安放着形态迥异的外星人雕像？如果这样，那么这穹顶之下，至少有三十种外星人的雕像。它们不可能都是这飞船的主人。

江晓宇注视着那白色球体。或许，这些形态迥异的外星人都是客人，而只有它是主人？

"现在怎么办？"王劲问道。

"我们得继续往上走。我猜，我们在每一层都会发现外星人雕像。"

"我想也是。不知道外星人还能长成什么样子，我发现我的想象力已经不够用了。"

"所以这里叫作万神殿还真恰如其分。"

"意思是这些外星人标本都是神？"

"你可以把它们称为神，这只是个定义问题。"

"神可真多！"

"至少和你在地球上见过的神都不一样。"

两人继续向上翻越。

每一层台地上，两人都会绕着走一圈。果然，每一层圆台上都有雕像，雕像都被看不见的屏障保护，形态怪异，匪夷所思。越往上走，雕像越多。

头似龙虾，身子如蛇。

十条触手,坚硬甲壳。

羽毛覆体,触角高耸。

浑身黏液,形似水母。

……

看得越多,两人越是惊异。各式各样异形的生命,挑战着想象力的极限,它们像是地球生物的拼合和变形,以怪异畸形的方式生长。这就像是一座异形的殿堂,如果没有柔和明亮的光线,仅仅依靠行走服的头灯照亮它们,此刻恐怕就像是行走在恐怖片的片场。

但无论这些外星生命有多么怪异,有一点确定无疑——它们都是智慧生命。大多数雕像都穿着衣物,甚至有一些全身都被严密包裹,就像是穿着宇航服。

"太空社会,就是这些奇奇怪怪的生物聚在一起?那我宁愿留在地球上。"王劲发出一句感叹,"这比《山海经》的怪物还离奇!"

"可能比你想的更糟糕,你没有闻过它们的气味。"

"气味怎么了?"

"不同的动物有不同的气味,有的时候你能适应,有的时候你永远无法适应。"

"对,嫂子养猫的。"

"这么多不同的生物聚在一起,只能靠香水来掩盖了。但香水对某些生物可能是恶臭。要是真有那么一个空间,聚集了这么多外星人,你进到里边,第一反应可能就是被熏得吐出来。"

"所以你的意思是,不会有什么太空社会吗?"

"应该会有,但它们应该会脱离自己的原始形态。"江晓宇向着那白色球体望了望,"外星人让我们从这里经过,是有深意的。我怀疑,这些雕塑就代表外星人的原始形态,但是它们都会脱离原始形态,彼此间可以毫无障碍地交流。"

"它们能变成什么？高级形态？"

"或许就是那个球。"

"那个球？难道生命的高级形态就是变成一个球？"

"前边那个舱里，有无数细小的光点。也许就代表这些曾经形态各异的生物，它们最终都变成了电子生物，电子生物就不会有气味，没有必要有气味，它们也可以变成任何形象，包括人类的形象。"

"也许你说的对，但如果都要变成一个球，我宁愿这些外星人还是奇奇怪怪的模样。"

"走吧，还有三层。到了顶上，就知道是不是了。"江晓宇的眉宇间带上了一层忧郁。巨大穹顶之下，遍布奇特的外星人雕像，此间的主人，难道是在搜集银河间所有智慧生命的标本吗？那么它们也想要人类的标本？"布鲁诺"所说的洗礼，是否就是要把人也变成标本呢？

越往上，雕像变得越密集。当两人爬上最后的高台，看到眼前的景象，不禁都愣住了。

这一层平台上的雕像特别多，然而和下边每一层平台上形态迥异的雕像不同，这一层的雕像高矮胖瘦，各不相同，但都有着类似的形体，服饰也很相似，显然属于同一个物种。数以百计的雕像绕着中心的球体排列，形成一个大圆，所有外星人都面向球体，仿佛是在举行某种仪式。

"这大概就是最早的外星人。"王劲喃喃说了一句。

江晓宇向前走去，很快来到一尊雕像旁，仔细端详。近三米高的身躯异常瘦弱，如果以地球人的标准来衡量，属于骨瘦如柴。细长的躯干上，分化出三对肢体，下肢占据了躯体的一半，又细又硬，仿佛鸟类的腿；中间肢生在两肋间，分化成了一对翅膀，类似蝙蝠的膜翅，翅膀张开，极为宽大，几乎和身高等长；上肢又细又长，肢端柔软卷曲，似乎能够卷起物品。它的脑袋是个西瓜般大的椭圆，顶在细细的躯干上，令人担心随时可能掉下来。脑袋上有三只眼睛，一只位于中间，两只居于双侧，这让它看上去像是某款机器人。眼睛下方就是嘴，向前微凸，三瓣开口，兔唇间露出雪白的牙齿。

"它生活的星球，重力应该比地球小很多。"王劲说道。

江晓宇的目光没有一刻离开雕像。他绕着雕像走了一圈，然后又绕着另一个雕像走一圈。这些雕像的姿态大同小异，上肢合拢在一起，中间肢则尽量张大，下肢挺直并立，头部微微仰起，正对中央的白球。它们所站立的圆台也比之前的更大，直径足足有六米，哪怕它们的翅膀张到最大程度也可以包裹进去。

"它们像是在祈祷，或者是祭祀。"江晓宇说着把目光转向了中央的白球。

白球看上去就像一座大厦，顶天立地。它的表面模模糊糊，仿佛水波荡漾不停，看得久了，眼睛就开始发花。

"那儿还有个雕像。"

江晓宇顺着王劲的目光看过去，只见巨大的白色球体下方有一个小小的黑影。

这雕像的位置与众不同，一定有特别的缘由。

两人小心翼翼向前走，十分钟后站到了雕像前。雕像的位置已经在白色球体的下方，白色球体倾斜过来，像是要往这边滚动，给人强烈的压迫感。

雕像长身直立，仰着头，翅膀收拢在身后，两个上肢则尽量张开，仿佛是在拥抱身前的巨大白球。

雕像站在圆台上，雕像的前方，另有一个圆台。

那最靠近球体的圆台是空的。

江晓宇和王劲对望了一眼，两人都明白这意味着什么，那空的平台，是留给人类的。

"这里所有的外星人至少有七八十种，真没想到，居然有七八十种文明走在了地球文明前边。"江晓宇感叹道。

"也不能这么说，它们只是被收集来的物种。只有这艘飞船的主人，才代表走在地球前面的那个文明。"

"如果只是收集物种，布鲁诺时代的人类就可以站在这里。它们来和人类接触，是因为人类初步进入了太空时代。"江晓宇的语气格外平静，"所以能够站在这里的物种，至少都已经能够开始太空时代的建设，就像我们建设了'天帆一号'。"

说到这里，江晓宇顿了顿，像是想到了什么，"没错，是'天帆一号'。它的规模改变了地球的形态，从太空里很容易观察到，这大概就是外星人口中的人类进入太空时代的标志。"

"它能把探测器送到地球，根本不需要看到'天帆一号'才认为人类进入了太空时代。它可以看到卫星，看到飞船，还能截获无线电。"

"你说的没错，我说的只是一种可能。"江晓宇看着王劲，"现在我们终于跟上了，它们给了我们门票，但门票不是没有代价的。"

王劲明白了江晓宇想说什么，抢着说道："我去！我正好想要看看，这外星人究竟怎么一回事！"

江晓宇摇摇头。"如果只能从我们两个人中选，应该我去。"

王劲急了："为什么？"

"爬到第五个台阶的时候，我就猜想可能会这样。我仔细比较了我们两个的情况，我去比你去合适。"

王劲撇了撇嘴:"净瞎说。"

"你的家人在地球上等你,我的家人在地球上等我。我们都应该回去。但是你全家都指望着你,你回不去,国家肯定会给补贴,会以烈士家属的规格照顾你家人,但他们需要的照顾,不是国家可以顾得过来的。"

王劲沉默了。王劲母亲早逝,全靠父亲一手拉扯大,父亲年纪大了以后,腿脚不便,全靠媳妇照顾。媳妇很贤惠,也很支持他的事业,然而她没有收入,家庭经济全靠王劲的工资。太空行走员收入颇高,然而如果真成了烈士,抚恤金恐怕也不会高过他多年的工资,更棘手的是,媳妇也就完全没有理由和老父亲住在一起。谁来照顾老父亲会变成一个难题。

江晓宇也沉默着。这个生死关头,必须要想清楚,不仅自己要想清楚,王劲也要想清楚。两个人,一个会成为这万神殿里的雕塑,另一个人则是外星文明的唯一目击者,回到地球,会有数不尽的荣誉和金钱,还有亲人温暖的怀抱。他相信王劲并不在乎荣誉和金钱,但王劲终究有在乎的人。自己也有,只是……

过了半晌,王劲终于开口了:"嫂子怀孕呢,等你回去。"

"就是孩子把我召唤到这里,这大概是天意。记得当初行走员的抢险规矩吗?"

王劲犹豫着,不肯回答。

"结了婚并且有子女的先上,然后是结了婚但没有子女的,最后是未婚的。"江晓宇的目光盯着那巨大的白色球体,"我已经有后代了,遗憾会少一点。"

"这规矩早就没人理了。"

"现在我们得讲规矩。你回到地球,帮我照顾她,她该恭恭敬敬喊你叔叔。"

江晓宇打开行走服，掏出一幅画来，递给王劲："帮我把这个交给陆帆，告诉她，这幅画陪我走到了最后。我会一直想念她，也请她照顾我的父母，孩子的爷爷奶奶。"

王劲接过画纸的手在抖。

他的脸部肌肉也开始发抖，强忍着不让眼泪掉下来，哽咽着说："江头，我……"

江晓宇拍了拍王劲的肩膀，平静地说："在这里，我们代表人类。不完成外星人的这个仪式，地球的危险不会过去，你也没办法回去。我有种直觉，一切都会好的，也许并不是死亡，而是超度，那么我就是占了便宜。你必须让我占这个便宜，谁让我是队长呢！"

江晓宇脱下行走服，向前走去，他踏上高台，回头向着王劲挥了挥手。

王劲再也忍不住，哇的一声哭了出来。

不易觉察的光笼罩在江晓宇身上，江晓宇的身形仿佛瞬间凝固了，保持着挥手的姿势，一动不动。

高台载着江晓宇朝白色球体移动，片刻间便消失在白球的光芒之中。

突然间，白色的球体变得黯淡无光。王劲抹了抹眼泪，抬头看去，黯淡的球体变得更暗，仿佛电影开场前变黑的屏幕。屏幕中央出现了一个细小的光点，横着向两边延伸，将屏幕一切两半，各自向上下卷起，显露出后边的影像。

一个人影出现在白球上，仿佛一个顶天立地的巨人，正低头俯瞰着自己。

"江头！"王劲又惊又喜。

"我不是江晓宇，虽然我拥有他的全部记忆。"巨人回应，"我是这艘飞船的主人，我代表太空社会而来。你可以称我为使者，也可以称我为接引人。很高兴能在这里看到你，地球人。"

王劲向后退了两步。巨人拥有江晓宇的容貌，拥有他的声音，看上去就是江晓宇。王劲正想说点什么，巨人突然间消失不见。白色球体的顶部如莲花般绽开，巨大的花瓣向外舒展，仿佛随时可能倾轧过来。

王劲不由自主又向后退出十多步，猛然惊觉身旁多了几个身影，原来不知不觉中，自己已经退到了那群环绕着白色球体祈祷的外星人雕塑旁。他停下脚步，站在外星人的雕塑中间。所有的雕塑都用同样的姿势面向中心的莲花台，所有的雕塑仿佛都带着无比肃穆的神情望着莲花台的顶部。

一股冥冥的力量浸透全身，王劲仿佛被什么无形的力量指引着，笔直肃立，抬头望向高高在上的莲花台。

高台从莲花台中央升起，江晓宇站立在高台上，保持着那挥手的姿态，仿佛仍旧在向自己告别。

高台不断升高，不断升高，一直向着那无限高远的穹顶而去，渐渐地成了一个小小的黑点，最后融入穹顶之中，再也看不见。

这仿佛是一场无比盛大的送行。王劲站在那儿，一动不动，心头激荡不已。

绽开的白色球体恢复了原状，巨人再次出现在王劲眼前。

"江晓宇走了，所以你可以明白，我并不是他。"巨人说道。

"他去了哪里？"王劲急切地问道。

"他的躯体会被送到永恒之境，然后再回到这艘飞船，和所有这些智慧生命的代表同列。他的意识和记忆就在这里，他是我的一部分。他完成了他的使命。"

王劲木然站着。江晓宇永远不会回来了。眼前的巨人仿佛一个神灵，江晓宇真的成了神灵吗？他会保佑地球？还是他完全消失了，外星人只是借用了他的躯壳？

无论怎么样，此刻在这里，代表人类的只有自己！

"接引人，你们打算怎么对待地球？"王劲打起精神，尽量昂首挺胸，直视巨人。

"太空社会对人类的看法并不统一，人类的个体过于自私，智力也并不卓越，你们的历史无数次证明，你们的文明很可能演化为崇尚暴力，欺压弱小，统治者贪得无厌，贫贱者相互坑害。因为一点看法的不同就相互攻击，甚至夺取生命；为了自己能享受奢侈的生活而不惜剥夺同类生存的权利；为了维护自己的地位威胁全世界陪葬；只为今天而活，不管子孙后代的世界是否洪水滔天，甚至不在乎是否还有子孙后代，不在乎人类明天是否存在。拥有了高度的技术文明，却始终无法拥有高度一致的长远规划；了解了宇宙真理，却仍旧崇信神灵，迷信个体……对人类的了解越多，评议会就越发感觉到人类内在的不稳定，成为早衰文明的风险极大。"

巨人的声音在万神殿中回响，王劲默默地听着，紧攥双拳，手心里都是汗。巨人仿佛是在对人类进行宣判，而自己则代表人类出庭受审。判词听上去很不利，但应该会有转机，否则它们不会给江晓宇进行洗礼。

王劲顽强地站着，保持昂首挺胸的姿态。

"然而，你们的文明展示出强韧的生命力，展示出团结和平的希望。一个只知道争斗的物种不可能制造出'天帆一号'这样的行星级工程，评议会从未见过一个模糊文明能有如此快速的发展，这也是我带领接引飞船来到地球的根本动因。这个世界是否值得接引，这是要我回答的问题。我获得了江晓宇的意识和记忆，我获得了对人类更多细微的观察，但我仍旧无法给出确定的答案。"

巨人说完盯着王劲。王劲迎着它的目光，巨大的身影让人看起来如此渺小，然而再渺小的人也可以挺直胸膛。

我们的身后是全人类！

江晓宇说过的话似乎在耳边回响。

王劲渐渐地平静下来，身体不再那么僵硬，高挺胸膛也不再那么艰难。

"你的答案究竟是什么？"王劲沉着地吐出问题。

"地球人，跟我来！"

随着巨人的话语，世界骤然间一变。

20

听 证 会

"所以，外星人是因为'天帆一号'才会降临地球的？"

"是的。这个初始文明最早成为银河中的太空种族，它们发展出一整套办法，对星球的文明程度进行判断。如果星球上还没有发展出太空科技，探测器会进行试探和验证，这是布鲁诺所遭遇的事。探测之后的监控才是重点，银河中诞生了智慧生命的星球数以百万计，创造了文明的智慧生命成千上万，但很可能迟迟发展不出太空科技，甚至永远不会有太空科技。这个初始文明探测过数以百万计的星球，被它监控的星球有六万多个。它通过掩光效应来监控所有拥有技术文明的星球，一旦发现星球上出现了'天帆一号'这样的行星级工程，它就会降临。地球是它降临的第一百二十二号文明。"

"这么说起来，我们的文明进展挺快。"

"地球文明属于模糊文明，当时在'萤火六号'上的五个人都听外星人说过。至少有三个文明属于接引文明，它们在初始文明的启发下，不到一百个地球年的时间，就成功和初始文明接触，完成了向太空文明的演化。"

"你的意思是，地球文明其实进展并不算快？"

"是的。"

听众席上响起了嗡嗡的议论声。

"王劲先生，现在我们要对你和江晓宇脱离了'萤火六号'之后的行动进行听证，因为没有任何目击者能证明你的证词，你需要面对国徽再次宣誓。"

王劲举起右手，面对国徽，开始宣誓。

听证会主席台上,李甲利坐在张部长身边,看着王劲,心头有无数种情绪在翻滚。

王劲是被外星人送回来的。和"萤火六号"被送到了拉格朗日点不同,王劲直接被送到了塔克拉玛干沙漠里,和那些被退回的武器在同一位置。"萤火六号"上的三名航天员还在被太空军护送回地球的途中,王劲已经先到了。

几乎就在王劲回到地球的同时,陆帆被成功营救的消息也传来了。心门的恐怖分子耍了一个诡计,并没有把陆帆带去海上,而是把她藏匿在一街之隔的另一个小区里,准备找机会再带走她。女儿安全归来的高兴劲还没过去,更重大的消息传来——外星飞船走了。

就在众多间谍卫星的全方位无死角监视下,外星飞船突然间收缩成了一团黑影,恢复成了黑飞船的形态。就像最初发现它的时候一样,完全不可见,吸收所有频段的电磁波,只能通过高亮背景观察到它的存在。黑飞船向着外太空而去,很快就隐没在太空背景之中,再也无法追踪。

这接二连三的消息背后,就是王劲的证词:就在那时,江晓宇融入了外星人,成了星际大家族中人类的代表,成了外星人本身。王劲是他送回来的,陆帆的下落是他提供的,他还直接杀死了所有的恐怖分子,让他们看上去都像是突然因为心肌梗死而暴毙。这大概是确认的唯一一起外星人直接杀人事件,因为陆帆证实,当时屋里的电视画面上出现了江晓宇的影像,他还安慰她,向她保证一切都会过去。更可怕的是,心门这个组织几乎一夜鸟兽散,裴黎阳报告的情况是心门的财务出现了大问题,所有的比特币钱包密钥全部丢失,不知道是谁干的,无法解释,只能视为外星人事件。

外星人如果真想杀人,大概全世界最强大的军队和安全系统都无法防范。

还好它们没有敌意。

"是的，江晓宇说他选择去，这是他的决定。他让我把这幅画带给他的妻子，还要托我照顾他的女儿。"王劲说话的时候，声音忍不住发颤。

他拿起身旁的画，展示给主席台上的人们。

陆帆坐在听众席上，哭成了泪人。

李甲利摘下眼镜，默默地擦了擦眼睛。

"现在请你陈述江晓宇进入外星装置后发生的情况。"听证会主席发话。

"江晓宇站在圆台上，他当时就不动了，就和那些外星人雕塑的情况一样。然后圆台载着他进入那个白球……

"他的影像一下跳出来，整个白球将近百米高，成了一个巨大的投影屏幕。江晓宇站在那儿，就像是一个巨人站在我面前和我说话。他说，会送我回地球，但是在我回地球之前，需要了解一些事。

"他说，他不是江晓宇，他只是借用了江晓宇的外形。当江晓宇进入接引白球后，他的意识就被复制，躯体则成了一个空壳。他的躯体被送往永恒之境，然后会被送回接引飞船，和其他智慧生命的代表并列。而他的意识吸收了储存在飞船中的海量数据，成了一个全新的存在。江晓宇只是他很小的一部分。它是一个新的存在，从江晓宇的意识上生长出来的新人。它能理解一百二十二种文明，知晓银河系十万光年内的所有有生命的星系，发展出文明的星球，智慧生命的家园，他们各自的特色，还有初始文明的巨大城堡。在距离地球一千四百五十六光年的一颗红矮星上，初始文明建设了以恒星为核心的伟大城市，它像是银河的心脏，跳动不停，把活力输送到每个能够飞向太空的种族,助力他们飞向太空,成为不朽的存在。

"它使用了某种虚拟技术,我就像身处太空中一样,以超越光的速度跟着它在太空中飞行。我们穿过了太阳,穿过了太阳系的外围,我看到了旅行者一号,它已经完全失去动力,失去了功能,它被撞击过多次,看上去残破不堪,成了漂泊在太阳系外围的一块废铁。我从半个光年之外看到了太阳系,它就像一个巨大的蛋,包裹在一层稀薄的外壳之中,而中心有一个明亮的橙色光点。

"我跟着它,绕过银河旋臂上的巨大尘埃云,抵达了初始文明的起源星系。我看见了永恒之境,那个以恒星为核心的超级城市,像钻石一样发光。到处都是飞船,和我们所见到的那艘星舰一样,几十公里长甚至上百公里长的星舰,像飘扬的雪花一样散布。我无法数清它们的数量,它们围绕着永恒之境,就像碎裂的石块堆积在珠穆朗玛庞大的身躯之下。

"它说,地球人应该前往这个伟大的城市,去和银河间最伟大的文明创造者会合,加入超然文明的建设。地球是人类的摇篮,银河是超然文明的摇篮,广袤的宇宙才是真正的舞台。来自不同银河的超然文明终将会合,然后,它们将背负起最终的使命,逆转宇宙和人类的命运,超越宇宙本身,将文明带入下一个轮回。

"它从我眼前消失,但我的感知仿佛被某种神奇的力量所牵制,我正飞快地冲向银河的核心,穿越了那里的巨大黑洞,然后跳出了银盘,从空中俯瞰整个银河。银河在我的脚下,三千亿颗恒星的光辉照亮我的眼睛,然而几乎就在一瞬间,它已然成了遥远天空中小小的光点。无数的银河在我眼前发光,它们不是恒星,因为我所处的空间是一片虚无,不在任何银河之中,也就看不到那些汇聚成银河的恒星,而只能看到它们共同发出的光芒。

"我不知道它是否把我带到了百亿光年之外,因为就连星星点点的银河都变得不可辨识,整个宇宙像是羽毛一般轻盈,也可以说那像是青烟,一缕缕,一道道,汇聚成编织物一般的结构。我想,我看到了整个宇宙,或者是它暴露出来的一角,巨型结构。

"接下来的发展已经超出了我的理解。不像是真实的图景,而是它投射在我大脑中的幻影,或者说是一种经过了修饰的描述。发亮的编织物纵横六百亿光年,我看到的显然并不是光,因为在光速有限的世界里,任何真实世界中的人,都只能看到一个历史重重叠加的宇宙,一个光的游戏,而无法看到一个六百亿光年的物体全貌。

"它说我的判断是正确的,它正把我带入不属于宇宙自身的世界里,甚至连超然文明也无法触及,只能依据物理的规律来描摹。我眼见着宇宙在我眼前升起,它像是一个发光的气球,飘浮在虚空之中,并且仍旧在不断膨胀。虚空中也有别的光球,有的光球飞速膨胀,最后爆炸,在一瞬间归于虚无;有的光球正在缩小,就像是泄了气的气球,一点点萎缩。大多数光球就像我们的宇宙一样,温和膨胀,静静地悬浮。然而让人惊异的不是数不过来的宇宙光球,当我的知觉中涌入了成千上万的宇宙,一个个宇宙都成了细小的星点,它们无规则地分布在一片金光闪闪的世界里。它们的背景并非实体,而是快速地闪烁,量子涨落,瞬间起,瞬间灭,亿万涌起,亿万寂灭,宇宙的种子在汹涌的涨落潮中萌发,幸存者爆发膨胀。

"这是狄拉克海的世界,超然文明向往的远方,就像人类向往着冲出太阳系。

"它把我带回到我们的宇宙之中,这一次,它让我见到了宇宙的内部。物质的纤维编织出时空之网,只是薄薄的一层膜,包裹着宇宙内部的空间,内部空间才是宇宙的主体,我们的科学家称之为暗能量。暗能量的世界里物质无法存在，然而如果能在暗能量和物质之间制造一层隔离，就能存身其中。三维时空造就的保护层，让飞船可以进入宇宙球内部，自由来去，虽然不能瞬时抵达，但也不会再受到光速的制约。从银河的一端到另一端，跨越十万光年，最快只需要三百年。

"然而即便只是三百年，对于生命的躯壳仍旧过于长久，无法承受。太空文明需要强韧的种族，蛋白质的躯壳终究过于脆弱。超然文明在七千万年前完成了从生物体向虚拟体的转变，那时的地球，恐龙仍旧霸占着海洋和天空，人类尚未起源。初始文明献出了三百亿个体的生命，三百亿的个体都在永恒之境中永生，它们开始自称超然文明。它们在虚拟的时空之中，过着全然智性的生活。这样的情形持续了两百万年，超然文明停滞不前，甚至像是一潭死水，再无波澜。智者明白其中的奥妙，没有了生生不息，自然也就不会有繁荣昌盛。探测器飞向银河的各个角落，数以千计的接引飞船被制造出来，超然文明开始探察那些有可能诞生智慧生命的星球，帮助它们进入太空，接纳它们成为超然文明的一员。这些后来者各有千秋，然而总会带来新的文化，新的契机，它们就像活水，注入超然文明庞大却死气沉沉的躯壳中，让它焕发新生。银河找到了正确的模式，心脏开始跳动，而文明逐次成长，生生不息，繁荣昌盛。一百二十二个文明像珍珠般散在银河的各个角落。数以万计的初级文明在小小的星球上缓慢成长，全然不知道遥远的银河深处，超然的智慧生命正在等待它们的成熟。银河成了一个有序的世界。

"最后是关于地球的命运。

"一刹那间，它带着我回到了地球，回到了'天帆一号'。整个地球和'天帆一号'连为一体，全然透明，人们就像生活在水晶球里，一览无余：人们的忙碌、休憩和欢笑，人们的无聊、沮丧和悲伤；人类在建设、在奋斗、在为一个美好的明天而努力；人类也在破坏、在争斗、在撕裂这个世界，向未来投去长长的阴影。当年的地球被判定为模糊文明，今天的地球磕磕碰碰仍旧没有达到接引的标准。'天帆一号'虽然是个行星级的工程，却很薄弱，地球人类的行为也远远谈不上成熟。

"所以它不会立即对地球文明采取接引行动，而是会等待。等待地球文明的成熟。

"它带我落在木卫二的冰层上。巨大的木星像是天空一般悬在头顶，脚下的冰原一望无际，一道两米宽的裂缝正在喷射强劲的水汽，水和冰的混合物向上直冲，高达上百千米，仿佛通向木星的一座大桥。

"它带着我穿透冰层，一路向下，厚达三万米的冰层中，埋藏着接引飞船。接引飞船可以容纳二百亿个数字化的生命，足够转化所有地球人。然而，就像其他接受了接引飞船的文明一样，只有少数人会融入太空，多数人仍旧会保持原有的生活方式。这少数人，便是地球文明进入星际的代表，是地球文明永续的保障。

"'这是来自超然文明的馈赠，但需要你们自己去取。当你们来的时候，我会再次出现。'它是这么说的。

"它还说，'这是一个考验，如果地球人无法在一百年的时间内抵达木卫二并取出飞船，地球文明将被判定为潜力不足，永远失去进入太空社会的机会。'

"'回去吧，王劲，回家。'这是它最后的话。

"然后，我就回到了地球。"

王劲做完陈述，大厅里寂然无声。

虽然早已经听过王劲的讲述,再听一遍还是让人一下子很难回味过来。遥远的银河深处有太多的秘密,超然文明仿佛就像神灵,无法不让人深深敬畏。

在敬畏中,无人提问。

听证会结束了。李甲利带着陆帆避开熙熙攘攘的退场人群,躲进了贵宾厅。不一会儿,门外就传来一阵喧哗。

"王劲先生,请问……"

"对外星文明,能接受一次专访吗?"

"请问您是否和江晓宇先生有矛盾……"

……

门开了,两个身穿黑色制服的安保人员护送着王劲挤了进来。一进门,保安便立即返身,将试图挤进来的媒体推到门外,自己也跟着出了门。门锁嗞的一声,锁上了,贵宾厅里只剩下王劲和李甲利父女面对面。

李甲利和陆帆站了起来,面对王劲,一时间沉默无语。

"嫂子,对不起。"王劲向陆帆深深鞠躬。

陆帆连忙上前一步去拦他:"别这么说,你和晓宇是好朋友,他经常和我提起你。也感谢你把他的话带回来。"

王劲见陆帆来拦自己,也不敢强行用力,半躬了身子便算是完了礼,向后退了一步。

陆帆缩回手来,脸上带着一丝惨淡的笑容:"把东西给我吧!"

王劲翻开皮包,掏出相框,躬身将皮包放在地上,然后双手捧着相框,毕恭毕敬地递给陆帆。

陆帆接过来。相框里,正是自己给晓宇的那幅画。

金色的太阳挂在黑色的天空里,五彩缤纷的膜平面一望无际。这模仿凡·高风格的画,是自己送给晓宇三十五周岁的生日礼物。那时候,晓宇说很快"天帆一号"就可以完工,他就可以退出一线返回地球,没想到转眼又是八年,四十三岁了,他还在"天帆一号"上。现在,他永远回不来了。

陆帆摩挲着画,轻轻地说:"我送给他这幅画,让他别去太空了,我画给他看。他说,我的画不能发电。他说,等'天帆一号'完工,他就回地球,陪着我,和我一起看大海,看日出,看'天帆一号'。但是他骗我,'天帆一号'一期完了还有二期,他就是放不下,本来五年前他就该回来了。"

陆帆说着眼睛一红,眼眶里满是泪水。

王劲心头一阵酸楚,江晓宇是自己的战友,是自己的兄长,更是自己的老师。回想这二十多年,从只有十五个人的太空工程队发展到上千人的建设工程部,江晓宇不仅是个劳动模范,给大家树立了榜样,更是个优秀的领路人,数以百计的人经过他的指导,成为合格的太空行走员,也正是因为他毫无保留的传授,自己的技术和理论才能过关,才能晋升首席工程师。江晓宇要退出,要回地球,自己却借题发挥,在队里诋毁他,孤立他。大约那时候,自己也隐隐有些妒忌吧,想要后来居上取代他。不仅取代他的职位,也取代他在人们心中的地位。然而江晓宇又何尝想过这些呢?或者他想过,却根本不在意。他的胸怀比自己宽广得多,能力也比自己强大得多。小人竟然是自己。

"我对不起江队,他要回地球,我一直说他的坏话。我对不起他,对不起您!"王劲又深深鞠躬。

抬起头来,王劲郑重其事地许诺:"嫂子您放心,只要您有事,就吩咐我,我一定全力给您办好。我……那时候真该让我站上那个圆台!"他说着鼻子一抽,眼眶也红了起来。

李甲利走上前，拍了拍王劲的肩膀，说道："小王，不要想太多了。晓宇他不是死了，他只是变成了另一种形态，对吗？'天帆一号'还等着你呢，我看过晓宇写的调职申请书，你是他推荐的第一人选。经历这一次波折，'天帆一号'的建设还要再加快，你的担子很重。把'天帆一号'建设好，这肯定是晓宇的心愿。"

王劲使劲点了点头。

"他的确没有死，他回来过。"陆帆将画抱在怀里，"我们会再找到他，见到他的，对吗？"

王劲向李甲利看了一眼，李甲利微微点头。

"没错，我们会去木卫二，会找到那艘飞船，他就在那艘飞船上等着我们。"

贵宾室外边仍旧围着一圈记者。王劲和保安一道护着李甲利陆帆父女俩离开，然后躲进了部里为自己特设的住所。

他坐在花园的秋千椅上，慢慢地晃荡起来。部里安排的住宅很豪华，自己这辈子也没有经历过这样的享受。然而，这似乎并不重要，天上那壮阔的膜平面，飞船里那辽阔高远的万神殿，像是图腾一般召唤着自己。

他抬眼望着南方天空。"天帆一号"正如启航的风帆般悬在天空中，醒目而张扬。

"我会找到你的。"他想起自己最后对江晓宇说的话。那时候，江晓宇代表着外星人，而自己，就代表地球人类吧！

有生之年，我去不了，我们的后代也会去！

尾声

希望

巨大的发射架高高耸立，"地球号"火箭飞船直指蓝天，在发射架周围，玻璃和金属结构的建筑群被绿色的大小山坡环绕。

远方，青碧色的大海微波荡漾，仿佛一道长线压在地平线上。

塞丘索非拉发射场正在经历从未有过的热闹场景，"地球号"将从这里飞向太空，飞向八亿公里之外的木星，抵达木星最大的卫星木卫二。这是人类第一次尝试在这颗被厚厚的冰层包裹的卫星上降落，是人类第一次尝试追上外星人的脚步，向深空进发。

这非同凡响的发射仪式聚集了全球近三分之一的政府首脑，两千多名各界相关人士，通过在线直播参与的人更是不计其数。

为了这次发射，全球通力合作，共同努力了二十七年。发射载人飞船，降落木卫二，挖掘三万米冰层，进入外星飞船。这个复杂的任务没有各国政府的通力合作，不可能完成。"地球号"飞船能够成功发射，是全人类的骄傲，也是全人类的希望。

远征大厦是观看发射最好的位置，甚至比发射场自有的贵宾席更好。"地球号"实在太大了，三百三十五米的高度，在贵宾席上观看，它就像一栋大厦般具有威压感。而从远征大厦三十二楼的落地窗望出去，能看到它的全貌，粗大的火箭装置托着底部，像是四根坚实的立柱，"地球号"本体则仿佛四根立柱环抱住的一座高耸尖峰。

陆帆站在观景窗前，一动不动地凝望着那艘巨大的飞船。曾经答应要回来的人，不会再回来，这一次答应要回来的人，会不会又食言……

"妈！"一声清脆的喊声从身后传来。

陆帆惊喜地转过身，女儿就站在面前。这个死丫头，不知道什么时候悄悄到了自己身后。

"又吓我！"陆帆嗔怪了一句。

江念跨上两步，挽住陆帆的胳膊："我请假出来的，您的面子可大了，王指导知道我是来见您，二话没说就放行了。还告诉我，在飞船发射之前，我都可以陪着您，这可有两天时间呢。"

"那正好，你就帮我看着画展吧。"

"啊，不会吧？我还想带您到处转一转呢。对了，王叔说，您到了也没告诉他，他还问您住哪儿。"

"你没告诉他吧？"

"我不知道啊，妈，您住哪儿？"

母女俩一边说一边往外走。在门边，陆帆提上了自己硕大的布口袋。

茶室里，两人面对面坐着。

陆帆端详着女儿的脸，黑了不少，原本娇俏的面孔显得坚毅起来，尤其是剪了短发，看上去更是成熟干练。算起来，自己已经快一年没见过女儿了。

"你越来越像你爸了！"陆帆感慨了一句。

"妈！"江念出声制止。每一次提到父亲，母亲总会不由自主地哀伤起来，最后无法收拾。大概妈妈是搞艺术的，总容易沉浸到强烈的情绪里。在这种公众场合，回避是最好的选择。

"多带几套内衣，勤快点换洗，不管什么情况，总得干干净净的。"

"放心吧，这都是计划里有规定的内容。穿到太空里的衣物，那都是特制的，得上万元一套呢！你在市面上想买都买不到。"

"再好的料子也不可能不脏啊,尤其是贴身穿的。"

"知道了,妈!"江念做出一个无奈的表情,"妈,最近画了什么新作?"

"你这一说我还真有,特意给你带来了。"陆帆说着从身旁的布袋里掏出一个黑色的小机器。

"是电子画啊?"

"是啊,怎么了,以为我学不会啊?"

"怎么可能,您这么聪明的人!我就怕您学得太多了。"

陆帆笑着摁下了小黑盒上的按钮。黑盒如莲花般打开,八个尖端同时放光,汇聚在三十厘米高的位置,立体的画像浮现在桌子上方,光影绚烂,顿时引起了其他顾客的注意,纷纷向这边投来目光。

这是一个地球,长了翅膀的地球,正在茫茫星海之间翱翔。

"这是给我画的?看着像儿童画一样。妈您这是返璞归真了啊!"

"这是我受联合国太空开发署的邀请画的,什么儿童不儿童的,别瞎说啊!要真说是儿童,那人类面对太空的时候,可不就是儿童,还没长大呢!"

"您这么一说,倒真是深奥起来了。"江念顽皮地笑了笑,"这是给我的吗?我可以带上飞船的,我有二十公斤的私人物品配额,还没用完呢。"

"就是给你的。这是小样,真正的画作归联合国了,现在就在画展里放着呢,比这个大十倍。"

"啊,太好了。那我就收下了!谢谢妈妈!"江念关掉开关,把小黑盒揣进了兜里。

"还有一样东西,也要你带着。"

"是什么?"江念笑吟吟地问道。

陆帆从布袋里掏出一个相框。

江念脸上的笑容消失了。她认得这个相框,这是母亲的宝贝,藏在箱子里,从来不拿出来示人。只有一次,是自己被选作备选航天员的那天,妈妈特意取出来给自己看。这是一幅"天帆一号"膜平面的画,是母亲画给父亲的,后来被王叔从外星飞船带回来。这大概是地球上唯一一件留存在私人手中的外星归还物件。

然而对母亲来说,这是她对父亲的念想。

"你从来没见过你爸,我怕他认不出你。但是他肯定能认得这幅画。"

"妈,世界银行开价两亿向您求购,您都没卖呢!"

"钱这东西,生不带来死不带去,人这一辈子,可不就活一个念想吗?你爸他成全了他自个儿,我也得成全自己啊!把它带去见你爸,让他收下。我当年送给他的,他还得自个儿留着,不能落我这儿。本来是想让你王叔带去的,但既然你去了,还是交给你比较好。"

"我们是去见外星人的。"

"你爸就在那儿。"

江念看着母亲坚定的面孔,不敢多说,默默地接过相框。

"带这个去,恐怕得需要联合国太空开发署的批准,不然这么高价值的物品,会违规。"

"违规?这东西是我的,交给我女儿,由我女儿处置,谁能说什么?"

"妈!"江念打住话头,"外公呢?他不是和你一起来吗?"

"他算是退休高官,政府安排。我可是赞助方安排来做画展的。你这么大了,还不明白区别啊?各走各的。你没看到我的待遇比他可好多了。"

"啊，妈您真是太厉害了！我敬您一杯！"江念端起了茶杯。

江念挎着布袋回到基地的时候，王劲已经等候多时了。

"回来得正好，要是再不回来，我就要把你紧急召回了。"

"怎么了？您不是准了我两天假吗？"

"那是正常情况，现在有特殊情况。发射总指挥要见你。"

"见我干什么？"

"你外公来了。"

"啊！"

"总指挥还怪我，说我怎么不告诉他你是李甲利的外孙女。"

"难道他不知道吗？"

"谁知道啊，总指挥……他连你爸是江晓宇都不知道，业务之外的事一概不问，我都不知道他怎么能当上总指挥的。"

"你不是他最好的朋友吗？基地里人人都这么说。"

"大概是他看我最像他，投缘。"

两人一边说一边走，不一会儿已经到了会议室门口。

"我先去换制服吧。"

"不用，非正式会面，你只要在基地就好，不算我违规。"王劲说着推开办公室的门。

"陆陆！"屋里传来一声熟悉的呼唤。

陆陆是自己的小名，长大后渐渐地大家都不这么喊了，只有外公还一直喊自己陆陆。

"姥爷！"江念应了一声，跨进了门里。

办公室有好几个人，连钱船长也在。钱船长从来都是不苟言笑的样子，对所有船员的考核都特别严格，江念一下子紧张起来，不由自主挺了挺脊背。

317

钱船长笑了，说道："江念，放松点，现在不是在执行任务。"

钱船长身旁站在一个外国人，戴着翻译耳机，显然并不会说中文。

"这是江晓宇的女儿？"老外用英文问。

"是的，她是江晓宇的女儿江念，是'地球号'上最年轻的船员，技术考核第三名，理论考试第一名，综合考核第六名，很了不起。大概这就是天赋。"钱船长说道。

从来不夸人的钱船长居然说出这样一番话，江念一时有些尴尬，不知道说什么，只能微笑。

"陆陆，到这边来。"李甲利招呼外孙女。

江念赶紧跑过去，靠在姥爷身边，顿时感到轻松了很多。

"我给你介绍一下，这位是麦克斯，他是美国航空航天局的特聘专家，也是联合国太空开发署的一级巡视员，是量子边界项目的负责人。"李甲利说着转向麦克斯，"你还有什么头衔？自己介绍一下？"

麦克斯摇了摇头，扭头对江念说："我是江晓宇的同学，也是他的好朋友。"

"您是麦克斯，麦克斯·摩尔？怪不得这么眼熟，我见过您的照片，在教材里。您定义了临界发动机！我妈也经常会提起您，她每年都收到您的生日祝福，谢谢您！"江念惊喜地说。

"我做得不够，你长这么大才第一次见到你。我应该早点儿到中国拜访你和你妈妈。江晓宇有你这样的女儿真是太好了，我为他感到高兴！"

"谢谢！"

李甲利指着总指挥说道："裴黎阳，你们的发射总指挥。当年就是他组织人手救下你母亲的，他从军队转到航天部，结果成了最内行的专家。"

"总指挥好!"

裴黎阳对着江念点了点头,扭头看向王劲:"王指导啊王指导,江念是江晓宇的女儿,这事我居然一直不知道,这可赖你啊!"

王劲点了点头:"怪我,怪我!等发射成功了,我自罚三杯。"

"张高菲,十年前退役了。她现在是个旅行家,专门到世界各地旅行,是著名的播主。"李甲利指着裴黎阳身边高个子的女人。

江念仔细看了张高菲两眼,她个子高挑,皮肤小麦色,一头卷发乌黑亮丽,穿着一件白色礼服,肩头扎着一朵红花,衬得十足贵气。眼角边虽然鱼尾纹明显,然而一双眼睛格外有神,看着很年轻的样子。

"您好!"江念礼貌地打了个招呼。

"高菲当年是航天部的一级驾驶员,评级是特等。要是她不退役,说不定现在就是你的指导老师了。"

"李老您可别这么说,我担不起啊!"张高菲看着江念,"看到她第一眼就打心底里喜欢,这精气神都很足啊!"

江念微笑着点头。

"钱船长,钱复礼,他二十七岁登上外星飞船,是登上外星飞船最年轻的一位。正好,江念也是二十七岁,也是'地球号'上最小的船员。"李甲利接着说。

钱复礼点了点头:"江念很了不起,比我当年强多了。"他又转头看向江念,"有的事你也不知道,你父亲是我的师父,我在太空里的训练,都是他亲自带我的。他在太空里行走多年,什么情况都能处置,这么多年,他一直是我的榜样。我们当时五个人进了飞船,你父亲和王指导进了万神殿,而我们三个都被直接送回来了,所以算是不完全见证者。"

"你不是马上就要带队去了吗?每个人都有每个人的使命,你的使命要现在才能完成,不需要那么着急。"

鼓励完钱复礼,李甲利望向江念,眼里满是慈爱:"陆陆,今天我请这些叔叔阿姨来,是想给你送行。'地球号'执行的是从来没有过的使命,面对的是无法预知的情况。这些叔叔阿姨都曾经勇敢地面对过它,你的父亲曾经勇敢地面对过它。虽然你妈妈反对,但你最后还是选择了航天的路,这大概是命运吧。我不能拦着你,但你也要给我一个承诺,你得回来,回家。二十七年前你父亲离开,二十七年后的今天,你不能再离开。"

江念抱着布袋,看了看姥爷,看了看这些名声显赫的叔叔阿姨。她明白,自己今天站在这里,成为"地球号"的一员,并不是一个偶然。父亲的影响无处不在,自己虽然从未见过他,他却在冥冥之中引导着自己,去向那个群星之间的所在。然而母亲和姥爷姥姥,还有爷爷奶奶,他们不能承受再失去一个亲人的痛苦,他们担心的,无非是自己会像父亲一样消失。

"我一定会回来的,"她郑重地向姥爷许诺,"'地球号'一定会把接引飞船带回来。"

"'地球号'一定会把接引飞船带回来!"站在舱门口,钱复礼向着下方观礼台的嘉宾们郑重宣告。

热烈的掌声绕着"地球号"经久不息。人们为了此刻,等待了太久。在掌声中,队员们依次登船。

江念最后一个入舱。在舱门口,她停下脚步,回头望去。蓝天白云,青山绿树,一切都显得那么美好。她看见了远征大厦,晶莹的玻璃表面让它看上去像是闪亮的纪念碑,她仿佛看见母亲正从那大厦里望着自己。她使劲地挥手,知道母亲一定能看见,然后怀着万般不舍进了舱。

躺在座椅里,系好安全带,江念闭上眼睛。

"干吗不睁着眼睛呢?"芭芭拉的声音传来。

芭芭拉只比自己大两岁,在这艘飞船里,算是自己唯一的同龄人。这个来自美国的宇航员很健谈,很活泼,身上仿佛有着无穷的活力。

江念向着芭芭拉看去,微笑着说:"我闭上眼睛,能够看到更多。"

芭芭拉耸了耸肩。

"地球号"起飞了。巨大的加速度把江念紧紧地摁在座椅中,持续了十多分钟。然后几乎就在一瞬间,压力消失,整个人顿时飘浮起来,安全带紧紧拉住了她。

"预定轨道正常,高度距离地面八千六百七十五千米,相对地球速度十八千米每秒,进入转移准备轨道。飞船预检,临界发动机准备。"主机播报着飞船状况。按照计划,抛掉了助推火箭之后,飞船的聚变发动机会推动飞船上升到转移轨道的高度,然后进入惯性飞行。因为飞船的速度已经超过第二宇宙速度,地球引力无法再拉住飞船,但是会形成一个牵引效果,就像弹弓抛射一样,帮助飞船完成最后的加速。

"全体船员,发射第一阶段完成,可以进行自由活动,十分钟后临界发动机点火,点火前回到各自岗位。"船长发出了指令。

十分钟的自由活动时间简直太珍贵了。队员们纷纷起身,凑到舷窗前,观看离开地球之前最后的景象,江念也和芭芭拉凑在一个窗口向外看。

"真漂亮!"芭芭拉不住赞叹。

江念默默注视着窗外,视野中地球正是白昼,大气层晶莹剔透,就像是一层玻璃罩在地球上。就在地球上方,"天帆一号"仿佛一片洁白的风帆,正要乘风破浪;又像是展翅的巨鸟,正要高飞。

这个属于人类工程的奇迹叩响了外星世界的大门。这是姥爷曾经规划过、父亲曾经工作过的地方。然而自己不会在这里停留,它是属于王叔他们的。自己的世界在深空,在木卫二,在那神秘的接引飞船上。

然而,这里是家。

我一定会回来的。她心中默念。

临界发动机点火准备完毕,所有人都回到了座椅上,等待着发动的时刻。临界发动机将把飞船推入亚空间,虽然这个技术已经有了大量的科学数据和动物试验,也成功通过了载人飞行验证,但这是有史以来第一次应用临界发动机驱动飞船驶向太空深处。

所有队员的心情都异常紧张,有人口中念念有词,似乎开始祈祷。

"点火!"钱复礼船长的声音传来。

飞船微微一晃,世界一瞬间变成全黑,训练有素的队员们在黑暗中悄然无声地等待着。

照明恢复的时候,船长宣布:"成功进入亚空间飞行,一切指标正常。"

大家情不自禁地热烈鼓掌。

一个声音穿透了掌声:"收到异常信号,无法判定来源。是否播放?"

中枢在请示。

亚空间中，正常的电磁信号无法传播，此时收到的信号，只能来自外星人。掌声顿时冷却下来，所有人都看着船长。

"播放。"钱复礼冷静地下令。

飞船的投影屏幕上出现了一张照片。那是一张胎儿B超，幼小的胎儿紧攥双拳，紧闭双目，脸上似乎带着对这个世界的警惕。胎儿在不断变化，飞快长大，转眼间成了婴儿，成了孩子，成了少女，最后成了一个成熟女性，她舒张肢体，全身像是沐浴在圣洁的金光中，散发着蓬勃的活力。她向着屏幕前的人们微笑。

江念惊讶得合不拢嘴。这屏幕上展示的人像，虽然神态不尽然一致，但显然正是自己。队友们纷纷向自己看过来，他们也看出了这异样。

片刻的不安后，江念镇定下来。这是来自外星人的信号，来自那个王叔口中和自己父亲相同模样的外星人，他知道飞船已经出发，人类正奔赴二十七年前的约定。

她望着屏幕上半透明的自己，眼中闪着坚定的光。

"欢迎来到太空世界。"屏幕上的女人微笑着说道。

"地球号"如一道黑影，在无穷无尽的星辰大海之间飞驰。

后 记
太空神秘主义
——致我们永远无法抵达的未来
江 波

　　太空神秘主义，我想用这个词来描述当下的科学时代人类对待外星人的态度。

　　科学的光照亮人间，神的光便消失了。然而人们依旧期待着某种神秘的事物，某种至高力量，某种绝对真理。

　　外星人正好符合这种期待。

　　费米发问："他们在哪里？"

　　如果宇宙的年龄真的有一百四十亿年，而太空中有着无数适宜生命生存的星球，那么就应该有某些外星人早早地完成了科技演化，成为星际物种。他们早该降临地球。然而，地球上并没有找到任何外星人的痕迹，所有冠以外星人名头的痕迹，不是造假就是误解。

　　所以，他们究竟在哪里？

　　这个被称为"费米悖论"的科学问题，有许多可能的答案，最可靠的有两个。

　　第一种可能，物理限制让星际旅行只是一种不切实际的奢望。光速是宇宙的极限，而人类的极限更低，目前飞得最远的飞行器"旅行者一号"，抵达太阳系边缘的速度大约是每秒十七公里，对于人类的飞行器来说这是个很快的速度，但在太空中实在不值一提，作为对比，地球的公转速度是每秒三十公里。到达距离我们最近的恒星系比邻星，大约要飞4.22光年，换算成公里数是一个天文数字，四十万亿公里。跨越这么遥远的距离所需要的时间，超出了生命体能够承受的范畴，成了一件毫无意义的事。从宇宙的尺度来说，人类是生活在太阳系中的微生物，很可能其他智慧生命也是如此。就像一颗被封闭在星系泡泡之中的尘埃，无力逃脱。

我认为这是费米悖论所有可能的答案中，正确概率最高的一个。它的假设最简单，无须借助其他任何假设，就能回答费米悖论。

然而这却是我们最不愿意看到的图景。银河系中大约有三千亿颗恒星，太阳只是其中普普通通的一颗而已，人类却连跨出太阳系都无比艰难，更不要说畅游银河。而银河之外，还有无数的星系，拉尼亚凯亚超星系团如一团轻柔的羽毛，在这个超星系团中，银河只是羽毛末梢的一点微尘。人类相对地球是微尘，地球相对太阳是微尘，太阳相对银河是微尘，银河相对拉尼亚凯亚超星系团是微尘。如果真的任何智慧生命都无法脱离自己存身的星系，那么宇宙这种安排真的太残酷了点儿……

但愿这个答案并不是真相，但愿。

第二种可能，是智慧生命的发展并不像我们所认为的那么普遍，或许人类文明就是银河中最先进的那一个，或最先进的那么几个之一。这样一来，这些银河系先进文明都还没有发展到足够的技术文明高度，都还需要漫长的发展才能彼此接触。

这就需要解释为什么技术文明没有那么普遍。地球上的生命演化了四十亿年，才有今天人类的技术文明。这么长久的时间，可能已经是运气极佳的结果，如果演化之树稍有偏差，或许今天的地球上就不会有技术文明出现。

这当然不是定论，但一些关键节点或许是极小概率事件。我们可以看一看有哪些关键节点。

这里比较简单的方式是参考德雷克方程。

德雷克方程有七个系数，如下：

  银河内恒星数目

  恒星带有行星系的比例（并不是所有恒星都带有行星系）

  行星系中类地星球出现的概率

  类地星球上出现生命的概率

  生命演化形成智慧生命出现的概率

  智慧生命发展出拥有无线电通信技术的概率

  文明持续时间占星球生命周期的比例

这七个系数中，前三个可经过观察得来，可以认为是一个近似常数。不确定的是后四个参数，考虑的是生命演化和文明演化过程。

我们先来看生命演化。

在类地星球上出现生命是一个大概率事件，生命可能到处都是。这里的生命，指的是类似于细菌的微小生物。生命是伴随着地质运动出现的，是物理化学法则的必然结果。这个观点还没有被完全证明，但我对于在实验室中重现生命起源抱有乐观的态度。

从类似于细菌的微小生物演化为智慧生命的概率并不高，我个人倾向于极低。

生命要演化为智慧生命，这个星球的生存条件不能太过于恶劣，也不能一成不变。条件太过恶劣的星球上，生命无法存活，即便起源也会很快消失。像水星、金星这样的环境，是不可能有生命存在的；火星上的生命很可能经历了最初的起源之后就因为环境的恶化而消失。至于说环境的变化，主要是影响演化的速度和方向，从长期来看，没有任何一颗星球的环境是永远不变的，但如果这个环境变化的节奏过于缓慢，那么智慧生命的诞生就要被无限期向后推延。想象一下，如果地球上的雪球时期一直延续，地球上的生命一直以细菌的形态缓慢演化，今天可能也就没有各种大型动物存在，更谈不上智慧生命。所以，有限变化的环境才能促进生物演化。（地球上发生过五次生物大灭绝，然而这些生物大灭绝仍旧属于有限变化的范畴，并没有急剧恶化到无法收拾的地步。什么叫恶化到无法收拾的情形？可以想象一下，如果有一颗比较大的小行星撞击地球，导致岩浆大量涌出，海洋蒸发，地球表面恢复到原始状态，成为一颗火球。这样的毁灭性撞击在宇宙尺度上不过是一个小事件，但足以彻底摧毁所有生命。或者像金星一样，剧烈的温室效应让星球表面的温度达到二三百度，变得彻底不适合生存。）

参考地球的生命演化，最为惊险的一个跳跃是从细菌类型的生命演化为真核细胞生命，这是一次共生，是个偶然性很强的过程。很难说是否在别的星球上也会发生。

生命普遍存在，智慧生命却极其罕见。这是我的第一个结论。

智慧生命是否能发展出类似于人类的文明，发展出无线电技术？这个概率也比较小，但可能比从细菌演化到智慧生命的概率要大一些。

智慧生命在地球上普遍存在，但发展出文明的仅仅只有人类。当然这里可能存在一种误会，因为人类通过竞争消灭了和自身同生态位的其他物种，甚至其他人科人属动物，比如尼安德特人。也许如果没有人类存在，尼安德特人也可以发展出文明，只不过要滞后几万年。

最后是文明持续周期，对这个问题我们无法作答。自从工业革命以来，地球上的所有文明都被关联在一起，形成一个技术文明。这个文明能持续多久？没有人可以回答，因为一个样本量实在太小了，何况我们还身在其中。所以对这个问题，我们只能假设。

乐观点可以认为，我们的这个文明能延续到太阳熄灭的那一天。这近似于技术文明一旦产生，就不可毁灭。

悲观点大概会认为，未来的世界大战会毁灭一切，那么这个时间不会超过千年，或者人类仍旧无力抵抗环境的剧烈变化，落到和恐龙类似的命运，这个时间就是百万年起步。

考察德雷克方程中与生命演化和文明演化有关的四个因素，可以看到其中至少有两个，一个概率极低，一个概率较低。那么整体上，人类在银河中就不会有太多的同类。

甚至也不能排除，人类恰好就是技术最发达的那个文明，人类尚且无法跨越茫茫星海，其他智慧生命也只能望着天空幻想。这种假说被称为长子说。不能完全排除它的可能性，但对于今天的我们，也只是一个聊胜于无的安慰。如果人类就是银河间最先进的技术文明，那么人类距离星际旅行有多遥远，外星人降临地球也就有多遥远。任何对太空探索抱着理性态度的人，都会承认，这件事遥遥无期。

但这至少保留了我们有朝一日成为星际种族的可能，相对于永远被困在太阳系中的宿命，好了太多。

无论是被困在星系瓶子里，还是技术不够先进，对于今天的人类来说，这两种情况无甚区别，望向茫茫太空，我们不会看到任何外星人存在的痕迹。这时，有没有外星人，就成了一个信与不信的问题，也就产生了太空神秘主义这个科幻流派。

太空神秘主义是太空浪漫主义的孪生兄弟。太空浪漫主义的作品，会夸大人类的力量，无限乐观；太空神秘主义的作品中，则会让人类匍匐在外星文明脚下，成为卑微的存在。当人类借助技术的发展高歌猛进，不断创造奇迹，浪漫主义就会大行其道；当人类遭遇技术的瓶颈，无法突破，内耗加剧，神秘主义就会占据主导。

两位以硬科幻著称的大师，阿瑟·克拉克和卡尔·萨根，在他们的作品中都体现出太空神秘主义的思想。这不是一种偶然。原因在于，阿瑟·克拉克和卡尔·萨根，都是距离真正的太空探索活动极近的人，对于太空探索的局限，他们的认识比常人更为深刻。深知无法借助现有的理论框架进行任何有效的星际旅行，也看不到任何技术突破的可能，然而他们又对于宇宙有着深刻的眷念。宇宙星海庞大如斯，奥妙如斯，如果人类连太阳系的门槛都跨不出去，岂不是太可怜了？

如果既要承认现实，又不想放弃希望，唯一的路径，就是走向神秘主义，期望存在着超越了地球技术水准的外星人能够自由穿梭于宇宙太空。外星人可以自由穿梭，意味着人类有朝一日也可以，这大概就是他们由衷的希望。

或者说，他们的内心和阿西莫夫这样的乐观主义者一样，期待着科学的发展永无止境，技术的进步会让人类跨入永恒。然而，理性又让他们无法背离真实世界的约束。

两者折中，就只能请出外星人了。

阿瑟·克拉克的名篇《2001：太空漫游》中，人类如果没有外星人的指点，根本和黑猩猩无异，连杀动物吃肉都不会，更不要提建立文明大厦。萨根唯一的一部科幻小说《接触》中，人类收到来自外太空的神秘电波，成功地和地外文明发生了第一次接触，感受到了神境一般的世界。这些小说都具有极好的故事性，能够把人带入对太空世界的向往中，然而细想起来，便能感受到克拉克和萨根作为理性的科学主义者深深的无奈。他们在自己的作品中寄托理想，寻找一个人类可以永不停息的理由。这和宗教发轫之初对于神秘的崇拜何其相似？

外星人，是以科学的面目出现的超自然力量。在人类所认识的宇宙和人类所能抵达的宇宙之间有深刻的鸿沟，或许可以称之为天堑，甚至可以称之为"无法跨越之深渊"，要从现实的此岸跨到五彩缤纷的彼岸，唯有借助于超自然力量。任何一个科幻作者，如果想要填平这条鸿沟，都只能如此。

对《2001：太空漫游》可以再多说几句。它并非彻底的神秘主义，在太空神秘主义的大框架下，所有的细节都是未来主义的，这也是它成为科幻经典的原因，细节扎实，经得起推敲，能承受时间的检验。而神秘的外星人高高在上，以一种冷淡的姿势冷眼旁观，关键的时刻再助推人类一把。

必须说明，我将外星人称为超自然力量，并不是否认外星人的存在。即便人类真就是银河文明的长子，外星人也总在哪个犄角旮旯里存在着。而更可能的情形，是没有一个文明能够突破星际屏障，只能被约束在星系中。在这种假设为真的情况下，幻想外星人降临地球，就是在幻想一种超自然力量，所以我们在现实中也就看不到外星人。

对于费米悖论，最符合我们对宇宙和对科学认知的解答，就是如上。

所以外星人虽然在那里，但我们够不着，它们也来不了，能够沟通二者的，只剩下科幻了。

太空神秘主义对于科幻小说而言，是加分项。因为人天生就醉心于神秘的事物，即便并不相信，也会受到好奇心的驱使而想要一探究竟。前些年很火的盗墓类型，就是典型的神秘主义，各种荒诞不经的传说，超自然力量推动着几个盗墓贼的奇遇，人物的命运被冥冥之中不可抗拒的力量所左右。在太空神秘主义特色的小说中，来自外太空的力量同样是人类所无法抗拒的，甚至更进一步，它不仅推动个体的命运，还推动人类整体的命运。这不得不让人想到神话。

有人说，科幻是现代的神话。其实并不完全如此，许多科幻小说并不像神话，因为格局太小，不涉及人类整体的命运，甚至不涉及一个地区，一个城市，完全是个体的命运。这样的科幻小说显然不能称之为神话，最多只能算聊斋故事。

太空神秘主义的科幻小说，则和神话十足相似。它是站在我们业已理解的基础上，向广袤的宇宙投去一瞥。太空神秘主义必然不会出现盘古用斧子开天辟地的情形，但可能出现宇宙的爆炸和重启；太空神秘主义不会出现神仙，但会有外星人。外星人不会法术，但可以有高超的科技，以至于看起来像是法术。太空神秘主义不会有吃下去就不老的仙丹，但可以有基因改造和意识上传，从而让人能够通达整个太空世界……假设我们对于这个宇宙的物理限制的看法是正确的，那么人类终将无法避免被困在太阳系中的命运，太空神秘主义也就成了人类和太阳系之外的宇宙沟通的唯一方式。

那是一个我们无法抵达的未来，是永远的想象之地，是科技的神迹，是渺小人类面对广袤宇宙的谦卑和畏惧。

这样一种思想和理念，大概近似于信仰吧。

《天帆》就是我对这样一份信仰交出的一个回答。我真诚地相信，太空电站会在不久的将来成为现实。我真诚地希望，人类可以见到外星人。这两种真诚的情感，造就了这部作品。也希望读者在阅读之后，能够对未来产生一种欣然的向往，对外星文明怀有谨慎的希望。

鸣　谢

完成《天帆》的初稿之后,我请一些师友提前审阅,他们给我提出了宝贵的意见和建议,让这篇小说在面对读者的时候能够呈现更好的面貌,在此谨致以诚挚的谢意。

吴季老师指出了关于天空电站可能存在的技术问题,因为这可能涉及整篇小说的立足点,所以无法进行调整,但吴季老师提及的另一些技术问题则在最后的一版修订进行了补充。吴季老师让我深刻地认识到,面对科学技术,我需要学习的东西还有很多,特别是向吴季老师这样的专家学者学习。

王晋康老师对小说中的一些矛盾和不足进行了坦率的指正,让我在最后的修改中可以及时调整。刘慈欣老师对小说的结尾提出了极有颠覆性的修改意见,给了我深刻的启示。韩松老师在身体抱恙的情况下,仍旧对小说中的国际情势描述的不足予以了指正。对三位科幻前辈的指点和鼓励,我深深感激。

张小北导演对于小说中一些容易混淆的概念,例如航天员和宇航员用法予以指正,对小说的中国特色予以了充分的肯定和褒奖。严锋老师则从题材创新和文学的角度,对这部小说进行了多方面的批评。这些都在我最后的修订中,起到了极好的引导作用,在此一并致谢!

  感谢在小说出版过程中付出辛苦劳动的编辑刘维佳、谢子初,也特别感谢八光分的杨枫老师及人民文学出版社对出版工作的快速推进,让这本书得以早日和读者见面。

致以
科幻的敬礼!
江波
2023/11/15